紫荆花儿开

刘鑫 著

吉林人民出版社

图书在版编目（CIP）数据

紫荆花儿开 / 刘鑫著 . —长春：吉林人民出版社，2023.10
ISBN 978-7-206-20669-6

Ⅰ.①紫… Ⅱ.①刘… Ⅲ.①散文集-中国-当代 Ⅳ.①I267

中国国家版本馆 CIP 数据核字（2023）第 222893 号

紫荆花儿开

ZIJING HUA'ER KAI

著　　者：刘　鑫	
责任编辑：衣　兵	
出版发行：吉林人民出版社（长春市人民大街7548号　邮政编码：130022）	
印　　刷：长春市华远印务有限公司	
开　　本：880mm×1230mm　1/32	
印　　张：9.625	字　　数：217 千字
标准书号：ISBN 978-7-206-20669-6	
版　　次：2023 年 10 月第 1 版	印　　次：2023 年 10 月第 1 次印刷
定　　价：68.00 元	

如发现印装质量问题，影响阅读，请与出版社联系调换

序 言

一个国家、一个民族、一个地域总有一段不可磨灭的历史记忆，值得人们去回味、去思索。

我们从哪里来，我们要到哪里去？在一次次乡村的变迁中，我们还能不能找到故乡和旧时的记忆？

乡愁是家乡的那棵树、那座桥、那道菜、那个人和那个故事；乡愁是人在灵魂深处对本土文化的眷恋、自信、自豪和守护；乡愁是一粒思念的种子，在故乡的春天里疯狂发芽、抽枝、绽放；乡愁又是一条小溪，当它们汇聚成大江大河，那就是整个民族的情感之河，凝聚着挚爱、热恋。

刘鑫是生于斯、长于斯之人，自小就对兰溪这份热土有着炽热的爱恋，他深爱着兰溪的山山水水、水水山山，他自2002年那时起，就开始走遍黄店镇的每一个村落，留下了《清清流淌甘溪水》《白露山揽胜》《走笔四十六村》《刘家文化记忆》《白露遗韵》《白露山传说》《美丽兰溪》《文化芝堰》《兰溪唐氏文化》《古道乡愁》等著作。刘鑫从黄店镇走起，去女埠、兰江、游埠、柏社、梅江、香溪、横溪、云山、赤溪、上华、马涧、永昌、诸葛、水亭等乡镇街道。兰溪市原有行政村646个，经过调整，现有行政村327个。他用自己的笔墨去描写村落的变迁史、文化史、人文地理、名胜古迹。同时，他在完成全国传统村落芝堰村《文化芝堰》的基础上，继续收集全国传统村落渡渎、垾坦、虹霓山、诸葛、长乐、姚村、桐山后金的有关史料，进一步整理兰溪古城、游埠古镇、永昌古镇、女埠古镇的史料，将兰溪辉煌的历史，重新展现在人们面前。

每一个村落都有着属于自己的文化符号和语言，这些村落既可以称作是独立的地理标志，也可以称作是一片血脉相连的人居空间。面对如此广阔的区域，如何进行整体特征的把握，是一个不小的系统工程。因为大部分村落的历史都伴随着文化的传续，村落人所选择的生活方式、世世代代休养生息的环境，也都离不开对于文化的拥有，然而只有清醒认识历史文化村落的现状，才能更加深入发掘和传承优秀传统文化，科学整治村落人居环境，有序发展乡村文化休闲旅游业。

《紫荆花儿开》一书，以散文的形式，以风土人物和地理环境概括为主，包含近年来所到之处的山水风情，所写内容有历史典籍、村落文化、名人逸事、民间故事、民俗民风，内涵之大，范围之广，称得上是作者刘鑫对所到之所文化历史的研究的一大贡献。

通读这本书，我发现里面的文化气息特别浓郁，是一次对濲水文化的补叙和充实，如富蕴人文历史的名山文化；与兰溪市的形成发展息息相关的濲水文化；以历史名人为积淀的村落文化；以反映民间传统艺术遗存的民俗文化等，非常详尽。

而且从精神的层面上来说，村落文化是我们祖先生活、生存、生命的遗存，也是最鲜活、最真实的历史性记忆，只有写好村落，才能将地域社会的历史和文化传统写活。《紫荆花儿开》以对所到之处的自然环境和重要文化现象进行总体描述为着眼点，全景式地逐一进行破题，最大程度地再现了村民生活的环境及行动空间的多样性、开放性和交流性。

林隐君

2023 年 5 月 12 日

注：林隐君系中国作家协会会员。

目录 Contents

第一辑　故乡情愫

紫荆花儿开　　　　　　　　　　　　　002
游转轮岩赏紫荆花　　　　　　　　　　006
北山映山红开了　　　　　　　　　　　009
余粮山那片茶山　　　　　　　　　　　012
兰湖也有黄金茶　　　　　　　　　　　015
北山湛里源自有名茶出　　　　　　　　018
话说兰溪龙门茶　　　　　　　　　　　021
东皋心越禅师与柏社禅茶　　　　　　　024
家乡的菠萝馃　　　　　　　　　　　　026
寻找芝堰最美佳境　　　　　　　　　　028
芝堰古村落：她八百多年了，还是那么完美　030
故乡刘家怀想　　　　　　　　　　　　033
邂逅民间艺人郑有莲　　　　　　　　　038
铭刻在源心的往事　　　　　　　　　　040

寻找兰溪龙门范氏发源地	043
黄店出仙女的景点——仙人台	046
黄店一处极佳旅游胜地——上金水库	049
拜谒金履祥墓	052
北山云里民宿	054
画家童之风和我心中的"露源深处"	056
刘家村的吉祥三宝：茶、回回糕与粽子	061
再谈刘家吉祥三宝：粽子、茶叶与回回糕	063
刘家敬承堂：书韵茶香寄乡愁	065

第二辑　婺州情缘

游览刘孝标讲堂洞	070
琐园：有一种别样的情感在里面	072
游览汤溪镇古村上镜村	076
清风雅韵莘畈祝村	080
游黄大仙赤松宫	082
参观金华烈士纪念园	084
第二次参观金华山双龙宾馆	085
刘云妹：建起残疾人爱心家园	087
游览汤溪九峰山	090
莘畈学岭头村见闻	093
参观海棠书画院	096
行走义乌东河村	098
行走竹马馆	100
玩转九峰牧场	102
范仲淹后裔的耕读遗风	104

何基故里后溪河村	107
柳贯后裔聚居地柳宅村	110
中山靖王后裔汤溪宅口	112
永康圆周村行	115
游览安地水库周边农家乐	117
坛头田庐真好	120
金华山鹿田书院觅旧踪	124
大山深处的珊瑚村	127
聆听鱼仓故事	131
走进南山烽火蒋里村	134
漫步上阳村	136
金履祥后裔金店村	140
浦江新光村	142
游浦江塘波村	145
里黄宅村祭英烈	147
雅畈老街行	149

第三辑　游历浙江

夜晚驱车看戏	152
双泉莲花别样艳	155
大洋河蟹香	157
龙泉宰相故里祭先祖	160
云和印象	163
走进慈溪胜山镇	165
游温岭长屿硐天	168
雪窦山之行	171

乌溪江游记	174
清明时节祭牧亭	176
去龙游当一回红军	179
三江口村九姓渔民水上婚礼	181
绍兴鲁迅故居游	183
西塘漫记	187
游览常山东案村	189
游览藏龙百瀑	191
参观宁波博物馆	194
方干故里芦茨湾	196
富春江游记	200
建德美丽的黄盛村	202
江山大陈旅游好去处	204
临海见证师生情	208
永嘉云岭好味道	211
钱王祠祭祀钱镠	213
走进清漾古村	216
红灯笼外婆家	219
参观衢州余东画家村	221
参观上虞青瓷文化小镇	225
严子陵钓台游记	226
游览宁波天一阁	228
嘉兴南湖的红色之旅	230
游览桐庐荻浦村	233
雨丝绵绵杨村桥	237
游览桐庐环溪村	239
腊月里的乾潭镇	242

龙游社阳：崭新的印象	245
走进建德章家	247
走访青田"联合国村"	252
走进龙游泽随古村	255

第四辑　祖国情深

参观扬州渔村沿湖村	260
扬州东关街漫记	262
夜晚驱车邵伯镇吃龙虾	266
夜游扬州三湾公园	268
游览瓜洲古渡公园	270
行走江西龙溪	274
游览云冈石窟	280
库布其沙漠景区游乐场	283
庐山游印象	286
游览香港	288

后　记	291

故乡
情愫

第一辑

紫荆花儿开

紫荆花开的时候，是非常美丽的。

我自小在黄店镇刘家村长大，刘家是个小山村。村前村后都是山。春天来的时候，我跟着母亲来到第四生产队的土地上去拔草、游玩。村前有一座山叫金字山，因这座山的形状像一个"金"字而得名。小时候，这里有一座庙，叫永隆庙。我们常常到这座庙里玩耍。金字山开满各种各样的花。紫荆花也满山开放，开得红艳艳的，煞是好看。人们就会不自觉地将金字山叫作紫荆山。

在我们村里，有一个自然村叫新唐村，有300多人口，是与刘家自然村相连的，没有真正的分界线，只不过刘姓族居的一边叫刘家，唐姓族居的一边叫新唐。几百年来，都是和睦共处、和谐相生的。

就在新唐自然村的溪边上有一座古老的石桥，叫紫荆桥，原先是中间有两个尖尖的石桥墩，上面是用三根长方形大青石条石横在桥墩上。走过紫荆桥，人们便称之为紫荆坞。这条山坞有3里多长，是从紫荆桥一直延伸到白露山下的余村的。两边都是山，山连着山，春天来了，紫荆花开满山坡。在这条山坞中间的平坦处，建有一座凉亭，开间有三间，是供露源一带到朱家方向的行人休息用的。正因为这里开满紫荆花，人们把这条山垅叫紫荆垅，到紫荆垅的这座桥叫紫荆桥，在紫荆垅里的凉亭叫紫荆亭。

我们一些小孩子，常常到金字山、紫荆垅玩。也常常采些花的条儿来，将花条卷成圈圈儿，戴在头上，花花的帽子，十分好看。

而我们的家长们，就用紫荆花的条儿来做捆柴禾的锁扣，将这紫荆条弯弯地扭成椭圆形的圈子，系上一条绳索，将绳索系在紫荆条做的锁扣上，将柴禾平均放在绳子的中间，绳子穿过锁扣，用力拉紧，将绳子紧紧地系在荆条的翘出的柄上，柴禾就捆牢了。再用同样的方法扎一个，用一个两头尖尖的毛竹杠，分别从紫荆条锁扣的中间插进去，使之保持平衡，这样一担子柴禾就可以平稳地挑起来了。因而，紫荆条成为大人们劳动的工具。这就是劳动人民的生活创造。

自那开始，我渐渐爱上了紫荆花。

1997年7月1日，香港回归祖国的怀抱。我们在电视前观看中央电视台的转播，那种怀抱紫荆花唱着《七子之歌》的场面，虽然香港的紫荆花与我们故乡的紫荆花的品种不同，但还是深深地打动了我的爱国心。

十多年前，我对紫荆花有了更深入的了解。那时，我常常到离开老家刘家十几里地的一个山里的农家乐里去玩。这个农家乐叫兰溪市荫坑垄休闲观光园。荫坑垄的山上开满紫荆花。老板娘何葵常常用炒熟的紫荆花接待我们。于是，我们又长了见识，紫荆花原来是可以食用的。

今年的春天，正是紫荆花开的时候，我们便回到家乡看一看。

如今，我的家乡已成长一个中国传统村落。现在由刘家行政村与高井行政村合并成为新的刘家村。

刘家村是汉高祖刘邦的后裔聚居地,是唐末名将刘汾的后裔。刘家四堂被批准为浙江省文物保护单位。

在刘家村,夏唐自然村的唐雷山创办了兰溪市唐雷山家庭农场,承包了50余亩荒山,开垦种植了大片的果树,养起了土鸡,养起了鱼。

他天天在荒山上劳作,将荒山变成了花果山。

清晨,我们驱车来到了开满紫荆花的花果山上,沿着唐雷山新开垦的山道,漫步在开满紫荆花的林荫山道上,拍摄着鲜艳夺目的紫荆花,心情格外爽朗。时不时飘下来的紫荆花瓣,像一只只小蝴蝶在空中翩翩起舞。抬头一看,紫荆树上红绿相间,青绿色的叶子把紫红色的花儿衬托得格外艳丽。一阵风吹过,紫荆花瓣纷纷飘落下来,好像一场紫色的大雪。"大雪"过后这小道上就又是另一番景象。远远望去,那紫红的花瓣一层层地覆盖在道路上,活像在上面盖了一块紫红色的地毯。走近,弯下腰捡起一片花瓣,认真看。这圆弧形的花瓣的叶脉很奇特,犹如一根羽毛镶嵌在上面。花瓣略微上翘,犹如一位体态轻盈的女子在翩翩起舞。

在紫荆花丛中,一群群土鸡在啄食。狗儿也摇着尾巴乐呵呵地跟在后面,好像十分欢迎我们似的。

我们从这山看到那山,从那山转到这山,我们看到的是被唐雷山整理成的一块块梯田般的山地。我们被他这种愚公移山的精神所折服。

我爱紫荆花,不仅因为它的美丽,还因为它的品格。

紫荆花是平凡的。在刘家唐雷山家庭农场随处都可见到紫荆花的身影,只要一到开花季节,树上就会开满紫荆花。

路上,有人对我说,刘家村有这么丰富的紫荆花,可不可以搞个紫荆花自驾游呢?答案是肯定的。我想:刘家村凭借着中国传统村落的优势,一定会发展壮大成一个旅游村的。

我爱紫荆花,美丽的紫荆花,平凡的紫荆花,无私的紫荆花,更爱为祖国、为家乡、为集体的建设事业默默奉献的人民群众。

游转轮岩赏紫荆花

转轮岩是个旅游景点,位于兰溪市东北部的梅江镇的观岩陈村,海拔620多米,奇峰突起,老远看似旋转的轮子,近看又像风驰电掣的火车头。每年3月末至4月,漫山遍野盛开紫荆花,引来大卜无数赏花人,我决定也去欣赏欣赏。

仲春时节,妻子的同学约我们一起到他老家附近的转轮岩去玩玩。下午,我们夫妻与她同学夫妻四人自兰溪出发,开车经过横溪墩头转轮岩。

我们一直将车子停在去转轮岩公路的山腰处,我们沿着新开的公路徒步上山。沿着曲曲折折的公路来到山顶,往后看,景致迷人,山下农舍、水库、古樟,好一幅田园风光,令人陶醉。

我们一路赏花,一路拍照。紫荆花满山都是。妻子兴奋地喊了起来。只见山坡上有几簇开着紫色的花,花色紫红,形如蝴蝶,景色奇特,艳丽可爱,因为叶子还没长出时,枝条上花已盛开,所以又称"满条红"。紫荆原产我国,全国各地均有栽培,属豆科植物,是春季的主要观赏花卉之一。越往上走越多,快到山腰时,已经是满山令人陶醉的紫色了。我行走在花丛中,顿觉步伐都轻快了许多。

这里的紫荆花和香港的紫荆花是不一样的,香港是洋紫荆,是乔木，花朵大。而此地的紫荆花是灌木，花朵小。单独一枝，就是不知名的野花，一点也不起眼，但几十枝、数百枝、上千枝、成万枝，开满山岗，红遍整个山坡，成了紫色的海洋。

我们自山顶沿公路盘旋而下，来到了一个新建的水库，叫转轮岩水库。听人家说，这个水库过去叫椒湖，是宋代尚书钱遹还乡家居之后修建的。从前倪村驾车上山，能一直开到水库大坝上。如今，这水库之水正是山下几个村的饮用水源呢！

我们自水库大坝沿着山间小径往上走，百来米处，来到一处泥坯房子，据说是为修建水库而建造的。里面有几张供客人吃饭的桌椅。现在有许多游客自带蔬菜上山来到这里观赏转轮岩的美景，在这里做饭品尝自己亲手制作的佳肴。

我们停留了一会，转了一个弯，来到了一座古庙。这座庙叫"轮岩古寺"，始建于南宋年间，兴盛于明嘉靖年间（1546年），为纪念被后人奉为胡公大帝的宋朝兵部侍郎胡则而建。所以转轮岩，又名灵岩，亦称"小方岩"。

胡公名则，字子正，永康胡库人，生于北宋乾德元年（963年），太宗端拱二年（989年）登进士，曾十次任杭州、温州、陈州等地知州，六次任江滩、光南等路（相当现在的省）的制置发运使，还做过吏部、工部、刑部、兵部侍郎，卒于宝见二年（1039年），葬在杭州龙井。为官期间，宽刑薄赋，清正廉明，颇有政绩，深得民心，死后被老百姓当菩萨供奉。各地建有不少"胡公庙"，而以永康方岩最出名。

站在岩顶远眺，远山如黛似屏，村庄星罗棋布，水塘波光如镜，田园一派风光。阡陌交通，如锦似画，炊烟袅袅，疑真疑幻，景配天地，天人合一，尽可作天上人间之遐想。

据说庙后有一泉水，叫胡公仙水，系胡公所赐，无论天怎么大旱，该泉总是细水长流，从未干枯过。取泉水洗脸能美容，明目耳聪，喝了还可强身祛病。看来我无缘，没找到该泉。

再往下走，就来到"天门"，天门是石砌的，两边石柱上刻着一副对联，右边是"四季潺溪仙洞水"，左边是"千万香火转轮岩"，横匾是"靈嚴山庄"。进了"天门"，我也做回天上人。

往下行，山势逐渐转陡，但见一个转弯口，有两块一米见方的巨石并排放着，中间只能供一人通过，而相对两面各有一个五厘米大小的洞。可惜不知是游人取暖还是烧烤，把岩石都烧黑了。这是转轮岩的一个景点，叫"雨伞石"，并还有一个典故。传说北宋末年，浙东一带发大水，附近老百姓流离失所，四处逃难，已成神仙的胡公，得知家乡遭受水灾，用雨伞挑了两块巨石，腾云驾雾前来治水，老天都被他感动，等到他8月13日凌晨飞到转轮岩时，雨已停了，大水也退了，胡公随手把石头扔在了半山腰，大概是用力过猛，其中一块石头被摔成三块。于是就留下了我们今天看到的"雨伞石"。

我们沿着石阶再往下行，来到"步云亭"，因其位处半山腰，所以又称"半亭"。人们登转轮岩，到此约一半路程，正好歇歇。看凉亭似有些年头了，梁上挂着一块匾，书着"步云亭"三个字。亭内有16根柱子，据说用的是黄荆木，梁用的紫荆木，所以有"黄金柱，紫荆梁"之说。

按介绍，离"步云亭"不远，有一巨石，长约2.6米，宽1.2米，厚0.8米，一头高一头低，好似一口棺材，石上坐坐，能升官发财，可惜我没找到，看来注定我这辈子不会升官发财。俗话说，仕途如粪土，钱财是身外之物，高高兴兴过好每一天是最重要的。

一路走来，腿都软了。下走百余米，就来到我们停车的地方。回首转轮岩，恰似一位慈祥的老人等待我们再次光临转轮岩。

北山映山红开了

兰溪香溪有个北山村,这个村就是位于金华北山脚下,因此取名北山村。这里山清水秀,有小桥流水人家,有山珍野兽飞禽,有茂密的大森林和丰富的矿产资源……我熟悉这里的山水,更喜爱家乡的山水,站在北山上远眺,那蜿蜒起伏、富于色彩、连绵不断的山峦就是一幅幅美丽的风景画。北山云里民宿就是一个好去处,这里给了我许多美好的回忆。

这是阳春三月的季节,来到北山云里民宿游玩,便看到离云里民宿很近的山上看映山红花在枝头绽放,在丽日蓝天下,我们徜徉在花的海洋中,尽情地追打、嬉闹,没有忧,没有虑,那种感觉就好像这天下是我们自己的,我们在享受人间的幸福,心中有一种特殊的满足感。

映山红花不仅能给人们带来美好的心情和遐想,它还充当了重要的角色,有着优秀的品格。

映山红属灌木类,喜阴凉、湿润、耐严寒。它枝叶扶疏,有的郁郁葱葱、俊秀挺拔,有的曲若虬龙、苍劲古雅。它生长的环境不需要肥沃的土壤,即使在瘠薄的土地上、在悬崖峭壁上,它依然能够顽强地生长着,显示出强大的生命力。它从不居功自傲,正所谓"俏也不争春,只把春来报",当春意越来越浓时,它绽放的花朵便在绿色来临时悄悄隐退，把花的美丽留给了人间，自己心甘情愿为春天、为大地做陪衬。

每年春季，映山红花盛开的季节，我们都会去北山云里民宿一趟，并且由于时间的原因，仅那么几趟。

在北山，映山红花的颜色大体上可以分为两种颜色，一种粉红色，另一种接近红色，它们从山脚一直开放到高高的山巅，山谷里是，山坡上是，山脊上也是，密密麻麻，简直就是花的海洋，漫山遍野，十余里地之外都能清楚地望见。但由于地处偏僻，交通不便，无人光顾。

每年来此，我都会待到夕阳西下的时候方才恋恋不舍地离开。我挥挥手，同这些可爱的小花儿们说再见。山风吹过，这些可爱的小花儿们冲着我点头微笑，期待着我明年再来看望它们。我年年来，不让它们失望。同时，我也将它们最美的姿态，记录进了我的影像之中，让它们的美丽永驻。那些奇花异草随着春天的到来都很阳光地站立在奇峰异石上，有的含苞欲放，有的开得很灿烂，就像我们此时开心地奔跑在这花团锦簇中。还有的已慢慢枯萎了，也就像我们的心情有低潮的时候。花儿啊！你和我们一样有开心的时候，也有哭泣的时候。"人生若只如初见，何事秋风悲画扇"，看着这些灿烂的映山红，犹如恋爱中的少女，沉浸在甜蜜的幸福中。我的心灵被深深地浸染了，一方面感叹诗人不俗的才华，同时也感叹作者对人生的深刻体验。人生如梦、人生如花、人生如戏、人生如歌等，可见人们把无奈的人生比喻得恰如其分。道尽人生多少悲凉，道尽人生几般周折，更道尽了人生无尽的无奈。

如果所有往事都化为红尘一笑，只留下初见时像花儿、像映山红一样的倾情、惊艳，忘却也许有过的背叛、伤怀、无奈和悲痛，这是何等美妙的人生境界啊！我们每个人都怀着美丽的梦想，对生活充满着美好的期待，我们总想保留最初的那份情感。然而，时光匆匆，恍然如梦，世间万物如昙花一现，人生犹如这盛开的映山红，来也匆匆，去也匆匆，当一切逝去时，我们再也回不到过去曾经一见倾心的美好时光，再也找不回当初一见倾情的美妙感觉，也许再见之时，就是伤心之时，若是如此，不如初见时的那份感觉永留心中。初见，惊艳，蓦然回首，曾经沧海，只怕早已换了人间。

阳春三月，到北山村住云里民宿，去观赏那绽放的映山红，那种情感，只有到了北山，才会有这种感觉。

余粮山那片茶山

有山则秀，有水则灵，有木则幽。如果一个地方有山有水，山上古树成群，那就是美中之美了。

兰溪市黄店镇余粮山村就有这么一个好地方。

余粮山村位于海拔500米的高山上，这里空气清新，在雨过天晴的日子，常常云雾缭绕。我出生于大山，余粮山村离开我老家刘家村只有十几里地，那里有我的老同学鲍顺来。我常常去余粮山，我最向往的茶山或云雾缭绕或清风拂面，那一片一望无际的茶山茶海，还有远处若隐若现衣着素丽的采茶女，那茶山、那茶人，常入梦来。

2022年3月20日，我受浙江美丽华科技有限公司老总王赛军的邀请来到了朱家村的蛙缘农家乐吃上了丰盛的中饭。

之后，我们驱车去了余粮山的茶山。

汽车停靠在余粮山的广场上，我们与王赛军一家人和金华的几位客人一道随余粮山村村民的陪同来到了茶山。

到茶山需要翻越一条小小的山岭，然后走过小溪，沿着一条小小的山道向前而行。

满路开着的是雪白的李子花，金黄的油菜花。映山红开了，是含羞地开着的，不是那么鲜艳。路边的大红柿古树群，看古树牌上的文字介绍，这些树足足有150多年，傲人屹立于山地之上。各种颜色的野花开着，让人目不暇接。

走过几千米路，走过绿色田野，便到了绿得可爱的茶山梯地的山脚，一路走来一路染绿。给我们带路的村民介绍，余粮山村绿茶在种植过程中，不添加化肥，只采用天然肥料种植，茶叶中含有丰富的营养物质和药理功能，如茶碱、儿茶素、氨基酸、脂多糖、矿物质及维生素等，如果泡喝这绿茶，比一般茶叶更加清香、甘醇，颜色更加清亮、翠绿，也更能感悟人生。

那茶山，是一片梯地，有百余亩，掩映在一丛丛的板栗之中，若隐若现，羞羞答答。

我们一行十余人便在茶地里采起春茶来。人们有说有笑，摘上几颗青芽，珍爱地放在布兜里。

有几位小孩在茶山上玩着玩着，走不动了。我顺手采摘了几片嫩茶叶，叫他们放入嘴中咀嚼。很快，他们恢复了体力，又可以巡步登山玩了。这不禁令我想起传说中的茶故事。传说早在三国时期，诸葛孔明在平定南中的时候，途经桃叶渡，士兵遇瘴气纷纷晕倒，他命令士兵口含茶叶行军，最终大获全胜。

那片茶山梯地，那片翠绿，那些感悟，铭刻在我心间。

余粮山是朱家山区的四大名山，四大名山是哪些？余粮山、蟠山、卢山、蒋塔。可以说，余粮山是朱家山区的四大名山之一。

望着这100多亩生机葱茏的茶山梯地，嫩叶满枝的茶树，令人心旷神怡。错落有致的茶树整齐排列，那边一片，这边一片，虽不是一横一竖般整齐，却也乱中有序。

瞭望山对面，高高的山中间，在云雾缭绕之中，隐约显现村庄的影子，那是卢山，再高一点就是蒋塔。在大山下面的是朱家村。

曾听朋友说，生活在茶山当中是很幸福的事情。清晨早起时，不仅有虫鸣鸟飞，还有清新的空气和满眼绿野。不信，你可以闭眼想象，站在茶山山顶，整片绿色撞进眼球，满山的茶香萦绕身旁。这是生活在城中人没办法看到的美景。

我们一行采过茶后，又徒步回到余粮山村。我们拾级而上，置身于云雾茶山中，白色浓雾与翠绿茶树相间，一直延伸至白云蓝天之上……

然后到余粮山村寻找民宿。

找到了，找到了，是喜柿民宿。确实，余粮山的民宿不一般。

我们在喜柿民宿登高望远、品茶论道，正如鲁迅先生所言："有好茶喝，会喝好茶，是一种清福。"用"浓绿"来形容余粮山一点也不过分。云雾缭绕的茶山梯地，时隐时现，如若仙境。只见新鲜的春茶叶质柔软，外观色泽鲜绿、有光泽，缕缕茶香扑鼻而来，品一口新茶，感觉滋味甘醇爽口，滋味浓厚，清香无比，似乎是兰花香、熟板栗香味等混合成一体，沁人心脾，凝视茶叶儿像小蝌蚪一样在滚烫的水中翻滚，沉沉浮浮，进进退退，让我想到人生的坎坎坷坷，让我忘掉了闹市的浮华喧嚣，在袅袅热气中淡泊明志，宁静致远。茶，汲取了天地甘露，涤尽尘污俗垢，喝茶，将天地灵气纳于腹中，抛开俗世中的名利、得失和恩怨情仇，三千繁华，弹指刹那，百年之后，一捧黄沙，如松涛在耳，隽永悠长，心灵清澈，茶风廉韵，息息相通；茶道廉理，浑然一体。

我们告别了余粮山，但余粮山的茶味韵味无穷。我们可以常常来余粮山坐坐，喝喝茶，看看这满山的茶，整片的茶山。

兰湖也有黄金茶

2022年4月8日，正是采茶与挖竹笋的大好时节。我们兰溪市作家协会与兰溪市范浚研究会的一班同志陈水河、范国梁、沈治林、洪松茂一起驱车来到上华街道皂洞口行政村山背自然村。

来到山背自然村，我的好友汤淡（也叫汤根发）热情地在村边迎接我们的到来。

到了汤淡家，大门敞开，听到的是农村才有的汪汪的犬吠声和叽叽叽的鸡鸣声。原来，房屋里面是百草园，另有一番景象呢。

汤淡把我们迎上了三楼的阳台上，我们看到的是满眼的绿色，一条一条的，在他家的园子旁边是大片大片的绿茶，真是好看极了。而远处的崭新的房子就是我们常去的西山寺村。

接着，我们便在屋里的长方桌的桌子旁坐下，这是汤淡老师精心为我们的到来准备的。我们围坐在桌子旁边。汤淡老师热情地为我们泡茶。

汤淡说："这是一种茶叶的嫩芽呈金黄色的茶叶，叫黄金茶。"我生怕听错了名字，再声问："汤老师，这是什么茶？"汤淡回答："这是黄金茶，是因为茶叶的嫩叶像黄金，所以叫黄金茶。"

黄金茶，我是第一次听到这个名字，还以为是贵得如黄金一般的茶，后面查阅资料才知并非如此，感到好奇的茶友，接着往下看，你就会明白黄金茶到底是什么样的茶。

原来这种茶叶盛产于江西三清山原始深山，无污染，纯天然，承天地之精华，汇万物之灵气。打破茶叶界"高山出好茶"的定律。在280—500米低海拔地区产出茶氨酸含量在6%以上的优质绿茶，是目前中国茶氨酸含量最高的绿茶。

黄金茶原名香茶。相传，东晋升平年间，道教学者、医药学家、炼丹家、《神仙论》作者葛洪隐居三清山修道炼丹时不仅在"丹药"中放用此茶，而且经常饮用此茶。据说唐末黄巢起义军当年转战浙江西部和江西赣东北边境的三清山时，遇高温酷暑闭痧腹泻，有乡民献此香茶喝而治愈，义军便以黄金换之，由此而得名黄金茶。

又传说乾隆皇帝有一次微服下江南，途经信州府玉山时中暑严重，随行御医设法医治难以奏效，听说三清山黄金茶特效，急忙赶往三清山，四处寻求此茶。山农有茶都留自家备用，不肯出售，御医以为黄金茶金贵，非以黄金交换而不可，便用黄金换得此茶。乾隆皇帝饮用后当即见效，听说此茶是用黄金换的，脱口而出："真的是黄金茶啊！"从此以后，黄金茶就更加叫出名了。

黄金茶在江西三清山及湘西保靖县、浙江西部的开化、淳安及江西东北部的玉山等县市，尤其是在三清山及湘西保靖县周边一带海拔300到1500米的山麓分布最多，一般生长在海拔800米的深山老林里或陡险的峭壁岩石上。据《中国树木志》等记载，黄金茶：凉，清热解毒，解表祛风、助消化、治感冒、治慢性气管炎，对高血压有一定疗效。民间一直将此茶作为清凉解暑，健胃消食，治腹胀痛，止咳除烦的良药，经常饮用对多种胃病具有一定的疗效。因而历年黄金茶都被当地城乡居民作为馈赠亲友的上选佳品。

由于兰溪与江西三清山、浙江西部的开化、淳安较近，兰溪茶农将黄金茶的种子带到赤山湖这边来栽种，因此就有了黄金茶。

汤淡老师给我们一起泡上了新茶黄金茶。该茶色泽翠绿，香气高雅，口感独特。

看到茶杯中黄澄澄的茶叶，喝上一口，清香润肺。我便觉得这是上等的好茶，于是，我不仅喊出："好茶！好茶！"

北山湛里源自有名茶出

兰溪生产茶叶历史悠久,清光绪《兰溪县志》载:"穆澄源左右皆大山,而有长山蜿蜒于其中。源广几半里,而深各二十余里。居民数百家盘布其间,茶笋之利出焉。""又西逾外黄峰茶山,一名云雾山,在高眉山左,山谷深窈,草木森蔚而多茶,故名。""溪里源,名云源(在灵泉乡五都),源有双溪,深十余里,饶产茶笋之利。""灵洞山两旁皆奇峰怪石,中路窈窕可十余里,杨梅、茶、笋、石灰之利出焉。""北为湛里源,虽不及穆澄,亦有东西两源,各深十余里,茶、笋出焉。"

位于金华山北部的兰溪市香溪镇北山村的湛里源,因其山势高峻,有东西两源,各深十多里,是种植茶叶的好地方。这里常年云雾缭绕,春天花儿争艳,来这里采茶、制茶,是一个很好的去处。

正是春暖花开的季节,花儿芬芳茶叶芳香,我们和兰溪市范浚研究会的会员们踏着当年范浚在宋代留下的足迹,来到了北山村湛里源的云里民宿,来到这里采茶、制茶、喝茶、聊天。

我们来到云里民宿的茶吧,尽情享受着喝茶聊天、游戏浪荡的欢乐。

范浚在《白泉记》中写道:

距吾庐南不能五十步，有泉激激出石窦间，色乳味饴，与他泉不类。因坎实下锺其源，以供家奴旦暮（夷斗）挹，且醴溢流而渠之，与里人同其甘。

邻曲来汲，日数百器，泉之储泄常自如。虽岁甚旱，焦川枯壑，而泉不知也。渠之泛滥而走灇下者，与南涧合流以西，乱于香溪，汩汩穷昼夜，吾知其不至海不已也。

夫泉之甘而利人也，类有德；其不涸也，类有本；其趋涧溪而期于海也，类有志。人之育德有本，能日进而期于道；则其渊深闳大也必矣。吾于泉有感，于是乎记。

范浚的《白泉记》一文全面地阐述了泉性与人性相类之处："夫泉之甘而利人也，类有德；其不涸也，类有本；其趋涧溪而期于海也，类有志。人之育德有本，能日进而期于道；则其渊深闳大也必矣。"范浚生活在国家危难之时的南宋时期，他写《白泉记》，一是表明兰溪香溪之地有好泉、有名泉；二是以物言志，托物明志，用白泉表明心志，白泉身心似白，廉得高尚，洁白似泉，表明人只要像泉水一样有坚定的信心，日日修身育德，期于得道，也一定能成为修养深厚、胸襟宏阔的道德之士。范浚从泉水之清澈、甘冽，悟出人的心灵之高洁。

范浚在北山村宝惠寺授徒教学，培育人才。北山有着范浚的灵气所在。

我们喝的茶水，是范浚所在北山的山泉水，我们喝的茶，是范浚所在北山种植的茶树。

如今著名的兰溪毛峰就有着北山村湛里源的茶文化。

老板娘杨小曦热情地给大家沏上了绿茶。这绿茶就是著名的兰溪毛峰。

老板娘杨小曦对我们介绍着她泡制的茶叶：

"我泡制的茶叶是当地北山采摘的茶叶，叫茶农手工制作而成,是兰溪毛峰的一种。"

说起兰溪毛峰,她滔滔不绝:

"'兰溪毛峰'茶香气鲜灵,滋味醇厚,甘美怡神,清雅可口,为绿茶中之佳品,载入《中国名茶》,驰誉中外,成了中国名茶新秀。毛峰又称毛尖,是细嫩烘青的统称。指绿茶初制中形成条索细紧,露茸毫的嫩烘青。在小叶种地区制的毛峰,外形细紧,茸毫披露,显芽锋,汤色明亮,香气清高,滋味醇爽,叶底嫩绿明亮;大叶种制的,外形较肥壮,显露毫尖,色泽较黄或暗绿,香味较厚实,叶底肥嫩露芽。审评毛峰茶,在外形上应注重干茶色泽与嫩度。色泽嫩绿的为上品;茶绿的为中档;暗绿的为下档。条索紧结的,色泽深暗得多。毛峰在商品茶中色泽绿的价值大于色泽深暗的,故在审评时要重视色泽的绿翠程度。嫩度应是一芽一、二叶占多数,如果是一芽三叶占主体,应作大宗烘青对待。对香味的审评应注重香气的清香与滋味的醇爽程度。"

看来,这次没有白跑,还懂得了许多关于兰溪茶叶的故事呢!

话说兰溪龙门茶

在兰溪市范围内，有两个龙门村，一个是兰溪西乡的龙门，在黄店镇余粮山行政村龙门自然村，一个在兰溪市北乡的龙门，在兰溪市梅江镇龙门村。

这两个龙门村出的是好茶。两地泉水潺潺，飞瀑如流，依靠天然的气候条件，在茶叶上进行了一番创新与尝试。

在黄店镇的龙门村，余粮山行政村坞口村的董绍春，承包了龙门村的大片茶山，注册了"龙旭尖"茶叶品牌。无独有偶，在梅江镇龙门村一带的兰溪市龙门霜尖茶厂成功注册了"龙门霜尖"茶叶品牌，这两个品牌都与龙门、茶叶、气候有关。你看，龙门的"龙""龙门"，这是体现地理名称的词语，"旭"与"霜"体现的是气候条件，"旭"指的是光明，早晨太阳才出来的样子，说明黄店龙门的茶叶很少见到太阳光；"霜"，露所凝也。士气津液从地而生，薄以寒气则结为霜。代指梅江镇龙门气候较寒冷，霜期长。"龙旭尖"与"龙门霜尖"都有一个"尖"字，这个"尖"字，说明所产茶叶末端细小，茶叶形状尖尖，都是好茶。

这两个龙门又有其不同的渊源故事。

黄店镇龙门，据《龙门范氏宗谱》记载：龙门范氏者，吾兰之望族，姑苏之遗裔也。姑苏自文正（范仲淹）、忠宣父子相继为宋贤相。钱忠辅称其忠义满朝廷，事业满边隅，功名满天下。范仲淹父子为相，范氏之流泽远矣。

范仲淹之孙、纯仁公之第四子范正路，字子遵。宋熙宁丁巳年（1077年）春，正路公因党籍驳放不仕，家庭琐事又致心情不畅。当其父纯仁公在庆州任职之际，公独自外出，南下游学浙东。一日乘小舟溯钱塘江而上，过富春游钓台饱览两岸山川景色，来到了祖父仕宦之地严州城。时鲍大宣议在严州以经营柴炭业为生。鲍氏太婆则在与建德交界的塔塔岭上为过路行人施以茶水，其时范正路正从此地路过，鲍大宣议、鲍氏太婆知其为忠良之后，且有不凡之器，遂以女许之，生子直重。因避匪患尤其是战乱，无奈隐居于上竺坞（今龙门村），即今与建德交界的塔塔岭之侧。而探望苏州老家亲眷等事则延时搁之。正路公由此成为兰溪龙门范氏始祖。若干年后一位叫范公渐的太公不幸遭遇劫难，太公子文裕遂迁往清口（今兰江街道里范村）居住。时延境转，范氏繁衍到愈为鼎盛的一脉。其子孙分布在浙江兰溪、建德、桐庐、金华、龙游、温州和江西鄱阳等地。

可见，黄店镇龙门自宋代就有了种茶的历史了。

梅江镇龙门村是位于金华北山的一个小山村，主峰海拔700多米，这里春天山花烂漫，翠竹摇曳；夏天松涛阵阵，楠木遮天；秋天红枫尽染，野果满山；冬天白雪皑皑，冰凌盈涧。景区内，梯田叠层，民居存遗，栈道通幽，溪涧蜿蜒，森林密布。空气富含大森林散发出的氧离子，是难得的天然氧吧。

曹聚仁就对位于龙门山口的刘源村赞不绝口，他在《陆羽茶山寺》中说，他的外婆家在刘源村，本名桃源，也是桃花源之意。曹聚仁每次到外婆家去,总是叫舅母她们,溪水泡茶莫放糖。因梅江一带对待客人有一个习俗,就是泡茶要放糖,这样才显得客气有礼貌。外婆问他是什么原因,曹聚仁说"溪水已经够甜了"。可见刘源的水质之佳。

刘源之水自从龙门来,可见龙门茶水之优了。

东皋心越禅师与柏社禅茶

在兰溪北乡的有一个与建德市三都镇、大洋镇交界的柏社乡，是东皋心越的故乡。这里山峦起伏，高山深涧，气候宜人，是种茶养茶的最佳之地，也是人们在工作之余休憩养生的极妙之地。

东皋心越禅师，法名兴俦，俗姓蒋，字心越，号东皋，浙江浦江人。现为兰溪市柏社乡洪塘里村人。

柏社禅茶出肇峰。东皋心越是柏社乡洪塘里村人。柏社应是东皋心越的故乡。

兰溪北部山区柏社乡下陈，那里高山深涧，气候宜人，有著名的肇峰山。其间瀑布、滴水岩景点丰富，是出产柏社禅茶的极佳之处。

下陈，出于古代名著《战国策》，意为宾主相见，在堂下陈列礼品，站立傧从之处。位于堂下，因称下陈；美人充下陈。

在峰峦雄伟的肇峰山山麓，四周大山围护，其间是一个小型盆地。如今人们将柏社乡的下陈、新宅、山门等地和兰溪西乡黄店镇朱家区域的蟠山、野猪坦等出产的毛峰统称为下陈毛峰。现在也因为东皋心越的名声享誉日本，为一代禅师。故而柏社乡党委、政府于2017年3月26日在岗岭下村举办了首届禅茶文化节。

弘扬东皋心越的禅茶文化，兰溪知名的千年甘露轩在禅茶文化节上献艺表演禅茶茶艺。

茶妇们来到了肇峰山山麓的茶山上展示了采茶功夫，还有一些从兰溪城里穿着旗袍的美人们也赶集似的在茶山上展示采茶妇女的优美身姿。

午饭后，我们又来到了下陈，参观了刘小华的下陈茶庄，品尝到柏社下陈禅茶的幽香，清新而芬芳。

柏社禅茶历经几百年的演化，当以下陈毛峰最为出名。

下陈茶外形肥壮成条，银毫遍布全身，色泽黄绿隐翠，叶底嫩绿呈黄，香气清新幽远，滋味甘醇清爽。品质优良的下陈茶，窨上芬芳宜人的茉莉花，名茶伴名花，芳香诱人。

载入《中国名茶》的下陈茶享有极高声誉，1972年后驰誉中外，著名茶叶专家庄晚芳对此也有极高赞誉，下陈茶成为绿茶之佳品。因为下陈茶中有茶素、茶单宁、蛋白质、氨基酸、糖类、脂肪酸、维生素、矿物质、咖啡碱、牡荆碱、桑色素、儿茶素、果胶、碳水化合物、多酚类、芳香族化合物等三百多种成分。

柏社禅茶真不愧为兰溪一宝。

家乡的菠萝馃

近日，到严州梅城游玩，在梅城古街上吃上了盼望已久的菠萝馃。

在小吃店里，我们问老板娘，一听，是兰溪人。竟然是我们老家那边人，是女埠下潘那边的。

吃起这菠萝馃，总有一种怀旧的感觉。因为，这菠萝馃，只有小时候在家中吃到过，是妈妈做给我们吃的。

如今，我也是将近六旬的人了，妈妈已近九旬高龄，很难走动了，是姐姐在家辛勤地服侍她。可以说，这菠萝馃，妈妈已经40多年没有吃到过了。

在我老家，人们将玉米称作菠萝，因此菠萝馃其实就是玉米馃。

玉米馃是以玉米粉为外皮，内包各种菜馅，煎好的玉米馃外焦里香，是我们老家特有的传统小吃，过去，我们老家以种植玉米为主，因此在当地玉米有各种各样的吃法，吃嫩玉米，干炒老玉米，磨粉调糊，粉疙瘩，金黄玉米饭等。而最精致的吃法，便是玉米馃了。

以玉米粉为外皮，内包猪肉、豆腐等菜馅，放进油锅中煎成两面焦黄，色、香、味俱全的玉米馃让你咬一口便再也难忘，这也是当地背井离乡的人,最想念的家乡味道。

由于刘家地处白露山之北,历史上曾是由兰溪十三都到严州梅城翻过塔塔岭的必经之地,也是到梅城严州的重要通道,所以旧时刘家古道两旁客店如云。一般的脚夫、行客坐下来歇息,先喝一顿山泉水冲泡的高山茶,再吃一点自带的干粮或当地人做的玉米馃,上路时还可以包上几个以备不时之需。山里人讲的是实惠,玉米馃既香又脆,价廉物美,是历史悠久、乡土气息浓郁的中式方便快餐。而富商大贾、达官贵人也有他们的去处,山中市井繁华热闹的景象,可谓极一时之盛。

玉米馃就成为老家人常用的食品。回想起来,现在还是那么津津有味呢!

寻找芝堰最美佳境

芝堰是古老而迷人的。在开发芝堰的旅程中，我们觉得芝堰不仅有其古老的水环境，而且还有着现代的兰城饮用水水源地。我曾经在芝堰住过些日子，也向往着芝堰的旅游开发能够吸引游客的眼球，让游客流连忘返。于是，我们在2016年的国庆节的10月6日，约定到芝堰水库的源头源心村。

早上6点，摄影师吴春晓就开着车来接我，在他车子的后备厢里，装有两组遥控的高空摄影机，还有摄影机，以及专业的照相机。我们是去芝堰水库源头去做高空摄像的。这次是黄店的老板王赛军带队，去了足足有16人。

上午，我们拍摄了源心村的地形地貌，这是南方的高山地带的一个小山村。小孩子在溪涧中抓小鱼、螃蟹，可带劲了。小孩的母亲们忙着在溪岸边搭起了锅灶，找来了柴草，进行了野炊。四面是山，是树林，是岩石。有两条山涧从北面、西面两面的山垄里流出来，在村前汇合起来，又向南流去。这就是芝堰水库。北面的一条是从建德邓家方向经下慈坞而流入的，西面的一条是从十二曲方向流下来的。

中午十二时，我们就围坐在溪中的圆桌面边，这圆桌面是从一户居住在源心村的老乡家里借来的。饭菜很可口，有千张烧肉、红烧肉、生姜煮黄豆、羊肉、豆腐干炒肉，还有青枣。我们与王赛军、邓亚平、王泰山、吴春晓五人席地而坐，在溪畔喝着酒，畅快地划拳、聊天，过着一天神仙般的生活。

午饭后，我们五人就向十二曲方向出发。一边拍摄，一边欣赏着山中的美景。我们沿溪而上，到了源心村原先曾经做水库的地方，我们进行了高空拍摄。在十二曲村与原来源心村林场的两条小溪的汇合处，我们就沿着小路来到了小溪。小溪故事多。邓亚平、王泰山、王赛军他们是地道的源心村人，在芝堰水库建成之前，他们是源心村土生土长的孩子。芝堰水库建成后，他们就变成了移民，分处兰溪西乡各地。邓亚平落户永昌，王泰山落户三字桥，王赛军落户桥下河。邓亚平谈起这溪水讲得头头是道，从十二曲下来的这支水，是大山中蕲蛇出没的地方，水质清澈，此处的水可以生吃。从源心村林场下来的这支水，含有矿物质，不能喝。

我们沿着山溪向上走。这是一条多么好的溪涧，溪中有好多大溪石。那溪石多么好看，有的像一群小牛在饮水，有的像狮子睡在岸边，有的像几只小狗正准备走上岸来。溪上，树木荫荫，看不到天。溪水清澈见底，时而淙淙，时而又看不见水的影子。

最好看的要数溪底的鹅卵石了。那鹅卵石多么好看，有玛瑙红的，有松青的，有带着白色条纹、彩色斑点的，还有兰江黄蜡石般发亮的。走了10多公里的溪涧，蹚过溪水，走过石岩，穿过树丛，看到的是到处的美景。心里想着的是：如果这里能够开发，那将是兰溪最美的山中溪涧了。

忽而，我们看到了一座高高的山岩，用无人机进行高空拍摄，看到的是岩石下的无底洞。真让人感到这是一个不可多得的美景。人们的感觉是比九寨沟的山水长廊还要美。

确实，我也有同样的感受。我们期盼着与芝堰古村联体开发，那芝堰会变得更美！

芝堰古村落：她八百多年了，还是那么完美

芝堰古村落位于浙江省兰溪市西北部山区黄店镇境内，至今仍保存着（全国）较为完整的元明清时期古民居建筑群。在这个十分宁静的古村落里，古街、古巷，灰瓦、白墙，水渠、池塘，天井、过道，无不印记着芝堰古村古时的繁华。

旅游业商业化的发展，打破了不少古朴旅游地原有的那份宁静美好。而能完整保留下来的古建筑不被商化的更是寥寥无几。芝堰古村，大概就是如今难能可贵的旅行地之一。

"芝堰"寓意以芝溪筑坝，灌溉良田，水绕全村，为村民提供生活用水，以田地养育子孙，靠教育培养后代，暗合古代中国耕读为本的教育文化。拥有 840 年历史的芝堰古村落，其精致的建筑，精湛的工艺，浓郁的徽派建筑人文气息堪与西姜的姜氏宗祠、诸葛的丞相祠堂相媲美的建筑文化经典之作。芝堰古村就是一座韬迹匿光的存在。

芝堰不愧为"文房四宝村"。芝堰陈氏先祖按照中国风水环境随类赋形的设计原理，以南北相向、贯通村中的街道象征毛笔，以北面陈陀山的"金交椅"象征笔架。街面上明、清和民国期间的店面楼堂比比皆是，其中有安寓客栈、银楼当铺、骑街木屋、碧水一径跨墙而过。以占地 1300 平方米的陈氏宗祠"孝思

堂"象征一块墨。以整座村落所处的平整的田畦象征白纸。以南面的"半月塘"象征砚台。芝堰陈氏后裔,世代耕读结合,勤劳耕作,书香熏陶,温文尔雅是芝堰村民的标签。

漫步村庄,也许会令你更加感慨。保存完整的古建筑已是不易,而淳朴的民风却是让人更加惊讶的意外。世世代代的生活习俗好像一直在传承,在你抱怨自来水的污染系数有多高的时代,这里的居民依然在放心地用着门前流淌的纯天然水。

祖先给这个面积仅 7.47 平方公里、住户 330 多家,村民仅 1500 多人的小小村落留下一笔巨大的遗产:芝堰村至今仍完整保存着 60 余幢民居、9 座祠堂、5 处骑街楼、1 条 500 米古街、8 棵古树、3 处庵庙道观,总面积达到 6 万多平方米。全村建筑的博大、保护得完好、珍藏品之多、文化底蕴之深,为外界所叹服。

"九堂一街"是芝堰古村的明清的建筑特色,适应南方多雨潮湿气候,采用中轴对称布局,厅与庭院结合的大型民居建筑。如果有时间有兴趣你可以数一数,它真的存在"九堂"。只是,你可能要认真一点。它比较"调皮",隐藏得深。

芝堰选址巧妙,水系完整,其一水绕村、半边路半边水的格局,构成了芝堰与众不同的风貌。从人与居住环境的角度看,芝堰古村落中最有代表性的就是全村的人工水系。芝堰的古建筑景观和水系景观的建设是整个古村落规划和建设的主要内容,在众多的传统古村落中极为罕见。芝堰人在治水上积累了丰富的经验,使水在生产、生活、美化环境方面起着重大的作用。在村落的布局上,贯穿古水系,把水的美发挥得淋漓尽致。楼舍多沿村内水渠而建,引水入宅,宅内建水池,设花坛,栽种苗木、花草,弄巷纵横交错,多设底下水道。水长流,水不息,水自然流入村舍池塘,使村落充满生动感,生命感,生生不息。

傍山而建、错落有致的四合院民居,古朴的院墙,斑驳的雕梁画栋，无一不在彰显着这儿过往的繁华缩影。置身于古村之中，能深切体会到这座经历几百年的沧桑陵谷，在悠久岁月中酝酿出古朴的芝堰驿道文化。

芝堰人是勤劳的象征。种种菜，做做手工活，村民们仍然保持着日出而作，日落而息的田园作息。自给自足，与世无争。生活在如此美妙的"画卷"里，管你外面的大千世界有何精彩都不足以比拟这儿的岁月静好！

如果说乡愁，那么芝堰古村就是有那种神奇的魔力——唤起你心底最真切的归家渴望！

故乡刘家怀想

我从没有离开家乡,在家乡工作已经有四十二年了。

工作的地方虽然离家只有十来里路,但由于工作常常不能回家看看年迈的老父和老母。

我时不时想着家,想着这生我养我的地方,我终于脱口而出——黄店——刘家。

我的第一印象还是我的故乡,我的娘家——刘家。

晚上做梦,依然是故乡的小路,家乡的亲人朋友。和朋友聊天,喜欢说起家乡的山山沟沟,家乡的父老乡亲。和老乡相见总会提起儿时飞凤山上摘松子,朱家溪边上捞蝌蚪,后山脚下捉迷藏的趣事……

有时老婆和我提起,过段时间该回趟老家了。我的第一反应还是回刘家。

至此我才明白,原来我的故乡、我的娘家已经在心里深深地扎了根。

刘家——我的故乡,是兰溪的一个有着深厚文化底蕴的文化古村。这是一个经济相对落后,文化却十分深厚发达的地方。不用说她是东汉汉高祖刘邦的后裔集聚地,也不必说全国著名的书法家唐国兴先生，更不用说享誉兰溪的省级文物保护单位刘家四堂等，单就是小字辈中，有习文练舞的、舞文弄墨者数不胜数。毫不夸张地说，刘家文化是黄店镇文化中的一枝奇葩。有非物质文化遗产迎銮驾、迎猪羊架、刘家墙画、刘家书画、刘家剪纸、刘家糕点、刘家馒头、刘家弹棉花等等达数十种之多。再说刘家的地理也是得天独厚。东有展翅欲飞的飞凤山，而紧紧相连的是兰溪著名的白露山；北有傲视群山的麦家山，朱家溪像条玉带环绕流过。这真是一个让人魂牵梦萦的地方。

不用说故乡的名山名水，名人名士，那里更是生我养我的故乡，那里是我从小长大的家乡，我人生中最美好的回忆，最亲的人、最牵挂的人都在那里，我怎么能够忘记？

每个人的童年生活都是难以忘记的，我们那个时代的童年生活则更为有趣了。一提起童年，那种童真、童趣、童乐的画面总会浮在面前。

小时候，我们同村同队同龄的小伙伴就有十多人，在一起玩各种游戏：和女孩在一起玩：跳绳、跳皮筋、打沙包、踢毽子、抓骨头；男孩一起玩：老鹰抓小鸡、捉迷藏……那时条件虽然很简陋，但我们别出心裁，能玩出很多花样。而且我们总是乐此不疲。更为有趣的是，我们小孩子一起学唱戏。学着大人的样子哼哼唧唧唱婺剧，学着舞台上戏子的脸谱，打花脸。有几个男孩子，偷着用红墨水打花脸，结果洗不下来，一连几天脸都像猴屁股一样，遭到大人的训斥。到现在想起都觉得好玩而又好笑。

另外，和小伙伴一起拔猪草的种种趣事，总是让人回味无穷。那年代，家家户户都养猪。大人忙，就将拔猪草这样的光荣任务交给我们小孩子，我们小孩子总是乐于受命。不用说拔草有很多的乐趣可言。我们可以抓蛐蛐、斗虫虫，脱掉衣服扑蝴蝶。更为有趣的是，偷着烧吃黄豆，洋芋，番薯。洋芋不容易熟，我们最喜欢烧黄豆吃。找一些柴禾，拔几株黄豆苗，扯掉黄豆苗上的叶子，只剩下黄豆荚。放在火上，烧得噼里啪啦，一会儿我们便吃起来，吃得满嘴、满脸的黑灰，却吃得津津有味，那香味至今无法忘记。

农民是辛苦的，干农活是艰辛的。然而小时候的我，或许是在哥哥姐姐的庇护下长大，农活干得不多，尤其是没有干过重体力的农活，所以偶尔干起，也体会不到其中的辛苦，而更多是一种参与的乐趣而已。

小时候，麦收季节是一年之中最忙的季节。我们小孩子地头给大人送水、送"干粮"（早饭），之后在地头捡麦穗、拾稻穗。母亲、姐姐们在队里忙着干农活，我们为他们烧粥、烧饭，还把焖在灰堂里的饭，盛在饭盒里，端到在队里干活的母亲、姐姐们吃。菜肯定是不好的，大多是腌过的小萝卜、萝卜丁、榨菜丝等。记得长大了一些，哥哥带着我，教我锄草、翻地、割麦子等农活。虽然很热、很累，但能帮大人干点活，心中有种小小的成就感。还有好多农活，都在哥哥的指导下边学边做。哥哥的脾气好，引得邻居羡慕不已："你看看人家兄弟，从不吵架，也不争嘴，让人多羡慕呀！"邻居夸着我们兄弟姐妹，我心里甜丝丝的。

父母亲已经有八十几的高龄了，我的一切牵挂都在。

记得每年春节，我都从兰溪城里要赶到刘家。要么我们回刘家过年，要么将父母亲接到兰溪家中过年。我们总是和老父老母、哥哥一家、姐姐一家和我一家一起过年。只要一想到春节能够和家人团聚，心里总是热乎乎的。我陶醉于这种亲情的氛围之中。

我们姐弟三人，姐姐为老大，哥哥是老二，我是老小。姐姐在老家刘家，是在家务农的，但她十分勤劳，和姐夫一道在家造了新房子，还在兰溪买了新房子。他们含辛茹苦将两个孩子抚养大，大的女儿上了幼师，当了城里一所幼儿园的教师，儿子上了大学，在兰溪一家印刷厂工作，现在生活过得和和美美。哥哥在兰溪第四中学教书。有一个女儿和一个儿子。女儿已在杭州工作，儿子小了点，才读小学。我在本镇政府部门工作，女儿上大学，一家人过得开开心心。可能由于父亲的影响，父亲是位退休教师，平生喜爱英语、书法，他是浙江省老年书法协会会员。母亲曾在师训班读过书，后来下放回村当过接生员、生产队会计。这几年，党的政策好，她也有了一份工资。我呢，没有辜负父母的教诲，勤于写作笔耕，今年，同事们要我带个头，我们白露山区域也成立了兰溪市白露山诗书画社。

提起故乡，就不得不说说对家乡小吃的回味。

不用说家乡的凉粉，荞麦粿，就说说家乡的萝卜粿。用萝卜丝和麦粉做成的皮，那味道真好吃。尤其在夏天，吃上萝卜粿，那真是再好不过的美味。

家乡小吃很多，牵人胃口的也不少，最不能忘怀的却是妈妈做的肉圆。至今每隔一段时间，尤其是大冬天或下雨天我就想起妈妈做的肉圆：肉圆用萝卜刨成萝卜丝，再切成细细的细粒，用番薯粉和成稀泥，将萝卜丝、猪肉丝放进番薯粉的稀泥内拌匀，做成一个个团团，放进蒸笼内，再用细火烧熟，那太好吃了。大冷的天，吃上两碗热乎乎的肉团，全身都暖烘烘的。

老家的这些东西一直到现在牵着我的胃。有些人不解，你怎么会爱吃这些东西？是的，我自己都说不清。好多年过去了，后来我才慢慢懂了：家乡的菜里、饭里有着浓浓的亲情和暖暖的回忆……

家乡，那里不仅有自己快乐的童年、纯纯的友情、好多美好的回忆，而且还有含敛不露、朴实无华却又真正无比的亲情……

老家是男人的根，故乡是游子的根。老家无论贫富，已经成为我的一种情结；故乡无论美丑，已成为我心中最深的情愫。

刘家——是我的故乡。它在我心中早已生了根，发了芽！

邂逅民间艺人郑有莲

民间艺人郑有莲，我早在几年前就熟知她的名字，但始终没有谋过面。

这次，2021年6月18日，由我策划由黄店镇人民政府、黄店镇成人文化技术学校、甘溪书画社、黄店镇文化站主办的黄店镇庆祝建党100周年平安建设书画展上，给我一个意外的惊喜。居然，郑有莲来到了我们展出的队伍中。

在我们的展出仪式上，郑有莲以她独有的道情和我们同欢乐。

长征已经成为革命教育的典范，在各个时期都发挥着积极的作用。红色经典史诗《长征组歌》以艺术的形式再现了长征艰难的历程，让人们更加清晰地认识到中国革命的先进性本质。郑有莲唱的道情《长征组歌》，生动地再现了《长征组歌》的多场景的风貌。

她还和甘溪书画社的社友们、黄店初中的学生们一起合唱《没有共产党就没有新中国》，郑有莲还是用她那道情的方式唱我们耳熟能详的《没有共产党就没有新中国》，唱出了我们热爱共产党、热爱新中国的豪情。

我被郑有莲那无私无畏的精神所感动。于是，我有意采访了她。

1968年出生在兰溪市永昌街道高端行政村下塘里自然村的郑有莲,孩提时就听本村民间艺人沈有良唱道情。虽然那时她不知悉道情为何物,可是觉得道情别具一格,特有情趣。那时,她就萌发奇想:将来唱道情,争取像沈有良一样唱得有声有色。

从2016年开始,郑有莲就全身心投入道情研究,加上得到各级领导大力支持和指导,创作猛迅提高。她有一个爱编新鲜事物的习惯,从乡村建设写到垃圾分类和各种宣传片。每个场景不同台词,至今已编制了一百四十多个剧本,即使赶场也要临时现编,她的作品《生态竹林好风光》在金华文旅局《文化金华》一书中出版,《小稀奇耍赖皮》《赵氏记》《古韵兰溪》《八婺美食》《美丽引的百凤来》《垃圾分类习为常》相继在刊物上发表。2020年正月疫情突袭,接到市文旅局和文化馆的通知编创9个宣传节目,其中《两个人的婚礼》被省里评为优秀作品,有好几个节目上过"学习强国",在一个星期内点击量超过三十五万次。

郑有莲的唱功字音准确、咬字清晰、字正腔圆,表演动作等等,不但金华市级领导认可,连省级专家老师每一次都这样认定,说她已成了自己独派。

功夫不负有心人。现在郑有莲已成为金华市非物质文化遗产传承人、金东区曲艺协会会员、兰溪市首席技师、兰溪市戏剧学会会员,兰溪市作家协会会员,市文化能人,永昌文化站文艺宣传队教员、永昌街道以及云山街道派出所轻骑兵、游埠派出所宣讲员,金华电视台《节节棒》特邀嘉宾。

郑有莲,你的道情艺术已经成为兰溪的一枝独秀,我赞美你!

铭刻在源心的往事
——写在邓亚平《源心往事》出版发行之际

"春花秋月何时了,往事知多少。"正如这句词所言,往事是我们生命中必不可缺的一部分。时光飞逝如白驹过隙,生活在时间的流水中,已变了一个模样。无论是过去的欢笑,已逝的悲伤,都铭刻在心头,难以忘怀。

源心村包括里王、殿后徐、考坞源 3 个自然村,以源头的中心得名源心。源心村在 1958 年前属于建德县管辖,1958 年 9 月 22 日划归兰溪县管辖。1978 年因建芝堰水库,源心大队的里王村被迁移到三峰殿口。1984 年源心村迁移到永昌、游埠两个区的八个乡镇。至此,源心大队改为考坞源大队。

我认识源心村应该从我 2002 年借调到黄店镇政府工作开始,后来,在 2004 年 4 月芝堰乡并入到黄店镇,芝堰村开始旅游,我被黄店镇党委派到芝堰村挖掘旅游资源的工作。那时,常常有领导去视察芝堰水库,我也因此跟着领导去考坞源、去下慈坞,去十二曲。因此也常常路过源心。

当时,我在黄店镇综合办工作,任综合办副主任,并兼任黄店镇宣传干事、统战干事,以及文化站工作。在黄店镇认识了源心村迁移到永昌街道桥下河村在黄店村开厂的王赛军老总,我是看着王赛军的厂从一个家庭作坊走向一家面向全国的生态印刷油墨加工企业。

我认识邓亚平，应该说是事先知晓邓亚平是一个诗人，一个会写诗歌、会创作的人开始，当时的广播、报纸时不时会有他的名字。他的名字又和打乒乓球的运动健将联系在一起。

一次，不是偶然也是必然的机会。王赛军厂子从黄店他岳父家的家庭作坊搬进黄店村甘溪河道旁的新厂里，开展庆典宴会，我去参加了，邓亚平也去参加了，这是我们俩走到一起的开端。

几年前，王赛军约我们两人写一本关于源心的书，邓亚平知晓源心村的方方面面，当时我们约定，邓亚平写一本关于源心村历史的书，我写一本关于兰溪王氏文化的书。

过了整整一年多时间，邓亚平的文稿写出来了，交给我看了几遍。后来，我就约邓亚平将稿子送到金华市婺文化研究会去看看行不行。我将我的《金华名人与家训》等稿子与邓亚平的稿子一同送到了金华市少儿图书馆（金华市婺文化研究会）的周国良那里。过了一个月，有了新消息，我的《金华名人与家训》的书稿选中了，其他如《兰溪古城》一书需要通过金华市政协文史委审核才能付印，而邓亚平的那本书需要重新修改。

时间过得真快，一晃就是一年。有幸通过金华日报印刷厂的兰溪上戴老乡戴杏梅来电，说今年婺文化的书稿又要开始审核了，你们有没有将书稿送去，我说："没有。"她说："最迟也要明天送去。"我打电话给邓亚平，邓亚平早就将修改好的文稿整理好。我帮他拷贝好，打好申请表格，第二天将书稿匆匆送到金华市婺文化研究会周国良那儿。过了几天，电话来了，我的书稿名落孙山，邓亚平的书稿选中了。

我为他的书稿能够出版而高兴。如今已正式列入《婺文化丛书》，由河海大学出版社正式出版发行。

后来，周国良馆长与戴杏梅老师都这样给我分析。

邓亚平的书，书名就是独到的。怎么说呢？源心，在中国的地图上可以说不能重来，是一块被芝堰水库的水湮没了的土地。在源心村所发生的事，只能用往事来形容。可见，邓亚平所出的书，是一本十分难得、十分珍贵的书，是一本再现源心村历史的书。

纵观邓亚平《源心往事》全书，其源心村的邓氏、王氏、方氏、叶氏、项氏、唐氏、曹氏等等历史可考，其渊源源远流长，使我们可一睹就能知其历史，就能通晓其渊源典故。

从书中我们也能够十分明晰地知道源心村的民俗风情、特产、风俗习惯，以及民间轶事、故事传说，使我们流连忘返。

更为可贵的是，邓亚平在插图上，运用手绘的图画方式，展示图画形象，使人看了通俗易懂，不落俗套。

《源心往事》如同源心村的一部村志，记载着源心村的历史，我们不仅可以感受人世沧桑，感知村庄的变迁历史，感悟生活启示，更可以从源心村的发展轨迹中看到我们国家向前跨越的矫健步伐，听到一个时代前进的厚重足音。

2020 年 11 月 13 日晚于兰溪溪西家中

寻找兰溪龙门范氏发源地

兰溪黄店镇山区坞口行政村龙门自然村是宋代名丞范仲淹的一支后裔。确切地说是姑苏范氏正路公迁兰的始居地,现已繁衍出几十代子孙,名人辈出。每年的三月初十,后裔们源源不断地从四面八方不约而同地汇集到龙门来此祭拜他们的祖先,瞻仰他们的祖先陵园,寻访共同的龙门范氏发源地。

2021年7月23日早晨,我们5点钟就起了床,我和黄飞军两人一同来到了黄店镇余粮山行政村坞口村。

龙门村已经下山脱贫,村中已经无人居住,房屋也已经变成了废墟。

这天天下着毛毛细雨。我们带着伞,路上都是露水,并且都是布满荆棘和蒙草,一不小心就会被荆棘和蒙草割出血来。

我们俩一边拍摄,做着抖音;一边艰难地行进着,不小心就会滑倒。我在回头的路上就滑倒两次,差一点就跌入深潭,十分惊险。

坞口到龙门村有三里多地,我们一同沿着蜿蜒的山垅,穿越过一段崎岖不平而又磨得溜光的石阶,看到了起伏连绵的山峦郁郁葱葱的灌木丛林,就来到龙门村的故地。龙门村就嵌镶在半山腰中,以前,我到龙门村,村里房屋大多为泥坯墙,木结构粉墙黑瓦，房以木楼为主依山势而建。村子很小总共只有三十九口人（男19人，女20人），为主有范庆生、范汝法、范寿开、范德明、范梅松、范月忠等六户。

现在的龙门村只留下一个只供采摘茶叶时的休息用的茅铺屋，还留下一座范氏宗祠。范氏宗祠是三大间泥坯矮房，是村人用来祭祖活动的地方。

龙门村与毗邻的建德西坞村、蟠山村、沙溪村（现叫范山头村）同为一脉，共同几次续编过家谱。西坞的家谱现在保管得较为完整。里范、芷芳岗、洞源、范宅、毛堰、社溪、里仁范等支后裔众多遍布各地。所以龙门范氏有三十六厅堂之说。龙门祖传下来的山地田产很多，十几里之外都有龙门范家的田产。原先总祠堂在山梁一侧，有三间三进两天井，高高的门槛，宽敞的门厅，大门面向东南气势非同一般。从现祠堂门旁散落的几件硕大石雕及房梁结构来看，曾经一定是大户人家，历史的沧桑已经合上了显赫的一页。

我们刚找到范氏宗祠，就下起了大雨。

现存的叫"粥租祠堂"，匾额悬挂正中房梁上，堂中楹联历历在目：

虎丘大学留芳远，龙门宰相在忠贤。
忠贤流芳功列青史，华嵩品格江海文章。

出将入相文武兼备，多智重德千古名扬。
甲兵富于胸中一代功名高宋室，忧乐关乎天下千秋俎豆重苏台。

北宋贤臣位归仙佛昆仲镕钟左右臣相陪伴君王参政朝纲挺秀

兰江世禄无双；

姑苏分支越兰弼祖正路太公游学龙门入赘鲍氏发繁衍盛建兰二邑卅六厅门。

据《龙门范氏宗谱》记载：龙门范氏者，吾兰之望族，姑苏之遗裔也。姑苏自文正（范仲淹）、忠宣父子相继为宋贤相，钱忠辅称其忠义满朝廷，事业满边隅，功名满天下，范仲淹父子为相，范氏之流泽远矣。

范仲淹《岳阳楼记》"居庙堂之高则忧其民，处江湖之远则忧其君"的忧国忧民的思想与"先天下之忧而忧，后天下之乐而乐"的博大胸怀，已成为千古传颂。范忠宣"以责人之心责己，以恕己之心恕人"来劝诫子弟教育子孙。

范仲淹之孙范正路自幼敏颖其资，好古其性。四书五经，无所不通。宋神宗熙宁丁巳年（1077年）春公游学两浙，溯钱塘江而上，不日来到严州城，鲍大宣议（今朱家坞口人）询知宦门之后，遂以女许之，为避战乱而卜居龙门上竺坞，即今与建德交界的坦滩岭之侧。由此成为迁兰溪龙门范氏始祖。若干年后一位叫范公渐的太公遭劫虎难，子文裕遂迁往清口（今兰江街道里范村）居住。繁衍了更为鼎盛的一脉。

龙门村已经不再，但山美林幽，是这里孕育了代代名人，"无地起高楼"的宋代丞相范钟、大理寺少卿范镕、殿中侍御史范处义；彩衣堂村宋代孝子范宠、范宅村现代"浙江省十佳孝子"范庆如……这些都成了古代的、现代的典范，成为人们心中的楷模，由此，我们留恋于这山，留恋于仅剩下的范氏宗祠，我们常回首。

黄店出仙女的景点——仙人台

坞口仙人台，我是去过多次的。

在几年前，坞口村准备旅游开发，我就与坞口村的书记、主任一道去爬山，他们带着柴刀去，一边劈去路边的杂草，一边艰难地行走。快到仙人台了。我们一直往上爬。那时，到仙人台还没有什么路，我们3人自顾自地爬。结果，我们3人虽近在咫尺，可谁也看不见谁，只听到喊我名字的声音，最终找到了仙人台。

之后，坞口村就搞了个旅游开发项目，我帮助他们村写了个旅游规划方案。过不上一年，通过村干部们的努力，兰溪建设、旅游部门等就有了投资项目。

2021年6月29日下午4时许，由黄飞军建议去坞口仙人台看一看。我觉得也有两年时间没有去过，他们两人都没去过，我还是陪他们去玩玩。

在坞口到大洋的这条路上，过了坞口村，我们把车子停在了去仙人台过了桥的路边上。因为只有这里才能停车。前面是一条用鹅卵石铺成中间夹着一块石板的仅有1米多宽的路面，这对于我们这里的山区来说，应该是最好的路了。

山道弯弯，弯弯山道，两边是高高的山峦，树木葱茏，满山满野长着许许多多的有刺的蒙草，开着灰蒙蒙的野花，煞是好看。

沿着山道前行，脚下是被大片长高了的野草覆盖的小溪，泉水叮咚，只听到水流的歌唱，却看不到溪的影子。再往前走，偶而露出小溪的样子，偶而能够看到一个个小小的瀑布。

我们大约行走了3华里路，我和黄飞军满身是汗。快到仙人台了，王建光说他恐高，不愿上坡去。

我们只顾着上山，上面建造着一个亭子，在成片的竹林中间，有一大群岩石，岩石高峻突兀，让人感觉到大自然的魅力所在。

绕过几大堆的岩石，来到了仙人台的正面。你瞧，真的像仙女一般，有头，有脸，鼻子呀，嘴巴呀，还有打着折的头发呀，栩栩如生。真的，深山出美女啦。

这美女还有着不凡的故事呢！

在黄店镇坞口村北下邵坞的一座半山腰，有一个奇形怪状的石台。这台头大脚小，四周凌空，是由多层石块重叠而成，名叫"仙凝台"，又称"大桥脚"，如今人们称它为"仙人台"。台高三丈五尺，分五层，到三丈高的地方更奇特，石上重石，向外挑头，一块挑一块，顶石大如台桌面。一只石角，对准建德三河地方。

传说，古代水漫金山寺时，一片汪洋大海，无路可走，神仙想造一座大桥通往三河，桥墩即将完成，突然从东方飘来一朵乌云，天色变得灰蒙蒙的，一霎时，下起大雨来了，造桥的神仙很着急，雨越下越大，没有办法，便派了一个小神仙去借蓑衣，小仙来到一座高铺妇人家，问道："老大妈，问你借一样东西。"老大妈接道："什么东西？"小仙说："我们在搭桥，通往三河，天下雨了，想向你借件蓑衣穿一穿。"老妇人应道："我家没有，有也不肯，你们想搭桥通三河，这么长的路，就是神仙祖宗也搭造不了。"小仙很气愤地转身,将老妇人的回话禀告了众神仙。众神仙听了,十分气恼,搭桥的信心也就消失了,由于老妇人的这一番话,大桥就半途而废了。至今只留下"仙凝台"的大桥墩。

故事不错吧!

坞口村有着不少的故事,也是出美女的地方。如果你有兴趣,不妨到坞口仙人台来看看,看看坞口美女的风姿。

黄店一处极佳旅游胜地——上金水库

2021年6月28日下午,天下着蒙蒙细雨,我与黄飞军、王建光3人由黄飞军驱车来到黄店镇大坞陈行政村上金自然村。

进入大坞陈至上金村的道路,两边的风景就开始吸引着我们。远处的三峰山烟雾缭绕,到处弥漫着水雾,如同白白的云霞,煞是好看。于是,我们停下车来,用手机拍摄这美丽的风景。

相传晋朝时期,在三峰山上有一个山洞,此洞天将下雨,洞内必有云气先出,人们说是白骨精在作怪。有个方士叫葛稚川又名葛洪的人,到此洞修炼仙丹,撰写了《神仙传》,时间过了好几千年,葛稚川修炼成精。为了纪念他自己修炼仙丹过的地方,他便使用法术变成了大峰下面有三个小峰,排列得如三子拜母一样。因此,三峰尖又称三子拜母山。

到了宋朝年间,三峰山下周边出了陈天隐、董少舒和金景文三个大孝子,在兰溪市三峰山一带,至今流传着陈天隐、董少舒和金景文三个大孝子的故事。

宋咸淳四年(1268年),知县事沈应龙以陈天隐、董少舒和金景文三个大孝子又奏请于朝廷。立碑建祠于学宫之后,建三贤祠,立八行碑,以教育后人。由此,望云乡也改名为纯孝乡。柱联孝子贤孙出于此典。

三子拜母山,此三子便是陈天隐、董少舒和金景文。由于孝敬感动了上帝而变成了三个小峰。

这三峰山是三孝子孝敬父母永恒的形象。

我们将车开到快到上金村的路口,一条较窄的水泥路向着上金水库盘旋而上。路只能容得下一辆桑塔纳汽车行驶,如果对面来了一辆车的话,那如何避开车,将是最大的问题。

蜿蜿蜒蜒行了大约3里路,来到了一座刚刚建设好的两层水泥楼房前,我们停下了车。

早就听人家说:从上金村进入上金水库,有一个很大的山坞,人们称其为鸡啼坞,理学大家金履祥就出生在这里。金履祥小时候,鸡啼坞蛙声一片。可当金履祥刻苦学习,连青蛙都知道金履祥长大肯定是国家的栋梁之材,于是,青蛙在鸡啼坞里都不叫了。为的是让金履祥好好学习,让他长大后成为国家的栋梁之材。

我们沿着泥泞的道路往前走。只见一条小溪蜿蜒而过。潺潺流水发出"哗哗"的流水声。宁静的山野顿时被这流水声所触动,我们为大自然的美丽风光所吸引。

雨哗啦啦下,我们带着雨伞一路前行。树是遮天蔽日,如荫如盖。路上的树叶红彤彤、金灿灿,我们踏着树叶,拍摄着美丽的山色树影,聆听着"哗哗"的流水声,静悄悄地爬上一条通往水库的山道。

在密密麻麻的森林丛中,我们看见了一座小屋,是近几年刚建造起来的,上面写着"黄店镇大坞陈村供水站"的字样,看来,上金水库的水已经起大作用了,成为大坞陈村村民的饮用水源了。

近了,近了,上金水库近了。

从远处看，水泥大坝陡陡地耸立着，直直的，笔竖的，横断在两山之间。一条宽大的瀑布从水库的坝顶一直倾泻而下。这奇观是我们黄店很少看到的。

再往上走，我们就来到大坝上。大坝很窄，是一个拱形的大坝，坝面宽只有一米光景，如果不小心就会落入深潭。在这里，你可千万要小心的，注意安全呀！

上金水库又叫金塘里水库，水库于20世纪60年代末、70年代初建造。当年建造水库最先进的设备是独轮车、二轮车，靠人挑肩扛完成。

水库水碧蓝碧蓝，其深度深不见底。四周群山环绕，树木葱茏。这是黄店镇最能吸氧的地方，这是黄店镇的天然氧吧。

如果有一天，这里搞上民宿，沿溪流开辟水上旅游项目，在茂密的树林间，喝上最原始的凉茶。在水道的两旁开设原始的小帐篷，在里面栖息、谈天、喝咖啡、喝奶茶……那肯定是爽快无比的。

如今，黄店镇的旅游越来越有气势，黄店的历史文化的挖掘越来越得到上级领导和部门的重视，我深深地期待着黄店的全域旅游如火如荼地展开，我深深地期待着黄店的旅游会越来越红火。

拜谒金履祥墓

我曾多次去黄店镇桐山后金村去拜谒金履祥墓,也曾多次带着学校的党员去桐山后金村参观仁山书院。我也曾与金士龙一起合作编撰了《金仁山文集》,也为桐山后金村申报浙江省传统村落、中国传统村落作出了应有的贡献。

这次去桐山后金村,是 2020 年的 11 月 13 日,我受金华市北山书院有限公司徐宇仙院长的邀请,与江苏了蒙书院的丰楠先生、古林书院的钟子信先生与卢憬洁女士,中国管理科学研究院职业教育研究所堂构国学的范华女士等一行 10 余人来到黄店镇桐山后金村,主要参观了浙江省文物保护单位仁山书院,以及桐山后金村的古建筑,对今后如何打造仁山书院国学文化进行探讨。桐山后金村村主任金永忠、村党支部委员金晓健、村民安莘牧场老板金航进行了陪同。

随后,我们来到隔壁的村庄建德市大慈岩镇新叶村。

新叶村是个美丽而又古老的村庄,离开桐山后金村只有 3 华里。这个村流传着许许多多关于金履祥的故事。有金履祥给新叶村堪舆、金履祥在重乐书院讲学,金履祥与学生叶克诚一起走棋等等故事,可谓脍炙人口。

我们回到桐山后村已是下午三点半。我们驱车来到桐山后金村的村口,只见有一座新建的石亭。该亭为八角凉亭,由 8 根石柱子建成。名叫"书香亭"。其两柱子上书有楹联:"青山郁郁圣贤之辈长于斯,书院森森邹鲁之风兴于此"。上联描述的是圣贤金履祥生长在这里,下联描述的是仁山书院在这里兴起邹鲁儒学之风。

我们将车子停靠在到金履祥墓的墓道边上。这条墓道是几年前做成的水泥路面,可以开一辆小汽车,直通金履祥墓。长度大约有1华里。

我们徒步走在墓道上,踩在石子路上,踩上红红的树叶,来到金履祥墓边。

金履祥墓庄严开阔。这个墓是金履祥的原墓。自元代一直保存完整。现在是兰溪市文物保护单位。墓碑为石板,有金文安公墓字样。我们在金履祥墓前肃立良久,一种思念在脑际萦绕。

人们常说:"有的人活着,他已经死了,有的人死了,他还活着。"金履祥就是一个死了几百年的人,但人们还是不会忘记他。

待到太阳西下时,桐山后金村老年协会会长金廷寿赶回村子,于是我们回到了村委会大楼,共同探讨起如何开发好仁山书院的议题来。

等我们驱车回兰溪、回金华,路上已经是蒙上了黑黑的大幕。车灯一个劲地眨着眼睛。

如今,桐山后金村是中国传统村落,仁山书院是浙江省文物保护单位,金履祥墓是兰溪市文物保护单位。而金履祥死后列入孔庙第七十二位。北山四先生,何、王、金、许,到现在有书院的是金履祥,有墓的是金履祥,其村落被批准为中国传统村落的后裔也数金履祥,列入孔庙,称为大儒的也是金履祥。桐山后金村人已经把他们的祖先金履祥的思想高高举起,兰溪市仁山文化研究会已经批准,在此全国上下弘扬中国优秀传统文化的当今,金履祥的思想更会发挥更大的作用。

第一辑 故乡情愫 053

北山云里民宿

常到香溪镇姚郎村去吃农家乐，这农家乐让我流连忘返。

后来，姚郎村变身为北山村了。何谓北山，就是金华北山的北山。这姚郎村就位于金华北山山脉的西北部，由于行政村撤并，姚郎和保卫两个行政村合并而成北山村。

北山村在一个长长的山垅里，湛里源不仅生产杨梅，而且生产兰花。

明正德年间（1510年）《兰溪县志》记载："杨梅，湛里源产。"清光绪年间《兰溪县志》记载："果之属二十有三种，杨梅、梅杏、枇杷……""杨梅，穆澄源产者佳……"由此可见，当时兰溪杨梅已具商品栽培规模，质地优良。

湛里源是兰花的重要产地，如今浙江大学、浙江省兰花协会在湛里源开辟了兰花基地，令我们百看不厌，闻之清香，不愿离开。

2021年3月13日上午，我们受刘国贤之邀来到北山湛里源，我邀请了章一中、张小芳、郑友莲、陈星及郑旭星等一同前往。

在路上，我就提起兰溪电视台的兄弟2人就是湛里源的，那是10多年前的事了，我到过这里，摘过板栗，采过竹笋，真是格外的有趣。

到了湛里源，看到贤云居的标牌，汽车转向一个小型广场停了下来。一排高大别致的崭新楼房就在眼前。我慌忙直奔进去，便不知是谁家？

"刘鑫！"一个熟悉的声音在叫唤我，我才知道是我先前知道的电视台兄弟的家。过去是泥墙泥房，如今是别墅洋房，真的大变样。以前山道弯弯，如今是宽阔的沥青路一直延伸在山脚下。

后来，我问刘国贤，才知道我们要去的农家乐正是电视台兄弟的妹妹杨小曦。

在云里民宿，周末的客人真多，包厢里坐满了客人。杨小曦热情地招待了我们，我们在茶吧里喝茶聊天。

郑友莲还带着唱道情的工具唱起了道情。章一中老校长还讲起了湛里源的故事。

他们的演唱和故事，使得这北山、这云里民宿添上了浓浓的神秘色彩。

兰溪的北山村是金华北山之下的一个行政村，这里有古代通往玲珑岩、金华双龙洞的古道，金华北山先生何基是朱熹的嫡传弟子，而在北山村宝惠寺村有"朱熹三访地，朝廷七聘家"的范浚墓地。范浚是"婺学之开宗，浙学之拓始"，为浙江之学、婺州之学起到了开天辟地的作用。

姚郎村有着美妙的故事：传说清代有一姚货郎，来到此地，与一村女结为夫妇，安家立业。姚郎热心相助，受人尊敬，村落人口逐渐增加，邻村村民都把该村称为姚郎。

中岗脚村，以山岗为名，为大里源中一处风景幽雅之地，明代御史徐用检，曾筑室于此。村在岗下。曾筑室于此。村在岗下，故名中岗脚。

磨石宕村山石可磨刀，采石有宕，故名磨石宕。

虎洞背村，虎洞溶洞内可容纳 4 个人，村在虎洞背得名。

北山村可谓山高水长，故事多多，美景多多，是夏避暑、冬赏雪的旅游休闲胜地。

北山云里民宿，我们还会再来！

画家童之风和我心中的"露源深处"

童之风是活跃于民国年间的本邑著名画家，他的家庭成员如何？查得露源童家源村《雁门童氏宗谱》，童之风，原名成文。其父亲童江海，行文三五，娶章氏，生五子：成文、成堂、成就、成清、成祥。成文，行敦四六，娶余氏，生三子一女。长子菊生，行睦四二，娶凌氏，生一女；次子作生，行睦六二，娶叶氏，生五子一女；幼子济生，行睦九七，娶吴氏，生一女继一子永红。永红，行忠百五三，娶章氏，生一子哲。

据《兰溪市志》《甘溪乡文化志》及《雁门童氏家谱》记载，童之风1892年6月间生于兰溪市黄店镇露源行政村童家源自然村。7岁入学，资性图画，常潜入庙中以小刀刮取佛像身上各色，充作颜料，专心志切。及长酷爱写真，赖以谋生。幸其时有一先生来乡，据说是安徽人，姓黄名起凤，号称老慈先生，专画山水，邀童之风往严州、桐庐、分水、富阳等县，挟艺遨游。他为人画肖像，起凤补景，颇受欢迎，至今在桐庐、分水、富阳、建德乡里甚有名望。从此弃写真，改画山水人物，取法吴友如，又得书画先辈杨文芷推许，声誉渐起。后去杭州，见陈梅舟所画人物，识见一开。回乡后潜心侍女，衣褶线条，仍遵古法，头面体态，则参以现代画理。时南洋工业社征画，寄山水、人物各一稿，均获奖。画家钱云鹤创神州吉光社于上海，征得之风画稿百余幅，为其出版《童之风画谱》在沪行销。自民国元年至"七七事变"，各地征画风气甚盛，如常熟流通书画社、杭州金石书画会、丹阳青云书画社，国外有吉隆坡书画会等，当时兰溪书画成风，应征者甚为踊跃，论者谓之风有倡导之力。

童之风一生信佛，曾入过同善会，常以斋戒诵经，不好购置家业，专行布施，用画画所得及平时所积于民国十三年购大米以施贫困，买棺木用于江南禅院无人收尸者。

新中国成立后童之风曾做过许多墙壁宣传画，如武松打虎画、愚公移山图、人民公社五年规划图、除四害图等，有的至今犹在。1960年8月间，抱病尚作《渔樵耕读图》，至农历九月初五逝世。

1992年8月，我从黄店镇刘高联小调到露源联小担任负责人。经学校教师童富仂介绍，认识了画家童之风先生的幼子童济生。济生先生也写得一手好书法，我十分敬佩他。

学校开学不久，济生先生就提起有一块名叫"露源深处"的石碑，是兰溪市的文物，需要保护。他的愿望是将"露源深处"的石碑竖立在学校的校园内，放在正中位置。当时，学校正中建有花坛，花坛里种着一棵高大优美的东北松。我当时就答应了，一是对已故的画家的敬仰，二是为了培育学生将来成为国家栋梁之材。数天之后，学校黄望平、余文溪等老师与村民一道就从童家源村童济生家门口将"露源深处"石碑抬到了学校，并一起竖立在学校的校园正中花坛的右边。那时，学校虽然简陋，但"露源深处"石碑也体现了一种校园文化，他成为激励学生努力学习的座右铭。

随着与"露源深处"石碑的日渐亲近，我也逐渐了解了"露源深处"的故事。石碑原先立在白露山下的白露殿前，那里有个望云亭,路旁有一巨石,其上立有一碑,即此"露源深处",为童家源村民国时期著名画家童之风于1936年所立。碑石正面右侧深刻"露源深处"四个大字,左侧题七言绝句一首:"甘溪水绿环如带,白露山青障似屏;此处烟村原不俗,问津先到望云亭。丙子仲春,甘露乡童之风镌立并书。"左上角有隶书题曰:"清水环抱雅士,深岩群峰拱秀。源远流长古址,纯孝人,甘露乡,溪山如画果不虚。楞个有隐者,永世留芳。国均孙秉之。"题字者孙秉之(1892—1968)是杭州人,字国均,号松石山民。民国时期在兰溪县财政局任职,曾担任兰溪担三中学教师,与著名书画家余绍宋、童之风等相交游。工金石、擅书画,其书法精严,真、行、隶俱工,花卉、翎毛、走兽皆精。

碑阴刻"惟善为宝"四大字,后题:"先圣云:积善之家,必有余庆。不善之家,有余殃。释氏云:佛与众生,同性其大善者,发善愿,结善缘,成善果。太上云:吉人语善,视善行善。一日有三善,三年天必降之福。是以入世,为人为善最好,善验无涯,莫非至宝。圣以是宝,而德配昊天;佛以是宝,而不坏金身;仙以是宝,而丹鼎功成。圣贤佛仙,人人可造。曰如何造?以善为宝!惟不明善,因失其宝。人皆有爱宝为宝,宝在善中,善以生宝。有若何善?有若何宝?善多宝多,善少宝少,非善非宝,是善是宝,惟愿人人乐善,惟愿人人怀宝。夏正丙子闰三月中浣甘露乡定禅之风敬撰并镌。"

1952年,碑石被扳倒用作小桥。多年后,在文物普查时被发现,予以保护,后被童之风之子童济生叫村民抬到家门口,因此将"露源深处"碑保护起来,于1992年立于露源小学校园内。

1993年上半年,露源联小边的潘村,来了一位台胞,我们先后多次来到台胞潘壬坤先生家,说服其为家乡兴学助教,潘先生欣然应允,给予赞助。我们又在花坛的左边竖立起一块石碑,我请当时在露源教过书,现在黄店镇中心小学任教的王景琪老师题字"恋故兴学",以铭记其善举。1995年9月,台胞潘继美来到潘村老家,潘继美老人在我们的沟通下,也相继为学校捐款。于是在"恋故兴学"的碑上,在潘壬坤名字的下方,又添刻了潘继美的名字,以示纪念。我在露源联小四年,1996年调入黄店镇中心小学任副校长。其间,我来到过白露山的忠隐庵,认识了无尾螺蛳,还有周三畏为保护岳飞,挂冠出走白露山隐居的故事,不仅使我对白露山露源深处产生敬畏之心,而且从此我养成了热爱白露山的极大兴趣,收集整理了《白露山传说》《白露山揽胜》等书籍。2002年8月,我被借调到黄店镇人民政府任综合办副主任,还兼镇文化站等文化宣传工作,我与童济生的往来也十分密切。

2006年7月,露源联小被撤并入黄店镇中心小学,学校因此停办,当时的露源、潘村两村一同将校产拍卖。在童济生的极力要求下,村民们将校园花坛中的"露源深处"石碑抬放于童家源村祠堂内,但童济生每每遇到我都对我说,最好将石碑放回到原来的地方。2001年,在重修《雁门童氏宗谱》时,济生先生在撰《露源深处碑记》一文中叹息:"(碑石)不知何年能归原处?"遗憾的是,直到2015年农历十月初六日童济生因病逝世,也未能看到碑归原处。

光阴似箭,到了2017年上半年,潘村自然村村民自发对"望云亭"进行重建。他们聘请原来在露源教过书的王景琪老师在四个石柱上将童之风写的《露源深处》这首诗的四句诗文以楹联的方式镌刻在亭柱上,并立有《功德碑》,记曰:"望云亭始建于清代,实乃露源深处之要道,亭名为潘渝生祖父所题,原属砖木结构也。七十年前不幸被焚,先辈重建了青石砥柱凉亭,颇具古姿,之风先生盛赞。现今,梁檩霉烂,房瓦千疮,四周荒芜。

面临此景，村民踊跃捐助；游子慷慨解囊。筹建组顺民应势，主持新建，历时十八天，耗资四万余元，使'望云亭'更展雄风。为彰显精神，传承美德，勉励后人，刻碑铭记。潘村望云亭筹建组，公元二〇一七年八月六日，丁酉年闰六月十五日立。"

正是望云亭竣工之时，露源村村主任潘庆云与退休在潘村的老师潘美忠打电话来，要我去露源证实一下露源深处的石碑原处在哪？当时是9月初，一大早，我就来到露源村办公楼，我们和露源村的干部们一起看了在白露殿到望云亭路边的一个巨大的岩石，岩石上有一条古旧的被凿过竖立过石碑的痕迹，当地年老的村民都说，小时候看到这石碑就竖立在这里。于是我们与村里的支部书记童云虎、主任潘庆云和童家源自然村童兆年、潘村潘美忠及童之风孙子童永红一起去童家源祠堂查验石碑，明确是"露源深处"原碑无误后，第二天一早，大家郑重其事，由童之风孙子童永红带头，先到童家源村对面的馒头山上祭拜之风先生，然后来到童家源祠堂里，将"露源深处"石碑抬到车上，运至望云亭边，村民们齐力将石碑抬到岩石边，小心翼翼地竖立固定在原位上，最终完成了童济生将"露源深处"石碑归为原处的愿望。

"露源深处"深深地印在我的心里。

刘家村的吉祥三宝：茶、回回糕与粽子

刘家村位于浙江省金华市兰溪市黄店镇，驻镇以北 5 公里处，白露山脚下，地势多丘陵，属于半山区。刘家行政村辖刘家、高井、夏唐、新唐、东坞 5 个自然村，区域面积约 3.14 平方公里，其中耕地 567 亩，山地 3303 亩，水面 10 亩。刘家行政村为汉高祖刘邦后裔聚居地，村中保留了多处明清时期的古建筑。

刘家村闲置土地资源丰富，因此高井茶、回回糕以及粽子制作的大部分原材料都是源于当地，在防止产业外包的同时，既节约了运输成本，也为产品本土化的历史发展形成了基础，有利于刘家村日后产业链的形成。以下是刘家村的具体农副产品现状：

高井茶：刘家村的高井茶在 1966 年引进，属于鸠坑茶的一种，目前在山上有 70—80 亩田地，当地土壤多为黄土，适合种植茶叶。销售方式传统，多为被动销售下单，熟人销售模式，滞销情况较为严重。

回回糕：刘家的回回糕是黄店镇一带做得最松脆爽口的，名传兰溪。目前刘家村并没有就回回糕形成完整的工厂和产业，也没有建立外销的渠道，属于自产自销。但是刘家农户家家户户都会做回回糕，这也在一定程度上保证了回回糕的手工流程、传统的口感及配方，才有潜力形成刘家村的特色产品，从而发展成产业。

粽子：刘家粽子口味多样，有定做口味的服务，目前在当地已经形成了小型工厂，但仍为半手工半机械化的生产流程。目前的刘家粽子已经有基本的外销的渠道，通过粽子中间批发商，来销往市外等地区，但未建立自己的独有品牌和标识，基本属于生产加工型工厂，并且订单数量有明显淡旺季，只有在节日前后需求较大。

再谈刘家吉祥三宝：粽子、茶叶与回回糕

刘家村的粽子、茶叶、回回糕在当地有其很好的寓意以及有趣的故事来源。

刘家村始建于明代正统时期，距今有 570 余年的历史，因此刘家村本身就属于一个富有深厚文化底蕴的村庄，因此，刘家有礼作为刘家村的品牌也有着丰富的文化底蕴，首先，将刘家有礼作为一个整体来看，其有很好的寓意，高粽、糕点、高井茶都可以表示为高考后能被自己心仪的大学录取，也可以表示为在以后的生活越来越好。

粽子：古时，刘家村人以弹棉花为业，因此刘家村的上辈们纷纷来到江苏吴江县的盛泽、黎里等古镇做生意，他们在冬天经营弹棉花，春夏时节就挑粽子担走街串巷地叫卖粽子。到了改革开放初期，刘家的刘勇四就在盛泽开起了粽子店，他的粽子外形较为别致，沿用了兰溪一带四角交叉立体长方枕头形，加上选料、制作考究，风味独特，招徕了很多顾客，生意十分兴隆。后来，比刘勇四小一辈的刘家村人刘国维也由于弹棉花、走街串巷来到盛泽。他也一边弹着棉花，一边跟着刘勇四学裹粽子。最后，刘国维来到上海一家蔬菜市场，办起了粽子小吃店，生意十分火爆，这样一干就是整整 8 年。在 2020 年，刘国维和他的家

人、亲友们一起来到刘家老家，办起了粽子加工点，也是为了振兴刘家村本村的经济发展，带动当地粽子产业的兴起，我们的产品"刘家有礼"特别礼盒中的粽子产品就是刘国维先生创办的粽子厂内生产制成的刘家村特色粽子。刘家粽子在游历外乡之后回到本土，糅合了上海风味和刘家特色更加美味。

茶叶：刘家村与鸠坑茶也算是有一种缘分，因为刘家村加工茶叶的伯伯告诉我们，刘家村的鸠坑茶也是在古代从外引进的，因为刘家村的土壤情况十分适合种植茶叶，引进的鸠坑茶也为当时的刘家村促进了当地经济的发展，并一直延续至今。

回回糕：相传，早年间有位姓方的人家，女儿虽远嫁他乡，却不忘家乡养育之情，经常带上自己亲手做的糕点回家看望长辈。一方糕点，刀刀纵切而相连，仿如"回"字造型，顶层更用心地染上红色以点缀，看上去喜气洋洋，吃起来香甜美味，引得家人、邻里纷纷夸赞。当问及糕点名称时，女儿稍加思索，脱口而出"红回回"，既是形似，更寓回娘家之意。回回糕，带着红色的喜庆，带着甜甜的心意，带着松脆爽口的味道，带给人们以欢乐。从此，逢年过节，喜庆日子，乡亲之间馈赠就少不了红回回，以示吉祥美好。因此刘家祖祖辈辈都有着做糕点的传统，做糕点的师傅几乎家家户户都有，而由于祖传的关系，刘家的回回糕也名传兰溪。

刘家敬承堂：书韵茶香寄乡愁

兰溪市黄店镇刘家村有着四个省级文物保护单位的古村落，是全国传统村落。

敬承堂，是四个浙江省文物保护单位之一的古建筑。

敬承堂原名敬胜堂。

敬胜堂，曾易主改名敬承堂，位于刘家村北部，坐北朝南，占地面积255平方米。坐北朝南，硬山顶，为三开间二进一天井，为前厅后堂楼式。砖雕门楼，饰蝙蝠及暗八仙图案，工艺精致。大门置青铜铺首，大门上方置"德聚星辉"青石门匾。前进中缝梁架为明间五架月梁带前后双步廊，用直柱，鼓形柱础，彻上露明造。边缝为穿斗式。后进有楼，楼下为抬梁式，前廊为卷棚式。楼上梁架为穿斗式，靠天井一侧置格扇计十八扇。前后进之间为青石砌天井，两侧设占廊。土火墙，三合土地。右侧边屋为青石门面，上置"澹明居"门匾。

敬胜堂建于清乾隆末年（1792年），至今有229年，先祖姻行百六六公，名廷贵，他生于乾隆癸酉年（1753年），享年76岁，学历太学生，是一个医生。夫人唐氏，生于清乾隆庚午年（1750年），享年90岁，有三子五女，全长大成人，长子名起兴，学历太学生，次子起旺，学历太学生，五个女儿各出嫁三泉村、三峰殿口村、朱家村、太平桥村、黄店村。

敬胜堂曾两度出卖给外村人，当时只出卖厅，而"敬胜堂"牌匾不出卖，由原厅主搬回家，一段时间，厅上无匾。于民国十年由本村刘鸿卿装上"敬承堂"牌匾，鸿卿是敬行，由他继承的意思。

清末民国初年间，由敬胜堂裔孙出卖给兰溪城内宏钱庄丁静兰先生为业，丁先生为夏天天气热避暑之用，为国家战乱时期避难而用，管业8个年头。之后，转卖给白露山文德和尚，600文银洋，又管业5年。

民国十年之前，由敬行刘鸿卿托夏唐村义兄唐望君（鸿生），想方设法去白露山殿与文德大师商议，化去440文大洋，将敬承堂买回刘家村管辖。鸿卿、庆云、占春三兄弟，因鸿卿为伯父绣旗为嗣，鸿卿三兄弟之父是绣城。敬胜堂落入鸿卿管业，从民国十年到公元1950年达30余年。

1950年，敬胜堂由村接管。后被刘家乡人民政府作为人民政府住宅，后又作为大队会议室、会计室，第八生产队储粮屋。

1982年，敬胜堂无单位管理，据说成立乡政府时作为国有。

2004年，村上几位古稀老人志丰、雪虎、福年、汉祥发起修理这一古厅，由汉祥写信给台湾雪龙商量，后来雪龙为保护文物、修古厅寄上一万元人民币。此厅多年失修，内井（上层）右间楼上倒塌，其他地方漏洞很多，屋顶瓦片十成只有二成完整。这些老人发动村民将古厅修好。厅前有碑石，是市级文物保护单位。

2004年农历六月初六日，成为村老年协会活动室。这座冬暖夏凉的屋，成为老年星光之家、老年电大、老年休闲活动的场所。

整座建筑沿墙体皆设堂板，做工精致，用料较大，砖雕门楼做工考究，有较高的文物价值，2005年11月3日公布为兰溪市级文保单位，2017年1月13日公布为浙江省第七批文物保护单位。

自2004年开始，刘家村这座古老的建筑焕发出蓬勃生机和活力。这里曾是解放初期的刘家乡政府所在地。如今办起了刘家村农家书屋、刘家村成人文化技术学校、刘家村文化馆、刘家村美术馆。

2021年春，由刘鑫、刘涌源兄弟俩发起，刘家村喜爱音乐的几位老年人组成了刘家乐队开展音乐等活动。

2022年春，兰溪市社区学院、兰溪市离退休教师协会在这里成立了老园丁书画摄影创作基地。

自此，刘家村各类文化活动兴盛起来。比如，书画走进乡村活动，儒学文化活动，茶文化活动，各种形式的活动，迎来了各方的客人，有金华的、兰溪城里的，活动的内容也越来越丰富多彩。

写书法，唱人生，读好书，喝好茶，将美好的生活尽情展现。敬承堂里有书看，有书法、书画活动，有成人培训，有老年电大，喝茶聊天，寄托乡愁。

走在刘家村的古道上，看着刘家村的古建筑，吸纳着书韵茶香，一种家乡的情怀流露在心中。

婺州情缘

第二辑

游览刘孝标讲堂洞

2019年7月初,应文友柳哲之邀,我来到了婺城区罗店镇,当时他自北京归来,就租住在到金华北山的公路边的一幢楼的三楼上,他将其居室美其名曰:传道书院。

这日傍晚,他邀我一同到九龙村去探访。

九龙村朋友的车来接我们上山,到了九龙村。传说,此地村庄被九座山围护,像九条龙,故名九龙。

我们到了九龙村,就被柳哲带到一座山洞。山洞在村北一公里左右一个山坡上,我们找到了掩映在茂林修竹中的讲堂洞。洞口朝南,沿着台阶往下走五六米,顿觉一阵清凉,只见洞内开阔平坦,呈椭圆形,西侧还有小洞。由于时光久远,我们已经很难分辨出刘孝标那时在这里讲学的真迹,洞里如今摆着几尊菩萨佛像,每到年节,十里八方的人都赶来烧香,不过平时却人迹罕至,十分清静。岩洞北壁还留有"天在山中"的摩崖题刻。洞里十分阴暗潮湿,还隐隐感觉到有一种霉味,阵阵袭来,可见到这里来的人不多。而这个洞,就是1400多年前,刘孝标在此聚徒讲学的地方。

刘峻(462—521),南朝梁学者兼文学家。字孝标,本名法武,平原(今属山东德州平原县)人。以注释刘义庆等编撰的

《世说新语》而著闻于世,其《世说新语》注引证丰富,为当时人所重视。而其文章亦擅美当时。《隋书·经籍志》著录其诗文集六卷,惜今所传为数有限。刘峻才识过人,著述甚丰,所作诗文颇有发明。其《世说新语注》征引繁博,考定精审,被视为后世注书之圭臬,至今流传。据《隋志》所载,刘峻另有《汉书注》一百四十卷,还编撰《类苑》一百二十卷,惜二注均已亡佚。

刘峻,就是刘孝标。梁武帝萧衍登基后,刘孝标被诏为典校秘书,但才华太盛,又率性而动,常惹梁武帝不痛快,一直对他抑而不用。他编纂《类苑》,梁武帝就组织另一班人马编《华林遍略》。

郁郁不得志的刘孝标,于晚年(大约50岁时)称病去官,来到金华山,过起"啸歌弃城市,归来事耕织"的隐居生活。

《山栖志》是刘孝标写于梁武帝天监八年至九年(即509—510年)间,不仅反映刘孝标晚年退隐思想生活,又记载了金华山概况,对山川形势、四时美景、风土物产都有详细描述。他在《山栖志》中描写自己住宅四周:

三面环山,一面平原,东西两涧,漕渠交错,树木丛簇,花鸟喜人,群鸟翻飞,蛙跳猿啼,显得一派生机,灵动欢乐。

又写到附近有寺院道观,为山间美景增色。

光绪《金华县志》记载,刘孝标作《山栖志》时,筑室于紫岩山(金华山别称),授学于讲堂洞。讲堂洞可以说是金华书院雏形。金华山有道教、佛教,而刘孝标讲授的是最正统的儒家文化,形成了儒释道三足鼎立局面。

讲堂洞,留给我们许多深深的记忆。

琐园：有一种别样的情感在里面

相处几周，我们不时地回忆着琐园。

琐园，在金东区澧浦镇北1公里处，在金华至义乌的公路边。一个古老的村落在乡村旅游中诞生。

走进琐园村，一个方方正正的古老村落在人们面前呈现。

琐园村可谓大矣，可以说足有1200多人口的村落。琐园村可谓之宝物矣，原有的十八座厅堂，各种形态的雕刻，可谓栩栩如生，形态逼真，极具江南古民居的典型特点。不管走到哪座厅堂，它都富有一种固有的生态特色和神韵。

走在长长的巷弄间，一种古朴的典雅的感觉油然而生；走在宽敞的厅堂里面，让人感到的是豁然开朗而极富灵性。那粗大的柱子，那亮堂的天井，那不用多少装饰就有的种种美感，让你感觉来到了一个古老的、大气的、庄重的古村。而所有这些，是无法用仁和的语言来表达。真是太神奇了！

现存的旌节石牌坊、严氏宗祠、务本堂、怀德堂、聚义厅等明末清初堂屋有十六座，是金华市规模最大的古建筑群之一。所有这些真使我啧啧称奇，是什么原因保存得这样完整？又是什么原因将他们厅堂中的水缸、木栅栏以及门楣上的砖雕刻画得如此淋漓尽致呢？

细数琐园历史，琐园村由严、俞、徐等为大姓组成，而第一大姓严氏是严子陵的后代。据严氏家谱记载，清朝祖族严子陵第五十一世（代）严必胜率兵平定两广匪乱有功，皇帝诏允为官，在家乡琐园盖了十八座雕梁画栋的厅堂。

严光（公元前39年—公元41年），又名遵，字子陵，汉族，会稽余姚（今浙江余姚市低塘街道）人，原姓庄，因避东汉明帝刘庄讳而改姓严。东汉著名隐士。

严光少有高名，与东汉光武帝刘秀同学，亦为好友。其后他积极帮助刘秀起兵。事成后归隐著述，设馆授徒。刘秀即位后，多次延聘严光，但他隐姓埋名，退居富春山。后卒于家，享年八十岁，葬于富春山。范仲淹赞撰有《严先生祠堂记》，内有"云山苍苍，江水泱泱。先生之风，山高水长"的赞语，使严光以高风亮节闻名天下。

琐园严氏承继严子陵的高风亮节，严氏宗祠右边耸立的一座清乾隆五十二年（1787年）建的旌节石牌坊，横石梁刻有"为故民严锡佩妻黄氏建"字样。牌坊雕饰精细，气势宏伟。

更令人称奇的是，在琐园村，村民常把严氏宗祠叫作大祠堂，永思堂就叫小祠堂。但实际上，这座位于该村北边的古建筑并不小，共三进，每进五开间，占地面积841平方米。200多年前，当时的匠人，用彼时所能有的精细与审美，勾画着永思堂的一砖一瓦。至今走进这里，仍能看见那些栩栩如生、美轮美奂的砖雕，让人不禁感叹古人技艺的巧夺天工。

琐园村第六代有位太公名叫严元善，前后有三任妻子，元妻范氏，并无子嗣，因病去世后，严元善娶了继妻陈氏，生一女，后又娶了妾室徐氏，生一子名唤严秉璲（字，严舒泰），郑氏便是他的正妻。

1795年，严秉璲英年早逝，郑氏在丈夫死后一心侍奉两个婆婆，操持家务。郑氏持家有道、训子有方，她的四个儿子也相继成才，除大儿子为贡生外，其余均为太学生。好景不长，郑氏的婆婆徐氏、陈氏于1801年、1802年相继离世，在操办后事时，一条族规让郑氏十分受触动。据严氏宗谱记载：凡妾有子小书副室某氏、婢有子小书副室某氏，年月日生卒均降一格，其神主入祠委置旁……这一家规意思是妾、侧、副室卒后灵位入祠不能置于祠堂正中的神枢中。因此徐氏、陈氏的灵位均需在严氏宗祠旁置。郑氏认为，此家规极不合理，有失公允。她提出，既然婆婆不能进严氏宗祠接受供奉，那么便另建家庙。1815年，家庙建成，取名永思堂。

在当时，这是不可想象的事，由此引发一场大讨论。在严承训珍藏的史料《庶母位次辩》中，尽管有些地方残缺不全，但清楚地记录了郑氏为女性权益斗争的过程。"庶出之子孙俨然上坐，视母入侍婢为其后者何以自安，传言母以子贵、子以母贵，是子已贵而母旧贱。"在这次大讨论中，大部分严氏族人认为这一条家规不平等、不文明，更不利于一个家族的繁衍、生息和发展，于是决定废除这条家规。当时正值琐园严氏宗族第二次修宗谱，主事之人就在修谱时专门写了这篇《庶母位次辩》，以警示后人。

郑氏的坚持得到了回报，两位婆婆的牌位也被接回严氏宗祠。郑氏的这番举动不仅感动了族人，还得到时任金华知府吴廷琛的肯定："训子义方、节孝。"清道光《金华县志》中也有记载："严舒泰妻郑氏，廿八岁守节，创建祠庙，训子义方，现年五十八岁，节孝。"历经200多年，永思堂的故事重被挖掘，向每一个前来参观的游客述说着当年的传奇《庶母位次辩》。

琐园村，确实不错。村庄干干净净，整洁有序。周边的七座山环拱这一口池塘，人们称其为"七星拱月"，这是一个极富象征意义的风水造型。千百年来，琐园村人发家致富，保护古建筑，倡导保护古建筑的强烈之声，琐园的祖先，不仅流传了范仲淹的"忧乐思想"，还流传着严子陵的故事。

这种故事，有一种别样的情感在里面。

我从中也寻找了答案。那就是严子陵后裔流传下来的高风亮节、持家有道、训子有方的家规家训，那种和睦相处积极向上的情感。这种情感是与村同在、与生俱来的。

游览汤溪镇古村上镜村

汤溪镇上镜村是个传统村落，是个早有名气的村落。我们早已认识了上镜村。

汤溪镇上境村，原名枫林庄，始祖刘清，曾任宋监察御史，自淮阳三迁兰溪枫林，村民称其为迁汤始祖。刘氏历史悠久，至今已有880余年。在历史长河中，上境刘氏人才济济。有宋宁宗、理宗时，任翰林院大学士的刘晋之；及第进士，任江西永宁县令刘介儒；明初任监察御史，官至刑部左侍郎的刘辰；被嘉靖皇帝赐冠带以示嘉奖的刘氏第九太公宗钦。为纪念先辈在历史上的赫赫功绩，明朝弘治十八年（1505年），刘氏族长发起建造了刘氏宗祠，念刘氏家族对朝廷的贡献，皇帝特敕建了"五开间"。这是汤溪镇唯一的五开间宗祠，也是汤溪最大的宗祠。祠堂气势恢宏，记载着刘氏家族辉煌的历史篇章。

步入祠堂，是开阔的一进大门，由数根粗壮的石柱子分为"五开间"。但在其他地方一般的宗祠是三开间，而刘氏宗祠则是五开间，这是皇帝敕建的缘故，在汤溪是唯一五开间宗祠，也是汤溪最大的宗祠。

门楼上漂亮的牛腿雕刻着关羽、张飞等蜀中五虎将木雕。门楼有一部分早年已经毁掉，现在看到的是重新修复的。梁上刻有与刘备有关的"隆中对"典故。梁下则雕刻着八仙过海、琴棋书画等题材。开间西侧立助田碑，碑文记载了刘氏先人到汤溪建村的沿革。

踩着古老的大青石板拾级而上便是大厅，几十根石柱有序地排列着，使祠堂更加气派。这样的古石柱有72根，现尚存44根，有一些是新中国成立后修补的。抬头细看，考究的门梁，雕刻精致的斗拱、雀替等木构件，精美的砖雕，显得富丽堂皇。第三进则是后堂，原有"叙伦"匾一块，现在已经不在了。

上镜村村志记载，刘氏宗祠曾经名扬金华八县，时称金华八县有"祠堂两座半"，而刘氏宗祠就是两座里面的其中一座。

在刘氏宗祠大厅里，我们看到了一幅挂着的画像。那就是迁汤始祖刘清。刘清，乃是招讨节度使刘泽的嫡孙，青州司户刘宝的长子。在北宋英宗赵祯庆历年间出任监察御史。刘清自幼清慎明敏。为官后，他以父亲为楷模，清明廉政，誉满朝野。当时与王拱辰、文彦博交好，世称"松竹梅岁寒三友"。刘清后代子孙在为官仕途又颇得刘清精神，在历史上留下赫赫功勋，为后人称颂。

刘清的孙子刘文彦得其祖父辈真传，官至驸马爷。

刘文彦（一作彦文），字敏中，浙江金华汤溪上镜村人。生于大观丁亥年，12岁，善文，赴试入国学，考选高中进士。十八岁，尚显德帝姬。天会十年即绍兴三年（1133年）七月，与沂王赵㮙（徽宗十五子又作十三子）控昏德（即徽宗）左右叛，坐诬。伏诛于五国（今黑龙江依兰）。

刘文彦妻赵巧玉，显德帝姬。生于大观戊子年三月初六日，大观四年（1110年）七月封显福公主，政和三年（1113年）闰四月改封帝姬，宣和七年（1125年）八月改封显德，下嫁刘文彦。靖康二年即天会五年（1127年）二月十三日，显德帝姬十七岁，即赵巧玉自刘家寺五起北行。天会六年即建炎三年（1129年）八月入洗衣院。

相传，刘清病故不久，孙子刘文彦就降临了。

刘文彦六七岁，"三字经、百家姓、四书、五经、唐诗"过目不忘；12岁，落笔成章，闻名金华八县，考中秀才；随之，成为兰溪县头一名的未成年举人。

不久，宋徽宗放榜开科，各路学子纷纷进京考试。文彦得知消息，吵闹着要参加。但其父因其年纪尚小，不同意，但拗不过倔强的文彦，只好答应。

考试那天，徽宗皇帝亲临考场。发考卷的监考官发现有未成年考生，很是奇怪，并将此事禀告皇上。于是，好奇的宋徽宗便亲自来到刘文彦的身边，看其做题。刘文彦专心致志答题，丝毫没有察觉身边站着当朝的皇帝。

考后，徽宗召见刘文彦。文彦虽然只有13岁，但回答皇帝的问题对答如流，没有丝毫畏怯，徽宗很开心。几天下来，一连三道门槛考试，刘文彦皆高第，名列榜首。于是，宋徽宗御点刘文彦为头名状元，并招为东床驸马。少年刘文彦中状元纳为驸马爷的喜报从京城送到上境村后，村民奔走相告，一片沸腾。

上境村最有名的要数刘肇淦，清乾隆年间任嘉庆太子的太傅老师。据传，刘肇淦自小出口成章，8岁中秀才，13岁中举人，人称"白壳鸭子"，被乾隆皇帝特御封为太子太傅，为东宫太子颙琰之师。

民国二十八年，国民党第十预备师入驻刘氏宗祠，祖宗牌位除太公牌位外尽皆烧毁，匾额被摘下来给官兵们做床板用，临走时还被敲掉或烧毁。"文革"期间，村民把宗祠的砖雕壁画保护起来，宗祠门楼及其他小部分还有族谱被毁掉之外，大部分基本完整地保留了起来。

2004年，重修了刘氏宗祠，修复工作历时两年。修复后的刘氏宗祠，在保持原来面貌上，变得更加光彩夺目。2006年，被列入金华市第一批"市重点文物保护单位"。

刘氏宗祠包括前面的空地、池塘，约6000平方米，建筑面积2950平方米。祠堂分为头门、中厅、后堂，东西各九大间，四周四座角厅等五大部分，还有照壁围墙和东西车门。

巷边的古民居从外表看，并不特别，不过进到室内，就可以看出一些端倪。一楼的楼层较低、二楼敞亮、大气，房梁、斗拱、牛腿样样都有，并都保存完好。据刘老介绍，当时这样的房子设计，主要是为了逃避繁重的税收。"当时征税是按照一楼的层高来进行收税，人们为了减少交税，就把一楼的房子造得比较矮。"二楼作为会客和吃饭的地方，楼层造得比较高，但从外面又看不出二楼比一楼高。这样的房子叫作楼上厅。

"儒家五常"是上镜刘氏的家训。"耕读转家"是上镜刘氏的家风，上境的家风家训世代传习，历史上从上境走出去成名门贵族数不胜数，"白壳鸭蛋"勤俭重学的故事更是名扬八婺。祖上优良的家风家训造就了一代代刘氏子孙的辉煌成就。

清风雅韵莘畈祝村

2021年1月31日,我与黄飞军老师来到了婺城区莘畈乡祝村。

祝村地处金华南山山麓,距金华城区40公里,杭金衢高速公路出口15公里,北与汤溪镇接壤。莘畈溪、小源溪两大溪流穿村而过,风景秀丽。

祝村也是婺城区莘畈乡乡政府所在地,拥有21个自然村,山林17687亩,耕地面积972亩,且有西坞山塘、夜猫坑山塘、寺垅山塘、杨柳坞山塘、大岭脚山塘等众多水库溪流。自然资源得天独厚,风光旖旎,恍若人间的世外桃源,置身其中,让人不知身处何处。

"转虹桥"历史悠久,建于清道光年间,它的来历也与延兴寺相关:那时,到寺院需经过一条小溪,每遇梅雨季节或发洪水时,常常有人涉水犯险。寺内僧人为解决过桥问题,省吃俭用修建了一座石拱桥,即"转虹桥"。经过风雨的打磨,岁月的销蚀,桥面已变得斑驳,鹅卵石也失去了往昔的光彩,大部分都已呈黑褐色,埋没于萋萋荒草间。

桥下溪水潺潺,溪中裸露的岩石将水流分成了多支,却又在石面凹陷处形成了一个小小的水潭,甚是好看。疯长的青藤因过长垂挂至桥洞，站在桥下往上看，仿若开着一扇半圆形的小轩窗，而水雾缭绕的天空也成了它的背景。溪水清澈见底，桥上的景致一一倒映在水面上，别有一番韵味。

宣德堂始建于清末，建筑坐南朝北，由三进、前后天井及左右两侧厢房组成，是金华市重点文物保护单位。

第一进中有一戏台，如今已被杂物堆满，失去了金石乐相鸣，宫商角徵羽的辉煌。站在戏台一侧向第二进望去，共四排，每排皆有四根粗壮的柱子，支撑起巨大的屋顶。檐柱上的喷漆早已剥落不复存在，但柱子顶端的牛腿雕刻却依旧栩栩如生。

走上三进中颤颤巍巍的木质楼梯，便来到了阁楼之上。呈现眼前的是沉积了数十年的尘土和过往。因年代久远，地板有的已朽烂，踩上去嘎吱作响。

宣德堂背后还藏着一个美丽动人的爱情故事。太平天国时期有个名为李向阳的将军，在夺取汤溪县城后来山里收复乡村地盘。路过祝村，在绣楼窗边看到了一位美若天仙的年轻女子，一眼就爱上了她。在办完公务的第二天，将军便来村上寻找这女子，并将她娶回了家中。

结婚不久，太平天国日见瓦解，将军自知时日不多，于是就将家中大部分珠宝银两都给了她，让她回娘家好好过后半辈子。后来一个在村上摆肉摊的外村刘姓人娶了她，婚后他们就定居在祝村。刘屠夫和女子一直很恩爱，小日子也过得十分顺畅。该女子为报答他的二婚丈夫不嫌弃她，自始至终疼爱她，便在村上修建了这幢三进三十六排头的大花厅，当年叫刘氏花厅。后人觉得"德"字寓意美好，含忠孝仁义、温良恭谦之义，遂改名"宣德堂"，一直沿用至今。

游黄大仙赤松宫

黄初平（约328—约386），后世称为"黄大仙"，是中国民间信仰之一、道教的神仙。出生于浙江省金华兰溪黄湓村，一说出生于浙江省金华义乌赤岸。黄大仙原是当地的一名放羊的牧童，在金华山中修炼得道升仙。宋代敕封为"养素净正真人"。

我们多次去过兰溪的黄大仙宫，也去过金华北山的黄大仙祖宫，这次该去一下金华北山黄大仙赤松宫。

赤松宫位于道教第三十六洞天金华山上，为上古神农时雨师赤松子及黄大仙得道飞升之圣地。始建于晋代，据《赤松山志》记载，"二君既仙，同邦之人相与谋而置栖神之所，遂建赤松子庙，偕其师赤松子而奉事焉。召学其道者而主之。"至唐代，赤松子庙改名为"赤松宫"，后宋真宗御笔赐额"宝积观"。历代香火绵滋，道士常盈百，敬奉之心未有涯也。自晋而今，赤松宫兴废之事不可胜数，尤宋代规模最为恢宏，香火极为鼎盛，被誉为"江南道流冠冕"和"江南道宫之冠"。

赤松宫一千七百多年的仙风历史，遗留下了极为深厚的仙道文化底蕴。宫中殿堂林立，气宇非凡。有元机洞、太上老君殿、慈航殿、元辰殿、三圣殿、元辰殿、二仙殿、万圣阁等，供奉着太上老君、慈航真人、黄大仙、西王母、斗姆元君、九天玄女、六十甲子太岁神、四大护法神、太乙救苦天尊、雷声普化天尊、福德正神、福禄财神、护法山神、历代帝王御陛下等诸多尊神。每日善男信女从四面八方云集于此，烧香参拜，喜结善缘。

黄大仙叱石成羊等故事久传不衰。"松老赤松原，松间庙宛然。人皆有兄弟，谁得共神仙。双鹤冲天去，群羊化石眠。至今丹井水，香满北山田。"

赤松宫与卧羊山相对，宫前有二派水合为一流，穿小桃源而过。古气盎然，气派非凡。历经几代损毁，几次修建，赤松宫依然保留着深厚的文化遗产和文化底蕴。后因储水造湖，历经千年风雨洗礼的赤松宫旧址已变成今日的碧水清波。

为了弘扬炎黄子孙几千年来所信仰的优秀道教传统文化，发扬黄大仙"普济劝善，度世救人"的精神，于 1993 年 4 月重建了二仙殿，殿内供奉黄初平黄初起二仙，两壁均绘原赤松宫图壁画，留有民国六年所造古钟，还留有各朝石碑等。二仙殿背倚巍巍青山，面对悠悠碧水，湖光山色，景色宜人。历代文人雅士都曾云游此地，皆留有诗词文章以赞之。

山中青峦巍峨，云霞障漫，藏风露水，明堂开阔。"绿野仙踪"之境可供信众悠游以清心。境内亭台楼榭古朴幽雅，曲径回廊幽意古邃。赤松宫以传承弘扬道教文化，践行发扬黄大仙"普济劝善，济世救人"的圣慈精神为宗旨，宫内十方来此的道众学修并重。如今，黄大仙信仰远播港、澳、台及欧美各地，赤松宫又成了众多黄大仙仰慕者归宗认祖的朝圣圣地。

参观金华烈士纪念园

2021年7月18日下午，我和黄飞军、王建光一起来到金华的烈士纪念园，瞻仰烈士纪念碑。

金华烈士纪念园占地约80亩，总投资8400多万元。该园由市退役军人事务局建设和主管，市城投集团代建。

纪念馆分上下两层展厅，设立辛亥义举、星火燎原、武装斗争、救亡图存、天翻地覆、走向辉煌六大篇章，从辛亥革命先驱刘耀勋，到"一个人感动一座城"的孟祥斌，展示了128位英烈为追求真理和自由，为争取民族独立和解放，为保卫人民幸福生活，抛头颅、洒热血的感人事迹和惊天地、泣鬼神的革命精神。

在展陈形式上，纪念馆除了传统的文字、图片、实物，还采用场景造型、电子屏、幻影成像、多媒体等多种形式，让观众恍若置身当年的革命历史场景，打造新型的体验式革命教育情景课堂。

富有创意的是，展陈临近尾声，设置了触摸屏为烈士们献花的特色环节。为某位烈士献花后，显示屏上就会跳出该烈士的事迹简介等信息。

在展陈的最后，则是一面"把英雄精神带回家"的特色墙。纪念馆把一位位英烈的事迹制作成一张张精美的书签，参观者可以带回家珍藏，便于随时重温烈士精神和那段峥嵘岁月。

第二次参观金华山双龙宾馆

2021年7月10日下午，我与黄飞军、王建光一道去了婺城区罗店镇后溪河村何氏宗祠，现改为北山书院，参观了北山书院文化展示的场景。之后，又驱车来到金华山双龙宾馆。

这个宾馆，我曾经在20多年前在金华市工人疗养院疗养时来过，参观过这里的建设。

此次到双龙宾馆可以说是偶然。黄飞军比较劳累，开车到金华市双龙洞附近觉得困倦，就在比较偏僻的路上停车休息，而我和王建光就一道徒步在附近的地方游玩。

远方·双龙宾馆位于金华山双龙风景旅游区冰壶洞口的上方，走进双龙宾馆，老照片、旧情怀一一展现；穿过酒店大堂，复古装饰自相衬托，时代记忆被渐渐唤醒。古朴的木制楼梯环绕其中，轻轻拂过，仿佛又回到那个旗袍盛装年代。

二十世纪五六十年代，双龙宾馆曾是金华最高档的宾馆之一，接待过不少名人，但因年久失修而破败不堪。2018年11月通过公开招租方式，浙江金华山远方旅游发展有限公司接手双龙宾馆的改造提升工程。金华山双龙风景旅游区和投资方打算以"护好一座老房，怀忆一段历史，融入一片山林，引领一种生活方式"为理念，将双龙宾馆建成一座隐藏于山林中的精品主题酒店，让老建筑焕发新生。在不久前的 6 月 11 日正式对外开放营业。

在双龙宾馆转了一圈，总觉得这宾馆比之前的宾馆大多了，新建的宾馆富有活力，老房子有着怀旧的依恋，一切都是那么安然、那么自然。

刘云妹：建起残疾人爱心家园

我自在金华公交车站的广告专栏上看到金华道德模范刘云妹的消息后，便对这位从小就具有聪明才气的村里人感到十分敬佩。

可以说，刘云妹，出生于兰溪市黄店镇刘家村一个农民家庭，从小活泼可爱、聪明伶俐，在小学、初中，乃至高中成绩都在全班前茅。她跟我是隔壁邻居，相互间只相距10米左右吧！因此十分了解她。

那时，她在读小学，我已经是小学老师了。由于是隔壁邻居，而且外出，都要从她家门前过。她父亲喜欢和我聊天，拉家常，常常会谈些孩子读书的事。

后来，我工作在外，她嫁到外地，可我一直不知道嫁到何方？

前年，我在金华公交站看到的广告表彰了刘云妹的先进事迹，我才将这个已经阔别近20年的老乡重视起来，才将这断了线的风筝连接起来。

这次，刘云妹来到白龙桥漆画基地，她与基地画家倪建新取得了联系，她决定聘请倪老师为红石榴之家的理事。她微信告诉我，说，倪老师认识我。

但我不知道"红石榴"的真正含义。她回话说是残疾人之家。

2021年7月10日，早上下着雨。

金华北山书院的院长徐宇仙打我电话，要我去后溪河去一趟。后溪河是金华婺学人物何基的故里。何基是朱熹的门生，由朱熹传承给女婿黄干，然后再传承给何基。著名的何基、王柏、金履祥、许谦是金华"婺州学派"的中坚人物。恰巧，后溪河村刚刚建立北山四先生的展馆，他们利用何氏宗祠建立了仪式，准备搞一个北山书院的成立仪式，7月11日开馆。北京有一些专家、学者莅临后溪河北山书院，让我去见见他们。

于是，我在早上打电话问了刘云妹的地址，说是在金华竹马乡。竹马乡临近兰溪灵洞乡，我去过多次，到后溪河村也只有3公里的路程。因此，我决定先到竹马乡，她的红石榴残疾人之家去看看。

我和黄飞军、王建光一起由黄飞军车子来到竹马乡。到竹马乡的铁路边便能看到一幢拥有独立小院的三层别墅。门的上方写着"红石榴残疾人之家"，门的两边写着"全面建成小康社会"，"残疾人一个也不能少"。

听得我们的到来，刘云妹还特地打电话给她的哥哥刘永标及嫂嫂、侄儿、侄女一家过来，一起和我这个老邻居聚聚。我到了之后，真的喜出望外，各种欣喜之情难以言表。老家人在一起是多么快乐的事，这么十分难得的机会，刘云妹帮我们创造起来了，可见得她办事的能力和做事的体魄。

走进红石榴之家，就感到一种温馨。听刘云妹介绍，她这个"红石榴残疾人之家"创办于2017年，她的儿子昊昊，生下来就是个残疾人，需要照料，如果让他一个人在家，她放心不下。于是，她就有了创办爱心家园的想法。

她凭着有8年开办幼儿园、7年在罗店镇和竹马乡中心幼儿园任教的经历，刘云妹自己动手布置爱心家园非常娴熟，剪手工纸装饰、在墙上画画，经过一番修饰的爱心家园俨然成了一家温馨的"幼儿园"。

除了各种温馨、充满童趣的小场景，红石榴爱心家园总占地面积约350平方米，室内活动场所150平方米左右，拥有独立厨房、阅览室、公共活动室等，配备生活照料、医疗康复、体育健身、文化娱乐、教育培训等设备设施。

目前，在她这里受教育的有16人之多。有的出去已经可以到工厂上班了。这对于刘云妹来说是最大的鼓舞。

说起"红石榴"名称的来历，在红石榴爱心家园里就有一个红石榴。红石榴多子，寓意能给每个残疾人带来幸福和安康。

在她写的关于"石榴"的一块牌上，就十分清楚地写着"盛开的石榴花如同火焰一般，艳丽热情挂满枝头，寓意着红红火火，美好繁荣的日子。红彤彤的果籽，亦如火热的心，丰富饱满，象征着多子多福；象征着对美好生活的向往和祈愿；象征着团结，紧紧抱在一起，温馨和谐"。

红石榴按照学校作息时间管理，让智力残疾人士动手来料加工、参与娱乐生活，延续他们的基础教育，让他们通过自己的劳动获得相应的报酬，真正做到自强自立。在大教室的展示区，整整齐齐地摆放着大家的劳动成果。精美的点钻画、可爱精致的木刻画，一件件手工艺品让人为之惊叹。

大家在红石榴学到的一些技能，让家长们欣喜不已，纷纷为爱心家园点赞。

功夫不负有心人。如今，刘云妹已经得到社会的普遍好评，成为金华市道德模范、金华市优秀共产党员。

作为同一个村子里的人，我也为刘云妹所做出的贡献而自豪。心想：是金子到处都会发光。我为刘云妹点赞。

游览汤溪九峰山

我们的家乡就位于白露山下。我们常常登临白露山的黄岩,站在岩上,如果是晴天,极目瞭望,对面是莽莽苍苍的金华北山,右边看到的是金华的九峰山。

九峰山这山名早就知道,但真正去过九峰山,那是十多年前,跟着那时的兰江日报社去旅游过一番。

近年去过九峰山,那是跟着兰溪三和广告去过一趟。

依我看,九峰山就是拥有九个山峰而得名。

九峰山,古称妇人岩,又称龙邱山,芙蓉山。叠嶂连冈,奇峰挺九,故名九峰。距金华市区 28 公里,与金华市汤溪镇相依。面积 10.38 平方公里。系仙霞岭山脉括苍山脉余支,为丹霞地貌结构,峰石林立,山水相依。有大小马峰、马钟峰、饭甄峰、芙蓉峰、寿桃峰、箬帽峰、牛头峰、达摩峰,奇峰共九,远望似芙蓉,近看如蜂巢,峰峦嵯峨叠嶂,壑涧峡谷深邃,溪,泉,瀑,潭清冽。龙潭水深碧绿,四季不涸,兼有寺庙亭台楼榭等古建筑,历史上的九峰岩在中国的历史舞台上占有一定地位的名山。《后汉书·郡国志》云:"东阳记县龙丘山有九石特秀,林表色丹自,远望尽如莲花,龙邱长隐于此,因此为名。其峰际复有岩穴,外如窗脯,中有石林……"龙邱长即龙邱苌,东汉太末人,与严子陵等名士为友,隐居九峰。

九峰山文脉久远。历代的名流高士都在此留下了足迹。东汉龙丘苌,东晋葛洪(道家),南朝宋徐伯珍,达摩禅师,唐徐安贞,五代贯休,元黄公望等名流高士,在此求学,布道,传经,留下足迹和佳话。

九峰山引来许多文人雅士到此隐居讲学,名仙到此修道炼丹。晋代道家创始人、炼丹名家葛洪,得道成仙,并著《神仙传》,至今丹灶依然。南齐徐伯珍"讲学九峰,授徒千人"。唐吏部尚书徐安贞弃官隐居于此,山下建有"安正书堂"。五代名僧贯休曾为九峰禅寺主持。元画坛魁首黄公望画下了《九峰雪雾图》,现珍藏北京历史博物馆。明代太常卿鸿胪寺卿胡森,自号"九峰",留下许多石刻真迹。因此,云:"自来贤士大夫,春秋佳日,偶事游观之乐,必于九峰。"

九峰山自然景观优美,人文景观丰富。山奇、石怪、水秀、洞幽、地野,寺庙、古建筑、遗址、古墓、石刻、神话传说丰富。游九峰山水,山水之乐,醉于自然而忘我,品览九峰文化,更胜读五千年沧桑史而不倦。九峰山现有自然、人文景物景观80多处,相互辉映,融为一体。

游览九峰山,给我的感觉是:九峰禅寺的久远、九峰栈道的惊险,还有那自然风光的优美。

九峰禅寺前,则有珠帘从达摩峰顶纷纷扬扬散落,"一泉飞自半山间,如泻珠玑见雨天;不比轰雷强作势,晴春洒漫裛苍烟。"走进九峰山给人一种纯自然美感,山、林。水、石皆是。林缘线,有的整齐划一,有的参差错落,有一种音律美和节奏美感。春华、夏荫、秋实、冬骨周而复始。翠竹摇曳,微风吹过,竹叶婆娑;阳光照耀,斑斑点点,犹如一幅绝妙的风景画面。有时万籁俱寂,只剩鸟鸣虫唱;有时瀑喧溪吟风吹,飒飒作响,好首一大自然的合奏曲,犹如进入童话世界,可谓"下坞攀竹垂翠海,风摇尽扫俗尘忧"。登上山巅,一览众山小,远处阡陌纵横的长田,星罗棋布的湖水,炊烟袅袅的村庄房舍尽收眼底,好一派雄奇伟峻、宽旷绝奇的景色。

九峰禅寺建于南朝天监年间,已有 1500 余年。楼房依山傍洞,不施橼瓦而风雨莫及,巍然耸立。自古名山多僧居,九峰山有大雄宝殿、胡公殿、钟鼓楼、观音阁、天王庙等建筑和佛像百多尊。方圆几百里的游人香客慕名而来,传说农历八月初一到九峰游览,能见天门洞开。

九峰栈道(又称古栈道),始建 1999 年冬末,石匠们在葛坞峰的悬崖峭壁上凿出一条栈道,栈道险窄,如果没有栏杆,常人根本不敢行走。

九峰山东南侧有石磨,北侧大柜,西侧有石夜壶,均为天作之成,龟守大门如入云中之路,神龟守卫着凡人向往升天之门。点将台记叙着北宋兵部侍郎胡则出征点将的故事。仙椅置于悬崖峭壁间,千百年而不朽。更有"高台朝佛寺,明镜照心田"的镜台奇观。吕洞宾停转石磨降冰雪、铁拐李仗义点化牛头峰、朱元谭遇难九峰山等脍炙人口的传说让人如入仙境。

莘畈学岭头村见闻

2021年1月31日,我跟着黄飞军老师来到莘畈水库。在水库农庄赵依群老总处吃过中饭,就往塔石乡方向开车。

开过水库,在水库下面的这个村子就是学岭头村。

村边的公路旁立有仿古砖砌成的村碑。村里的文化礼堂十分醒目。

婺城区莘畈乡学岭头村,是一个位于大山深处,人所罕至的美丽古村落。经济条件虽然不是非常优越,但是整个村庄的气氛却仍旧给人一种惬意的感觉。

盛氏祠堂宗祠的正墙上面有一块的青石板,应该算是一块石牌坊,自右而左横雕着"盛氏宗祠"四个醒目的大字。村民们说,在以前的时候,盛氏宗祠是村中最最豪华的,房子虽不大,宽不过8米,进深也不过20余米,但是它整体的结构舒展大方,给人很舒适,很有一种安详的感觉。

百年祠堂,虽然破旧,却仍然显得厚重而深沉。太阳照在院里的一棵古柏上,透过稀疏的枝叶,洒下斑斑驳驳的光线。我的双脚轻轻地踩着绿苔丛生的方砖,慢慢地移动脚步,目光在四处探寻,没想到,走进盛氏宗祠,心灵会在此找到片刻的宁静,仿佛一切都静止了一般。据村民说,几年前,盛氏祠堂曾失过一次火,把正面大殿烧毁了。整个祠堂如今也很少有人进去过,破烂不堪的盛氏宗祠,多少有减当年的气派,如今,已显得有些苍老。

走进大厅,抬头就可以看到了一块匾额,村民介绍说,就是整个祠堂的正院。匾额上有"敦伦堂"三个大字。村里的老人说,敦伦堂匾额为民国十六年所立。

大厅的左右两边均有空着的小厅,这儿是整个祠堂最宽敞的地方,东西各有两间配窑。按老辈人的说法,这是专为祭祖时长辈们休息或议事时,各堂主事人聚会所提供的场所。正院上方,这里是祭祖摆供之地。

宗祠内有一个古戏台,很破旧,村民们反映,这里十几年前犹有舞袖歌扇。村里的人还说,以前,村子里每当有什么活动,总会放在这里举行,这是非常热闹的地方,而且家家户户老老小小的人,都喜欢来观看,气氛非常活跃。每当想起这些,老人们的眼里,总有闪光的东西存在着。

在他们还年轻的时候,每当大年初一,盛氏宗祠都最热闹的一天,因为这一天里要举行一年一度的"祭祖"。"祭祖"按照各个家族轮流进行,轮到主祭的家族要准备猪,牛,羊,水果撰贡,负责接待家族中其他各支前来祭拜。他们早早就起床,互道新年祝福之后,村落里便响起了锣、鼓等乐器的声音,奏出欢快的节奏。小孩们抢着举旗,他们走在前面,穿上漂亮的新衣服,后面跟着是长长的队伍,按辈分长幼有序地排着,一路上响着连续不断的鞭炮。祠堂里摆放着满地礼花,神龛上焚香点烛,在新年的第一天,双膝着地,虔诚下跪。我想,当他们下跪的时候,在乡人的眼里也许仅仅是一种仪式,而在他们的意识里,那或许就是对那片土地以及无数生命的敬仰与感恩吧!

在以前的时候,盛氏宗祠还是这个村子的议事中心和礼仪中心，宗族每遇修谱、宗族内外纠纷、惩戒严重违规的族人等大事，就可以由年龄稍大的家族成员，召集族众，先拜祖宗，再议事决定，一旦决定下来，全族的人就都要遵行。在老人们还年轻的时候，每当族人遇婚丧等大事，都可以在盛世宗祠内举行。

参观海棠书画院

2021年5月15日，雨后放晴，正是星期六，于是我联系了我以前的领导徐后超，准备到他的书画院去参观。

我约好同学胡志均一道去金华，我不会开车，胡志均开着昌河面包车来到金华的宾虹轩，快到宾虹轩，朱吉荣老师打来电话，我说快到了，于是他来到楼下，我们见了面。这是今年我与朱老师的第一次见面。

之后，我们又由胡志均驱车来到金华职业技术学校的紫金海棠小区，这小区其实是金华职业技术学校的教工宿舍。

经过寻找几个回合之后，我们终于寻找到了。

徐后超老师在大门口接见了我们，并记上车牌号，门卫让我们开车进去。

我们来到海棠书画院。这书画院掩映于毛竹与树木丛中，有100多平方米那么大。里面宽敞，有较多的画桌，以及一些字画的装裱，整个看去极像一个书画教室，有投影仪，教师教学只要在画板上一画，墙上就有教学的投影，看上去简朴，但十分适合书画教学。

徐后超老师，我刚当老师时就认识，当时，他在兰溪市教委办公室任主任，学校的通讯报道就由他与徐宪忠两人管理。那时，我还是一个通讯员，学校里的通讯的写作就由他们指导。后来，他们两个徐老师在同一年内考出去了，徐后超考入兰溪市政府办公室任办公室副主任，之后到金华政府部门去了；徐宪忠呢，考到浙江日报任驻兰溪记者站站长。

这样，我们在一段时间没有联系。

金职院施新教授是研究理学的专家，我常常与施新教授联系，并常常邀请施新教授来兰溪讲学或者共同探讨儒学以及北山四先生。由于兰溪黄店镇桐山后金村是著名理学家金履祥的后裔，金履祥又是北山四先生何、王、金、许之一。正因为如此，我与施新教授以及施晨光教授、何晓云教授的交往十分密切。

恰逢施新教授与徐后超老师是同学，而且在同一个小区内，因此，我们与徐后超老师又建立起密切的联系。

这么些年来，徐后超老师真的使我敬仰，为什么呢？他不仅是一位处级的领导，而且还有书法与书画的功底，有一手好书法与书画，这是我这些年来没有想到的。

但我想到有一点，勤奋是人们对自己努力最好的奖赏！勤奋的人，必将会受到生命的优待。勤奋的人，必将会受到人生的眷顾。

退休后的徐后超老师，还是那么勤奋，孜孜以求，创办海棠书画院，将自己的人生价值推向极致。我需要向徐老师学习。

回来，他还送我和胡志均每人一幅字，并给我们题写"福"字，祝福大家福气临门，福寿康宁。

行走义乌东河村

2021年"五一"小长假,我们应义乌释法慈的邀请,准备到义乌东河村白沙庙去看一看。

5月3日一大早,我与黄飞军、王建光一行3人,由黄飞军驱车,上了高速,由"望道"出口处下高速,这"望道"就是为了纪念我们中国共产党的先驱陈望道而设立的。

我们来到东河村,打了电话,释法慈过来接待了我们。

走进白沙庙,里面的塑像庄严而肃立。塑有东汉辅国大将军卢文台,这和婺城区的亭久村的白沙庙的历史十分相似。

经查得:婺城区白沙庙亦称昭利庙,是白沙溪两岸方圆数百里百姓,为东汉辅国大将军卢文台,隐退金华南山辅苍(今婺城区沙畈乡亭久村),创建三十六堰为民造福,崇敬他为"白沙老爷"而建的庙宇。白沙庙文脉,指的是白沙庙延续修建与各种庙会民俗的有机结合。白沙庙延续修建,促进了白沙庙文脉的繁荣;白沙庙文脉的繁荣,推动了白沙庙的延续修建。两者相互依存,相辅相成。白沙庙自三国吴赤乌二年(238年)始建至今(2012年),1774年来文脉沿袭,代代相传。

释法慈热情地接待了我们,还一定要让我们吃到东河村的特色食品:东河肉饼。还买来许多东河肉饼给我们尝尝。

东河肉饼是义乌特有的小吃之一，是义乌人最喜欢吃的东西。制作东河肉饼，其实这也是一项技术活，用葱肉泥为馅，两张小面饼包住馅泥合为一张，然后用两只手扯拉成一个直径在20厘米左右的薄饼。入锅半炸半烤两三分钟，就可以起锅了，吃一口肉饼，口味是肥而不腻，余香盈齿。如果烤的面皮稍微有一点焦，更加地香脆好吃。

东河肉饼始发于清朝嘉庆年间，流传至今。只要有东河人出入的地方，就一定有东河肉饼。现代的东河人已将这一传统点心打入高档宾馆，义乌市区及一些乡镇摊点小店均可吃到东河肉饼。

行走竹马馆

一听到竹马馆，就想起兰溪至金华的火车，其间竹马馆就有一个小小的火车站。

竹马馆村位于金华西郊，距金华市区约7.5公里，距金华火车站约3.5公里，是竹马乡政府所在地，竹马工业园区驻地。金千铁路、金竹公路穿村而过，建有"金华西货场"，杭金衢高速依村而过，交通便捷。竹马馆村共有4个自然村，880余户，2300余人，党员153人，建有社会服务管理网格。全村共有耕地1870余亩，村民主要以种植销售花卉苗木为业，产业优势明显，地理环境优越，自然资源丰富，景致宜人，文化底蕴深厚，民风淳朴。

竹马馆村山清水秀，北有上陈坞水库、东有盘溪环绕，金竹公路穿村而过，交通便利。走进村庄内，古色古香的乡村建筑、平整干净的乡野小道、清澈干净的水渠荷塘映入眼帘，青翠自然、屋舍俨然的乡村景致映衬着竹马馆村村民朴实热情的笑脸。

在竹马乡竹马馆村火车公园里看到一个老式的蒸汽火车机头模型。

该蒸汽火车机头模型用老青砖、铁皮、汽车旧轮毂等材料建成，底部铺设铁轨，车头旁立着"青梅——竹马"站牌，叫1314

号（谐音"一生一世"）。竹马馆村村民说，他们村位于金千铁路边上，许多村民从小看着火车穿行而过，对当年的竹马馆火车站、老式蒸汽机头留下了深刻印象，这次修筑机头模型，可以让他们重温当年的生活乐趣，也让下一代了解竹马馆村的发展历史。

据介绍，竹马馆火车站始建于1932年，是位于竹马乡的一个铁路车站，有金千铁路经过该站。2014年，因铁路金华新货场新建，改造竹马馆散堆装货场，主要承担一些散装货、笨重货等。2018年3月，随着竹马货场正式交付使用，竹马馆站也完成历史使命退出舞台。

竹马馆村在新农村建设中，辟出一方土地，竹马乡将竹马馆火车站的内容作为集镇次入城口景观项目中的重要一部分，设计了（青梅—竹马，1314号）火车头的主题景观公园，蒸汽火车模型不仅承载了竹马馆的历史，重现了往昔竹马火车站车来人往的繁忙镜头，更为全新竹马馆货场的启用赋予了浓厚的历史文化底蕴。

如今，不管走到竹马馆村什么地方，都会感觉到清洁整齐，墙上画着墙画，十分逼真。路上看不见一点垃圾，显得干干净净。

竹马馆村，真的让我们看到了新农村建设示范村所起到的示范作用。

玩转九峰牧场

2021年6月27日下午，我和黄飞军、王建光、唐小华一起去了下周村，去参观红色旅游。夏天阴雨天气过后，是阴天，就去九峰牧场吧。

九峰，之前我只知道有个九峰水上乐园，多年前去玩过，还是挺好玩的。九峰牧场，去之前我就在想，牧场里真的有牛羊吗？

九峰牧场在金华的汤溪镇，离我们兰溪较远，离我家就更远了，导航过去，我们足足开了1个多小时，不过这一路的道路还算不错。

我们首先来到九峰山景区，在门口吃了馄饨。我们就导航到九峰牧场。

快到牧场的时候，我们可以看到硕大的"九峰牧场"几个大字立在路边。一大片绿绿的草地映入你的眼帘，草地上围了好几个栅栏，估计是放牧用的吧。里面有路，车子可以直接开进去。

参观了一下，我们便往牧场走去，其间看到这里的厕所，很是干净，与众不同的是特意设置了小宝宝的卫生间，小小的马桶，小小的洗手台，还有一个给婴儿换尿不湿的地方，这样妈妈就不用担心带男宝宝上厕所的问题了，真是人性化啊。

走进牧场，有养牛的，有养着小绵羊的，还有养着蒙牛的。奶牛！原来被关在这里呀。这些奶牛可贪吃了，只要你拿起草，就伸着个脖子凑过来吃，你要是靠得太近，会把你的衣服都当成草吃了。来牧场玩的小朋友可开心了，不过它那口水流的，还是挺……

还有跑马，马儿在圈子里跑来跑去，跑得那么欢畅。

牧场上有一个大大的水塔，外面涂成奶牛一样。

在牧场边上，就是九峰茶园，万亩茶园啊，那一个个小山坡，如同一个个小小的波浪。这一片绿色的海洋，若是有时间，肯定可以拍出许多美丽的照片。

在牧场里，目前正在营造的有蒙古包，蒙古包里放着一张床，还有茶桌、椅子等，用于人们在这里栖息，交谈与娱乐。还有刚刚在建的民宿，正在等待来年春天供游客住宿娱乐。

九峰牧场整个看去像是新西兰的格调，给人们留下美好的享受。

范仲淹后裔的耕读遗风

下洲村位于汤溪镇之西门，九峰山下，越溪之畔。自然环境精致优美，东侧有繁华古镇，俨如虎踞；西侧有中国历史文化名村寺平古村落；南则有九峰拱秀，千年禅寺；北则是金华金西开发区。汤莘公路穿村而过，交通条件十分便捷。

下洲村区域面积 0.75 平方公里；耕地面积 500 多亩。全村有 164 户；总人口 512 人。主姓为范姓约占全村人口的百分之九十，另外还有姓周、吴、胡、盛等。

据《汤塘范氏宗谱》序中记载，范氏家族源出自唐咸通十一年（870 年），由于中原战乱、烽火四起，先祖举家从括苍处州（今丽水市）迁居到姑苏（今江苏苏州市）。在苏州是人丁兴旺、人才辈出，涌现出一大批高官贵族，诸如，宋代资政殿大学士文正公范仲淹；宋朝右丞相忠宣纯仁公；观文殿大学士宋尹公……素有"虎丘大学士，龙门宰相家"之美称。

元代衍派兰庠生正路公，雅望南渡，游学到兰溪龙门山一带（今兰溪黄店镇坞口龙门村）定居，娶妻生子、繁衍后代。几十年间，正路公之后代文十特公沿瀫水（兰江）徙居汤邑之厚桐垅、黄谷山捡漆坞，并生有五子。

明成化十六年（1480 年），文十特公的第二个儿子显二公始迁居到汤溪之汤塘,并生有七子。儿子成人后,除二子和四子早逝,大儿子迁往城南;五子仍居祖基汤塘;六子迁后宅;七子迁牛桥,而三子现三公迁往溪西,就是现在的下洲村,俗名"下洲范"。

由此可见,下洲村已有500多年的历史,历代乡民以耕读为家风,用勤劳、朴素和智慧的双手建设家园,亘古至今。真可谓之"仲淹后裔,耕读遗风"。

范氏宗祠是下洲村唯一的厅堂,位于村的正中央,始建于清代中期,已近300多年历史。祠堂坐北朝南、粉墙黛瓦、五岳朝天、四水归堂,为前厅后堂的建筑布局,占地200多平方米。祠堂内木构件古朴紧凑,用料虽不粗大,但协调有姿,牛腿、斗拱、枋梁、护步等构件木雕十分精细,吉祥图案造型活泼,卷花行云线条流畅。

宗祠的前一进是厅,是前人议事、会客的场所,后一进是堂(俗称香火堂)是祖上祭祀祖先的地方。硕大的天井,使整个祠堂既明亮又通风。整个祠堂具有浓郁的民间建筑艺术气息和文化底蕴,与周边民居建筑遥相呼应,令人叹为观止。

《汤塘范氏宗谱》保存极为完好,重修于1949年,是一部不多见的范氏家族的历史史书。宗谱记载着范氏家族的历史传承和子孙世系繁衍,以及重要人物事迹的父系家族的重要文献。就其内容而言,是中华民族五千年文明史中最具有平民特色的文献。记载的是同宗共祖血缘关系人物和事迹、历史图籍、先祖画像、祖宗墓志等,属珍贵的人文资料。对家族的历史、民俗、家规等方面的考证和研究,均有不可替代的独特功能,是姓氏文化的重要组成部分,是珍贵的、特有的文化遗产。

下洲村从2008年开始实施美丽乡村建设行动计划,根据村的实际、区位和优势条件,制定出美丽乡村的实施计划。积极推进村的各方面的规划与建设,扎实开展美丽乡村、美丽环境、美丽休闲广场的创建工作。以农村中心工作为龙头；以九峰山、寺平古村的风情游线路为依托；以综合整治为机制，统筹三拆一改、四边三化等重点工作，着重抓好村道路硬化、卫生改厕、污水处理、农民饮用水净化、村庄绿化、环境美化和地面洁化等多项工作的提升和完善。几年来，新农村建设工作硕果累累，先后被评为：文明村、先进党支部、绿化示范村、新农村建设示范村等多项荣誉。

何基故里后溪河村

金华市婺城区罗店镇后溪河村位于金华市区以北，国家级双龙风景旅游区内，交通便利，环境幽雅。后溪河村历史悠久，生态环境优美，北靠金华北山，西有龙回塘水库，潺潺溪水由村后流入，在村中曲折环绕后从村口流出，后溪河村因此得名。全村95%以上的农户从事花卉生产和销售，花卉品种多达1000多种，是远近闻名的"花卉专业村"。全村现有农户350户，总人口920人，党员42名，耕地612亩。全村分有后溪河、毛村、贤里三个自然村组成。全村花卉种植面积达1300多亩。

2012年12月22日这一天，是金华何氏纪念何基的日子。这次受金华何氏及兰溪市荫坑垅休闲观光园老板娘何葵的邀请，我与赤溪街道文化干部何寿松、荫坑垅老板娘何葵，由好友金森华老总驱车来到后溪河村。兰溪市有清塘何氏、雅滩何氏、桐山后金村金履祥后裔等参加这次活动。

后溪河村离兰溪不远，可以说是从兰溪灵洞乡白坑村翻越了一个山岭之后，开几里路便可到达。

其实，我们到金华双龙洞经常会走这条路，但至于村子里，我还是第一次进去。

村子较大，看上去干净整洁。全村周围几乎都种植花木，难怪乎，把这个村称之为"花木之乡"，这里肯定有一定的说法。

我们到了后溪河村，村里早就在开会了，偌大的帐篷里搭着一个台，请来的有各省市研究何氏文化的高人，金华市原人大主任杨守春、金华市人大原副主任何文斌，还有浙师大教授龚剑锋等。龚剑锋教授谈了朱熹正传王干、何基、王柏、金履祥、许谦等一大批名儒的历史发展及传承情况。有关宗亲也在台上发言。会上还制作了何基、王柏、金履祥、许谦四大名儒的大旗，授予他们的后裔，旨在发扬和传承先人先进的文化，将儒学文化做大做强。

会上还进行了纪念何基的祭祖仪式，并徒步到何基的新坟上举行何基塑像揭幕仪式。何基新坟坐落于村后的一座开阔的小山坡上，何基塑像高大庄严，令人有一种肃然起敬的感觉。

何基（1188—1268），字子恭，金华罗店后溪河人。祖父松，南宋乾道年间进士，官至徽州通判。父伯熭，乾道二年（1166年）进士，绍熙三年（1192年）任临川县丞，时朱熹女婿黄榦为临川县令，遂命长子南、次子基师事之。黄榦教以"治学必有真实心地，刻苦工夫而后可"。基终身实践不违。回故里，隐居北山盘溪，人称北山先生，四方学者争来求教。王柏执弟子礼，基谦抑不以师道自尊，质难问疑，有为一事而十次往返，文集中与王柏问辩者占十之六。教育门生"为学立志贵坚，规模贵大，克践服行，死而后已"。知州赵汝腾、蔡抗、杨栋，相继聘其主讲丽泽书院，皆辞不就。后被特荐授婺州教授兼丽泽书院山长，又力辞未受。咸淳元年（1265年），授史馆校勘兼崇政殿说书，又授承务郎衔、主管南岳庙，亦不受。唯以读书讲学为平生志向，教授门生，不遗余力。治学笃实，有类汉儒；阐明发挥，多创新意。对金华学派贡献充实甚多，有"中兴"金华学派之誉。与王柏、金履祥、许谦被称为"北山四先生"。为文温润和畅，作诗从容闲暇，作字劲密，世称柳法。辑有《大学发挥》《中庸发挥》《易系辞发挥》等。著作多亡佚，今仅存《何北山遗集》4卷。卒后，门生葬以士礼，不用官仪，谥文定，从祀金华县孔庙。

后溪河村确实是一个风景优美、人杰地灵的地方。一条小溪从村中流过，把村子分成了两半。清清的溪水，静静地流淌着，浇灌着附近的农田。村民在溪里洗刷，一派农村的新景象。

种植花卉，不仅富裕了村民，而且也美化了村庄。这些年来，后溪河村先后被评为"全国创建文明村镇工作先进村镇""全国花卉生产先进企业""省级文明村""省级绿化示范村""省级文化示范村""省级小康示范村"，金华市首届"魅力村庄"。

柳贯后裔聚居地柳宅村

2015年的11月14日，恰逢柳贯诞辰745周年，我与范国良、胡志均、陈水河一同应好友柳哲的邀请参加柳贯纪念会。我们由胡志均驱车来到横溪的蜀山中学，召开柳贯诞辰745周年纪念大会，参会的有来自全国柳氏的宗亲代表，也有香港柳氏、山西柳氏、山东柳氏等宗亲代表。成立了浙江省柳氏宗亲联谊会。并邀请浙江师大人文学院的教授专家开展柳贯的学术讲座。横溪镇国庆村还带来了横溪抬阁进行展演，给会议增添了隆重的气氛。

晚上，我与陈水河一道和与会的各地代表一起下榻到浦江县的天慧宾馆。

翌日，11月15日一早，三辆大巴载着与会人员来到了白马镇柳宅村。

一到白马镇，给我们的感觉是路面清新整洁，高楼大厦鳞次栉比，显得整齐而有秩序。路边的广场雕塑着一尊白马。这象征着白马镇的经济如同白马一般正腾飞。

查阅网上信息，白马镇位于浦江县东部，东北界诸暨市，北接中余乡，南连郑家坞、黄宅镇，西邻郑宅镇。白马镇人民政府驻地傅宅村，距县城18公里。浦郑公路穿镇而过，距浙赣铁路浦江站4公里，交通便捷，是浦江经济重镇，又是浙江省首批小城镇综合改革试点之一。白马镇是省首批小城镇综合改革试点镇和中心镇,省、市教育强镇。占地 59.40 平方公里,耕地面积 3.4 万亩。辖 30 个行政村,总人口 3 万人。

柳宅村就在白马镇上,有柳氏人口 800 余人。村中有一个纪念柳贯的宗祠,宗祠分三进,正门为八字门,有一个亭阁式的建筑向第一进与第二进之间的天井延伸。第二进为中堂,悬挂着牌匾。在第二进与第三进之间,两边为龙凤天井,中间为过道,在过道里陈列着一些祭品,两边靠窗户的是銮驾,正面悬挂的是柳贯的祖宗画像,并有柳贯的石雕像。第三进正在修缮。

柳宅村人十分重视柳贯的文化,这次正值柳贯诞辰 745 周年,柳宅村不但举行了纪念大会,还为新雕刻的柳贯像开光剪彩。隆重纪念元代大儒柳贯先生。与会人员有 400 余人。

会后,在柳氏宗祠边吃中餐。柳宅村人真聪明,他们在祠堂边的广场上搭起了两个帐篷,如同布房子一般,两座帐篷是连体的,足足可以摆四十多桌。更好的还是浦江的特色菜,是我一生之中所没有看到的。红红的杨梅馃,嫩嫩的灰堂粽,还有由各种扇形组成各种颜色的浦江发糕,可口菜肴琳琅满目,真让我大开眼界。

浦江虽离兰溪不远,但我去得不多,能这样看到浦江,看到白马,看到柳宅,是我重新认识浦江的起点。浦江在发展,在变化,而我们的思想和行为也应该随着历史前进的步伐快速启航。

中山靖王后裔汤溪宅口

萃和堂位于婺城区汤溪镇宅口村，为宅口村刘氏宗祠。据介绍，萃和堂占地约 800 亩，始建于明成化年间，至今已有 500 余年历史；清乾隆年间，后人于萃和堂前增设两进，还配了一座精美古戏台。萃和堂虽历经数百年风雨，除中间部分毁于抗战时期外，宗祠前后两进及古戏台依然保存完好，并展示出独具魅力的宗祠文化。

萃和堂因其卧于九峰山下，更添一分安详静谧的禅境意味，不禁使人联想"一山一寺隐一祠，千年九峰入梦来"之境。黛瓦，白墙，青石板，是对萃和堂的第一印象，剥落的白墙和长满青苔的青石板诉说着它的古老。走到正门前，抬头就见"萃和堂"三个大字，字体苍劲有力，门楣下是一扇厚重的木门，一束清幽亮光穿过嘎吱作响的大门，古朴气息扑面而来，祠堂内木质构件一一落入眼中。

一根根粗壮的木柱子像古老的士兵守护着宗祠，虽历经岁月，依旧坚毅挺拔。宗祠看似陈旧，但与其他徽派风格建筑一样，有着漂亮的牛腿、考究的门梁、精致的斗拱、别致的雀替等木构件，牛腿和斗拱等砖雕雕刻着精美的花、草、虫、鱼、人物等，把古朴的宗祠点缀得简单而不平凡。

穿过阴凉的天井，前面是一座精巧的古戏台，约 50 平方米，戏台不大，雕饰精美，戏台的四根柱子经过岁月的抚摸变得光滑，柱子上方是漂亮的木雕牛腿和斗拱，舞台后方是一个隔间，想必是演员换衣的地方。这座戏台是现今金西保留最完整的古戏台之一，还是金西唯一会"变身"、可"走动"的戏台，曾多次被借用到别村做演出舞台。

踩着古戏台古楼梯拾级而上，木梯子"嘎吱嘎吱"作响，站在戏台上，想象着数百年前戏台上闹花台、唱婺剧，你方唱罢我登场的热闹景象，感受着一折戏一段岁月的历史轮回。

萃和堂的后进与前进一样，精致的徽派木雕、砖雕，刻壁描檐，凤舞鸾飞，让人过目不忘。萃和堂后进主要用来供奉先人和逢年过节时祭祖用的。祠堂正中间墙上供奉着宅口村刘氏历代先祖的画像，两边墙上分别挂着刻有"中山世泽""汉宗衍庆"字体的匾额。"这两块匾额是对我们刘氏子孙的一种嘉奖，也是我们宅口村刘氏在历史中的标志。"

宅口刘氏来历不凡。根据祖上流传下来的族谱记载，宅口村与枫林上镜村刘氏同为汉景帝之子中山靖王之后。据传，宋朝中叶时期中原受金国侵略，刘氏先祖随当时的赵构皇帝南迁，来到睦州（今建德），并生有二子，长子名一世刘元，次子名刘允，他们都以诗文才华闻名，为人高尚，家境富饶不为官。

南宋后期，四世刘时带其三子隐居婺州北山鹿田村，开创了婺州学派。刘时去世后，葬于兰溪县中源石塘金溪埠塔（今汤溪厚大山口殿溪埠塔）。为了方便祭祖，长子瑞年、次子永年在山口殿开白水洞绎馆。永年生二子，长子名金彦。彦又生二子，长子名贞，居今宅口，便是今宅口村刘氏先祖。南宋时，因刘氏先祖误杀一个催粮官，刘姓遂改为金姓，一直持续到明成化七年，汤溪地域矿工大起义后才恢复刘姓。明代成立汤溪县，刘金氏便上书朝廷要求恢复刘姓，后皇帝亲自下旨曰："刘金氏乃汉宗真嫡也！"并赠两匾"中山世泽""汉宗衍庆"，还拨款修建刘氏宗祠。清乾隆年间，后人于萃和堂前增设两进，并配一精美古戏台，以表刘氏在历史上的显赫地位、传承先祖门第精神。

宅口村是一个历史悠久的文化村，除刘氏宗祠外，村里还有古建筑群，南齐大学者徐伯珍创的文学栖息地"安正书院"原址、古婺州窑发掘地、千年九峰禅寺等，都是珍贵的文化遗产。随着金西旅游文化序幕的拉开，如何借力金西大范围旅游发展氛围，挖掘宅口村丰富的历史名人文化，创建宅口村独特的文化旅游品牌，在大金西旅游文化发展中找到自己的定位，是宅口村要做好的"文章"。

永康圆周村行

因为受同学张锡良的影响，我近年去过几次圆周村。张锡良在永康办厂，厂子就开在圆周村隔壁，到圆周村只有1华里路程。

我和方庆鸿、胡志均、陆飞及潘孝平一同来到永康圆周村，同学张锡良热情地款待我们。

圆周村位于中国五金名城——永康，距永康市区3公里。来到圆周村，果然气象万新、热闹非凡、是个花园般的乡村，用我们的话说，一点也看不出农村的气息。看来在这里已经没有什么城乡差别了。

我们自上山的石阶向上攀登，到了山腰平坦处有一块空地，建有六角亭，叫"君子亭"，自这里开始建有仿古的长城。长城是用方形石块砌成。这石块取自半山腰，在半山腰打了个岩洞，取出石块来砌长城，因地制宜，就地取材，节约了不少成本。岩洞里放着雕塑，供游人参观游览。

长城的起点在村山脚下"君子亭"，终点在山顶的滴水岩烽火台，全长1400米，海拔800多米，途中建有三座岗楼，雄伟壮观，不亚于北京八达岭长城。两边栽有红叶石楠、雪松、红枫等十多种树木。

我们没有去爬长城，只走了一段路，感受一下。我们就沿着另外一条石阶往村中走去。

一路下走，感觉到的是城市般的公园和崭新的高楼。一个现代化的新农村的形象展现在我们面前。

圆周村北有南溪，村东南是山叫"乌坑"，村中有"映湖"，映湖中还有"湖心岛"。过去常说，有山有水才有风景，圆周村是个风景如画的地方。

我们来到了湖边，这个湖就叫"映湖"，她是圆周村人的西湖，湖水碧绿，湖旁柳条倒垂，在长廊上人们在欣赏湖中数千条红金鱼在翻腾鱼跃。湖边建有九曲回廊，望对岸湖旁有座巨大山岩，像一只正准备捕食的金蟾。坐在回廊中，观看着湖边的风景以及湖里翻越的红鲤鱼，心情自然畅快。

村中映湖旁有一广场，广场北面是"周氏宗祠"，面阔五间，前后三进两天井，里面是肥梁大柱。大门外左右栽着两株双人合抱粗的银杏树，整个建筑显得庄严宏伟。据说圆周村始建于元代，自古人才辈出，曾出过进士、湖广监察御史、福建按察司金事、曲州知州、达州知州等大官。

绕过"周氏宗祠"，我们来到对岸的山岩。就沿湖走了大半圈。

纵览湖面，虽不见大，但也不显得小。湖中有桥三座，各有千秋，"玉带桥"是座中国典型的拱桥，桥上栏杆扶手全是用汉白玉石砌成，故名"玉带桥"。"九曲桥"顾名思义是座弯弯曲曲转角很多的桥。"梦幻索桥"，就像红军长征中的"大渡河桥"一样，是用钢索上铺木板建成的，人走在上面摇摇晃晃的。

游完了湖面，我们就在圆周村的一个小店里就中餐，味道很好。

游览安地水库周边农家乐

2015年第13号台风"苏迪罗"尽管从福建莆田秀屿区沿海登陆,却依然威力不小,给浙江带来了强降雨。

8月9日,正是台风"苏迪罗"登陆的这一天,大雨倾盆。我和学生潘晓,还有文友王亚男、潘宏林、何寿松,还有我的家人,分两辆车,一行10人。我们从兰溪市区出发,经过白龙桥,驱车来到金华婺城区安地镇。

安地镇有个安地水库,现叫仙源湖。位于中国"桂花之乡"金华"千年古镇"安地镇境内,距金华市区10公里,规划面积9.8平方公里,是继千岛湖、莫干山之后的第十二个省级旅游度假区。这里峰峦叠嶂、山泉淙淙、森林茂密。有千亩花卉苗木、万亩翠竹林等生态景观,更有10里桂花长廊。每当金秋时节,香飘四溢,芬芳怡人。

仙源湖,三面环山,一面平川,湖面宽阔,水质清澈,常有薄雾弥漫,虚幻缥缈,雾散云开时,绿水青山,相映成趣。湖中岛屿如散落着的珠玉,平时白鹭飞翔,鸳鸯戏水,令人赏心悦目。度假区的环境空气质量达到一级标准,负离子浓度为每立方厘米一千万个以上,是大自然赋予的天然氧吧,更是人们回归大自然、开展水上游览活动和避暑度假休闲的绝佳胜地。

过了安地镇,汽车沿着山路慢慢盘旋而上,两边青山连绵,翠竹夹道,迎面而来的是凉爽的轻风,触目可见的是秀丽的山水,在盛夏时节,也让人不觉丝毫燥热。车行约半个小时,山林深处的仙源湖畔小同村在眼前豁然开朗。

这里是一个村庄,可美得让人有所遐想。村庄前面,澄澈的仙源湖水绕山而流,阳光下像一块铺开的绸子,柔软光滑,闪烁着特有的光泽。村庄后面,涌动的竹海透露着恬静的美,处处是景,步步如画。

大雨不停地下着,我们来到了小同村。

小同村三面环山,一面傍水,每逢夏季,这里气候凉爽,平均气温比城区低5到6度,是避暑休闲的绝佳去处。

我们停下车来,钻到了一个能够躲雨的农家乐棚子里,欣赏着仙源湖的美景。小同村开着许多农家乐,可同时接待1000人以上就餐,提供260多个床位。农家乐有的临湖而建,尽情拥抱仙源湖景,有的镶嵌在茂林修竹中,融入山水之势。其中既有城市宾馆式的别墅山庄,又有田园民居式的农家宾馆,一律收拾得整洁美观,有窗明几净的房舍和开阔的活动场地,房间有标准间、单间和套房等。在这里,除了能够避暑、赏美景、品山珍外,还可参与农户精心准备的挖笋、钓鱼、烧烤、登山等休闲项目,离开前还能带走一些山里土特产,诸如土鸡、茶叶、笋干、野生猕猴桃之类,到这里住住,真是涤尽了大城市的浊气,给心灵一次全面的放松。

大约过了半小时,我们又驱车前往。来到了郑宅村。溪流泛起了洪水,原先的漂流已不能进行。在这里看汹涌的洪水倒是一种享受。

这里是有"江南小九寨沟"之称的仙源峡(郑宅坑),沿线都是翠竹、溪流、巨石,活色生香的山水长卷绵延20多公里,景色十分宜人;而仙源峡尽头的安地镇山道村,可以看到很多有江南民居特色的土房子以及小水潭、瀑布、奇石等原生态风景。

我们不断往前开，穿过浙江第一漂，来到了一个叫下徐村的地方，才知道到琴坛开错了路。

我们只好往回开。回到郑宅村，过了桥，驱车16公里，来到了琴坛。

琴坛村离金华城区45公里，处于武义县交界，是纯第一产业（农业）村。辖2个自然村。琴坛自然村主姓廖、张、邹。据传，廖、张、邹姓村祖，在乾隆年间战乱由福建迁此定居。宅基自然村主姓余。据传，清乾隆年间由福建迁此定居。全村共有132户，389人，耕地34亩，山林面积11000亩，其中毛竹园300亩，茶叶山600亩。全村以种植茶叶为主，外出务工、种植茶叶、采摘箬叶以及林业是农民们的主要经济来源。

琴坛村村民把自己的村称作"华东客家第一村"。我们在琴坛的南山土菜馆就餐，老板廖靓斌烧得一手好菜，我们吃得津津有味，直夸他烧的菜好吃。

在南山土菜馆，我们看到琴坛村有他们村的管理办法，菜谱是由箬坛旅游开发有限公司统一制作的，可以说明码标价，人家吃了放心。

在琴坛村，迷人的风景，吸引着许多游客。即使是下雨天，他们村也停满了来观光的汽车，内容也十分丰富，有客家民宿、客家美食、野外露营、蝙蝠洞探险、石人像观光、陈列馆参观等。婺城区箬阳乡还专门编辑出版了《诗画箬阳》一书。

我们在琴坛，看到了琴坛农家乐的火红的场面，看到了村前溪流那洪水奔腾不息的情景，看到了山里人那勤劳致富与建设美丽家乡的愿望。

农家乐，乐农家。愿天下所有勤劳的人民共同拥有美好的家园。

小同村是美丽的，琴坛村是美丽的，安地水库是美丽的。

美丽的家园，属于我们大众。

坛头田庐真好

履坦镇坛头村位于浙江省武义县西北部，距武义县城 8 公里。东濒武义江，南对十都畈，西临白塔山，北靠后郭山，白鹭溪绕村东而过，十白公路穿越村西，山水相依，葱茏满目，"漠漠水田飞白鹭，阴阴夏木啭黄鹂"，可谓恰如其称，形成了自然景致独特的天然河滩湿地。此处地理位置优越，风光秀美，且历史悠久，人文昌盛。据武义县志记载，南宋宝庆年间（1260—1264），朱氏祖先从丽水库川迁徙到此定居，距今已有 750 多年历史。村内保存有完整的古代血缘聚落建筑群，古香古色，精美绝伦。现存有婺州窑旧址、古码头旧址，以及元明清古建筑 10 多幢，包括阁、庙、堂楼、民居等类型。村中文化传承有序，耕读成风。尤以孝道文化为代表，村中有一条巷道被称为"孝道"，富有神奇的由来。还有民俗文化亦多种多样，如坛头走马灯，兴起于明际，已有 600 多年历史，具有独特的民间表演形式和传统文化内涵。

坛头村位于履坦镇政府所在地以北约 1 公里处，东临武义江，南为地势较低的溪滩沙场，村北为田野和山坡，地势南低北高。属亚热带季风区，气候温和，四季分明，光照充足，春夏多雨，年降雨1450毫米，年均气温17摄氏度，无霜期240天左右。

生态环境良好。

坛头村人文资源丰富。因地理环境和水资源便利的特色，祖上以烧制陶瓷为主，自古经济基础较好，村中至今保存有台门、西里间、奶婆厅等精湛的古建筑，老村格局和风貌依旧，新村则建在老村边上。全村145户378人，以朱姓为多，其中党员23人。耕地面积514亩，山林700余亩，村集体经济以挖河砂销售为主，农业有大棚蔬菜、茶叶、水果等经济作物。十白线公路和金温铁路穿村而过，交通便捷。

坛头村历史悠久，源远流长。据武义县志记载，南宋宝庆年间（约1260—1264）祖先从义乌迁徙现址建村居住，为朱氏后裔集聚地。村中朱氏为第一大姓，建村已有750年。据文物专家考证：坛头村窑街罐窑是"婺州窑"旧址之一，祖先从宋朝开始炼制陶瓷。其出土的陶瓶、陶碗、陶罐，属三国至唐代年间的民间陶品。可见，坛头村早在三国时期（220—280）就有先民在此繁衍生息。坛头历史文化底蕴深厚。村中现存明清古建筑17幢，面积3500多平方米。其中古民宅5处，古街巷1处，古花厅2处，古会馆6处，古寺庙1座。明万历年间（1573—1620）坛头村建有武义出北门后最好的花厅，所说花厅主人（坛头村人，姓朱）曾为明朝布政使。坛头马灯，从明朝开始兴起，已有600多年的历史，具有深厚的民间表演特征和传统文化内涵。"雄关漫道真如铁，而今迈步从头越"。如今坛头村正朝着"生产发展、生活宽裕、乡风文明、村容整洁、管理民主"的宏伟目标努力，把坛头村打造成武义县新农村建设的一张靓丽名片而努力奋斗。

自2013年起，县委、县政府、履坦镇党委、政府倾注大量财力物力进行坛头村的精品村和湿地公园建设，致力把坛头村打造成一张湿地和文化旅游的金名片。走进现今的坛头村，卵石巷陌幽静，古民居随处散落，白墙黑瓦，古朴简约。登高到文化联廊，放眼四望，湖缀碧玉，溪绕芳林，山列翠屏。田间黄牛耕作，滩头白鹭翩飞。把湿地风光和桃源风物，融而为一，画意诗情，难以尽述。

坛头村属武义县履坦镇所属的一个行政村。她位于武义江湿地公园附近，是一处以朱姓为主的村落。相传在七百余年前，朱姓先祖自丽水迁来此居住，是一个有将近千年历史的古村。武义属婺州，南宋赵氏王朝定都临安杭州之后，婺州金华就成了陪都。婺州金华古城与武义仅一山之隔，有武义江直通婺州，是陪都金华的后花园。武义四面环山，中有开阔平整丘陵谷地，藏风得水，自然环境绝佳。熟溪自西南向北于白溪口与武义江交汇，经坛头，过履坦而出武义，汇入婺江，水上交通十分便捷。所以武义在南宋时，就成为当时南京士大夫官员建别墅行馆的首选之地，因此至今武义熟溪两岸还保留了许多古村群落。

如今则是正在全力打造的"履坦湿地风情小镇"和浙江最美河道、武义江湿地廊道的核心区块和示范片。特别是拥有平原地区少有的 50 亩高大红松林，成为天然的森林博物馆。因为地处武义江与白鹭溪的交汇冲击地带，形成了极为稀缺的面积 600 亩的湿地资源，湿地公园里各种植被丰富异常，是天然的湿地博物馆，成千上万只白鹭在此自由栖息，随日落日出自由飞翔，与随风起舞的芦苇、荡漾在湖面的小船及其悠闲地漫游在水面的野鸭、时不时蹦出水面的鱼儿，构成了美丽的乡村风景画，故而，极具发展乡村旅游的潜质。因为其独特的历史文化，被评为中国传统村落、浙江重点保护村落，是目前金华重点打造的四个 3A 级景区村样板村之一。

村不大，却挺有历史，是以往武义江水路商贸的重要节点，口口相传的田螺姑娘传说就发生在这里。村庄的建筑挺有特色，尚存的 18000 平方米的十八幢明清古建和三个厅堂、古驿道、古埠头及其曾经的九座龙窑遗存,向人们展现着它的历史厚重、文化丰富。

近年来,该村坚持立足本地资源条件,大力发展田螺姑娘孝义文化研学游和湿地生态观光休闲旅游,因为湿地文化节、中秋诗会、湿地摄影大赛等活动的相继举办和对外传播,坛头村名声远播,节假日里游人如织,平日里也有不少人慕名前往,"浙中湿地村落"的品牌效应初显。

走进坛头,一种久别的对乡土家园的向往情愫被唤醒,一种不如乘风归去,逃脱尘世,抛开俗务,去过"采菊东篱下,悠然见南山"的隐世生活的冲动被激起。奔向自然,回归田园,无问东西,田庐真好!感谢小冰兄为大家营造了这样一处可以寄托当代人追忆乡土记忆,寻找儿时乡村梦想的绝佳休闲度假场所。

金华山鹿田书院觅旧踪

2019年秋季，我们兰溪范浚研究会一行来到金华北山鹿田村。

婺城区罗店镇鹿田村，位于金华市区以北，双龙风景名胜区、国家森林公园区域内，距金华市区20公里，海拔620米，全村86户农户，207人，山林面积1723亩，耕地面积85.5亩，森林覆盖率达80%以上，村内风景秀丽，人文资源丰富，山上层峦叠翠，郁郁葱葱。村内有享誉东南亚地区的道教圣地——黄大仙祖宫，有吉尼斯世界纪录的溶洞瀑布——仙瀑洞，有市级文物保护单位——鹿田书院等名胜古迹。更有鹿湖水上游乐场可供游客垂钓、游泳及水上游船。作为明清贡品"婺城举岩茶"的原产地，采茶、品茗的悠闲雅致的活动更是让人回味无穷。

我们一行分两辆小车，一直来到鹿田。当时，我们停下来的地方就是鹿田水库。

我们就坐在鹿田水库边观赏水库边的美景。远眺秀美不凡，近观水色清凌，让人有一跃而入的冲动。水库的一角办起了水库游乐场。岸上是凉棚桌椅，供游人闲坐纳凉。

等两辆小车一起到达，我们便开始寻找鹿田书院。

鹿田书院就在鹿田村附近。鹿田书院的丰院长热情地接待了我们，让我们参观了鹿田书院。

鹿田书院原址系北宋鹿田寺。寺废后，清光绪二十四年（1898年）金华八县名流在此建鹿田书院，内供奉金华自宋至清的所谓"七贤"，并由金华知府继良题"八婺儒宗""鹿田书院"匾额。1997年8月29日公布为浙江省级文物保护单位。

中轴线上有门厅、正厅和后厅。面阔各三间，前厅通面宽12.40米，通进深6.00米。两侧有厢楼。硬山顶。鹿田书院是金华八县名流在宋代创建的鹿田寺旧址建鹿田书院，金华知府继良题有"八婺儒宗""鹿田书院"匾额。是金华现存仅有的一座古代书院。

鹿田书院为院落式建筑群体，占地面积792平方米，建筑面积1280平方米（包括厢房楼屋及第三进楼屋面积）。沿中轴线第一进为大门，第二进穿廊，第三进为正厅（楼屋），面阔均为三开间，每进两侧各置厢房7间（楼屋）。书院外面有两块大，重数万公斤，屹立于一平坦巨岩上。相传明太祖朱元璋手下大将胡大海与常遇春在此用两石头比武，故名"比武石"，平坦的巨岩，则为朱元璋点将阅兵处，故名"点将台"。

鹿田书院四周群山环抱，景色秀丽。古代文人墨客游此，题咏颇多。宋代潘良贵曾赞赏："自是评吾乡山水以此为第一。"南宋谢翱在该地写有《听雨记》。南宋方凤、元代许谦、吴师道、戴良、叶谨翁，明代王思任，清代王崇炳、郑鹤龄等均有题诗。

在鹿田书院里，丰院长还给我们讲起了鹿田的由来：

相传宋代时，金华山有一个少女，驯养了一只小鹿。这只小鹿非常乖巧，通人性，会帮忙耕田，还会帮主人去集市买东西。

可是有一天，小鹿被村中一个懒汉偷走，杀了吃肉。少女日夜思念小鹿，每日登峰眺望，但声声愁叹和滴滴泪水也未能换得小鹿归来。

后来，村民把少女望鹿的山叫作"白望峰"，并为她塑石像以示纪念。

而鹿田也因纪念耕田小鹿而得名。美丽而凄婉的故事，让这个山清水秀的小山村更添几分神秘和浪漫。

在鹿田农家乐吃过午餐，我们一行便来到黄大仙祖宫参观。

黄大仙祖宫占地7.9公顷，呈七进阶布局，从南向北依次为石照壁、石牌楼、灵官殿、钟楼、祭坛、鼓楼、大殿、三清殿、祈仙殿等。这些建筑气势宏伟，建筑风格古朴庄重，其中，大殿为道教典型的歇山顶重檐结构，高达20.88米，再现了当年江南道观之冠的雄姿。回头先说石照壁，该壁南面刻有黄大仙金华山牧羊及大仙兄弟两人骑鹿驾鹤得道升天传说的浮雕；北面刻着金华著名书法家毕民望老先生手书篆体赤松仙师自序。自序分为两种表现形态，左半部为普通篆体字，右半部为中空篆体字。恢宏大气的书法石刻，让并不懂书法的我同样感受到了艺术的魅力。往前走，灵官殿前浮雕精致、造型美观的香炉是香港人闻人浩生所赠，纯铜制造，造价高达18万元。灵官殿、钟楼等建筑也各有特色，值得人慢慢赏看。比较神奇的是大殿前的阴阳八卦台，台面就是一个巨大的八卦，但此八卦与别处并不相同，阴极和阳极处在相反的位置。这个"错"八卦却有着不同寻常的地方，如果两个人分别站在两处卦眼中，听对方说话，可以感受到声音在耳中产生共鸣，而自己发出的声音却一如平常。不过，如果你站在卦中心，脚踩阴阳两地，那自己的声音也能共鸣。再往大殿而行，殿两侧壁上的26幅木雕壁画反映了黄大仙的26个传说故事，精美的木雕配上古体字篆刻的图案名称，令人心生崇敬，感叹不已……

参观完黄大仙祖宫，我们便一同乘车回到了兰溪。

大山深处的珊瑚村

几年前,我们厚仁中学 80(1)班的同学来到了九峰山下的葛洪山庄,在那里玩了一个上午后,有同学提出,到塔石乡珊瑚村去看看那里的原始森林。

我们 10 多位同学在范伟林的带队之下,一路颠簸,山道弯弯,虽然路况比较好,但由于都是山路,弯弯曲曲,也显得十分难开。

一路上,风景特好。田野青青丘长坎高还叠层层,畈里人锄牛耕;炊烟袅袅旧屋新楼相挨,村里宁谧祥和,好一派大自然的无暇风光。越往山里开,越是见到重峦叠嶂,树木葱茏,满山满野都是树,可谓是林海的世界。山中鸟歌虫语,泉水潺潺跌潭飞瀑再汇成溪,水中走蟹游鱼,真使人心旷神怡。

在未到珊瑚村前的村口,就能远远看见一些高大挺拔的古松,它们傲然挺立的"身形",像是张开双臂,欢迎远道而来的客人。这里成了村里一道独特的景观。这里的一片古松林。和常见的松树不一样,这里的松树针叶短粗稠密,叶色浓绿,它的枝干坚劲挺秀,和黄山迎客松有几分相似,当地人就称之为黄山松。

到了珊瑚村,就下起小雨来了,淅淅沥沥的雨,更给位于高山的珊瑚村增添了美景。

珊瑚村坐落于海拔800多米的深山之中，是婺城区海拔最高的村庄之一。这里四面环山，依山傍水，地势平坦开阔。村内古民居较多，黑瓦白墙马头墙，呈现出古朴的徽派建筑风格。红豆杉、黄山松、香枫树，古杉树等古树名木参天，遍及全村。村庄风景优美，空气清新，是纳凉避暑观看雪景的绝佳之地。

穿过古松林，眼前豁然开朗。只见梯田层层叠叠地铺排在山坡上，田里种了玉米、番薯等作物。梯田之上，是一幢幢依山而建、错落有致的民居。这些年代久远、历经风雨的泥坯房，白墙黛瓦，有的还有马头墙。每幢民居都显得小巧秀丽，简洁不失典雅，整体建筑风貌和谐统一，渗透着浓浓的徽派建筑风格，至今保存完好。村里也修起了文化礼堂，停车场，一种崭新的文化气息迎面扑来。

珊瑚村倚靠着后面的山势，房屋层层叠叠，如同山村里的"布达拉宫"，煞是好看。村子中间有一条山溪穿村而过，小雨的雨水形成了涓涓细流，在溪中流淌。溪水绕过鹅卵石，溅起的小水花，发出"哗哗……"的响声，如同唱着欢乐的歌。

我们冒着小雨来到了村后的古树林群。这里成片都是古老的红豆杉群。村后的古树以香枫见长。我们撑着雨伞，细数了一下，超过百年树龄的就有十多株，其中还有红豆杉、木荷等古树。在古树林群下，珊瑚村经过改造，这里成了一处供村民乘凉休憩的公园，如果不下雨的话，在春暖花开的季节来珊瑚村游玩，那便是一年中最美的去处。

我们一行自村口来到村后，有一个感觉，就是清新、美。但总觉得古树林怎么去与海中瑰宝珊瑚相连贯呢？

我们试图找到答案，回到村口的村办公大楼，找到了村里一位女同志。她给我们讲解了珊瑚村的来历。

珊瑚村人口不多，是个只有40多户、150多人的小山村，绝大多数村民都姓廖，据说他们的祖先是清朝雍正年间从福建上杭古田（即著名的古田会议所在地）迁移至此的。廖氏族人在这里繁衍生息，迄今已历十七代。据《珊瑚廖氏宗谱》记载，廖氏先祖廖文仕，自清康熙年间从福建汀州府上杭县古田来浙江寄居江山县，后到汤邑岱上入赘，于雍正十年（1732年）转迁三湖定居。因村地处群山环抱的小盆地内，形似一个湖泊，有山有水，故称为"山湖"，后谐称"三湖"，而后又衍化为"珊瑚"。

祖先廖文仕于清康熙甲戌年出生于福建省龙岩市上杭县古田镇溪背村。雍正元年（1723年），当时文仕公正当年少，家中弟兄众多，欲图异地发展。有宗亲海迁期间去浙江江山、兰溪谋生，业绩甚佳，置有房屋田地并定居浙江，成为族内楷模，故文仕欲到浙江立业。南行至浙地汤邑（汤溪）山区谋求立业。几经周折，在塔石乡岱上仓门里一财主家打长工并入赘，然好景不长，财主以众凌寡，极尽欺侮之能事。雍正四年（1726年），一日财主六十大寿，大摆筵席，独对文仕公以奴相待，文仕公心存委屈，隐忍不言，知夫莫如妻，聪慧的妻子看在眼里。问："气否？"文仕公叹道："气，然又能奈何？倘若你能与吾同心便能一解其忧！"妻子已解其意，对丈夫说："我与你生死相依，一切听随与你。"文仕公终于说出了自己在心底蕴藏许久的计划："三十六计，走为上策！"

五更时分，夫妻俩跪地对天发誓：离此地，力争以一席之地解寄人篱下之痛楚，挑行李的箩线折断之处便是安身之所。于是夫妻俩不畏艰险，挑着行李去开辟幸福生活新天地。一日，行至一处山间美地，这时，箩线突然断开。忆起昔日的誓言，已然应验。夫妻俩遂放下行李决定在此安家。环顾四周，三个弧形山坳环绕着中间的小盆地。这里天碧蓝，云洁白，林木森森，满目苍翠。几股清泉从山谷间蜿蜒流淌，水声潺潺。更重要的是，这里地势开阔平坦，有利于开垦劳作，此乃天遂人愿也，夫妻俩欣喜万分。于是，廖氏先祖就在这里安营扎寨、繁衍生息，并以三个湖型山坳的形状寓意取名为三湖村。

在村中，对珊瑚村的来历还有另外一种说法，说村中原先有三口湖，所以村名又叫三湖。或许是后来村中又出了一名文化人，认为山湖或三湖的村名太实，遂将村名雅化为珊瑚。至于是何人，为何偏偏选中"珊瑚"二字，就史无记载了。

在珊瑚村，还有一个特别的现象，就是村民能讲多种方言，出外时会讲汤溪话、普通话，而在村里，通用闽西客家话。

珊瑚村拥有茶园百余亩，耕地120多亩，出产的珊瑚云雾茶品质好，在市区具有较高的知名度。以前村民都种水稻，如今转而种植苗木和番薯等经济效益好的作物。番薯干加工产业已成为村民收入的主要来源。

这个位于婺城区大山深处的珊瑚村，围绕做好"绿水青山就是金山银山"这一大文章，让游客呼吸"森林氧吧"的清新空气，享受市区难得的惬意清凉，品味山间乐趣，终将成为人们向往的乐园。

聆听鱼仓故事

一个微信，就把我从兰溪城里叫到了婺城区塔石乡余仓村。

2015年3月11日晚上10时许，"囡囡妈"张梅发来微信："刘老师，明天大家来我鱼仓故事玩，我也真诚地邀请你和那位双手写字的老师一起来坐坐，希望你能赏脸。"

早上起来，首先看微信，我以为是兰溪的游埠，后来问，才知道是婺城区塔石乡的余仓村。

塔石乡，我在三年前是去过的，那时是我们一帮厚仁中学的同学到塔石珊瑚村旅游，才知道塔石乡真美。

自此，经常见到塔石乡见诸《金华日报》《金华晚报》等端，并经常在电视中看到有关塔石的报道，我心里总是痒痒的。这次，机会来了，"囡囡妈"张梅一个微信，就把我从兰溪喊到了塔石余仓。

同行的有登胜村的徐书记、女埠上街的毕老板，还有游埠镇的"老实人"等，大约20多个。

由徐书记开着车，车子从汤溪古镇一路前行，绕过九峰水库，便是连绵崎岖的山道，山道弯弯，但也比较宽阔，可容纳两辆汽车同行，路面也好，都是黑乎乎的柏油路面。这次，我是第二次来到塔石。

塔石，对于很多没去过那里的人来说，它是一个遥远的存在。印象中去塔石要坐很久的汽车，绕行很长的山路，直至把人坐得头晕目眩它才会出现在眼前。可到了那里，总是会让人觉得所有路途的疲惫都是值得的，那里远离城市的喧嚣，远离汽车尾气的污染，古木参天，清幽静谧，有的只是成片的绿色和那远处缭绕的雾气……

越是深山，越是清凉。车过汤溪、九峰水库、塔石，从盘山公路绕行约十公里，就能到达余仓。村里土墙黑瓦，古木参天，终年云雾缭绕，有"早上看烟雾，日头闲农耕"的情趣。

塔石乡余仓村位于金华西南的深山区，所以至今保持着原生态的自然风光与民俗风情。

我们来到了余仓村，就被余仓村美丽的环境所吸引。一间农家民宿客房，周末租住至少要提前两天预订——这是塔石乡余仓村一家名叫"鱼仓故事"民宿的真故事。这家只有5间客房的特色民宿，引得向往"农夫"生活的都市客趋之若鹜。"鱼仓故事"，墙上画着的是翻飞跳动的鱼，有各色各样的鱼，在翻飞、在游动、在跳跃……述说着"鱼仓故事"。

我们在"鱼仓故事"里喝茶聊天，清新的空气扑鼻而来。我们便去村口看瀑布。

我们一路观赏着余仓的民宿，还有观赏着余仓的梯田、瀑布、古树群等景观。高山梯田层层叠叠；叠加式瀑布群清幽俊逸；古树群浓荫蔽日，乡村美景触目皆是。

余仓村的高山梯田景观迷人，叠加式的瀑布群清幽俊逸，五瀑峡450米长的游步道沿溪而下，下游最大的瀑布落差达十余米。在瀑旁小坐，风拂雪沫于肌肤，潭水清碧深不可测。这处瀑布比我们兰溪的龙门瀑布好看多了，这是一个瀑布群，从余仓村村口往下走，只见一个瀑布连着一个瀑布，煞是壮观。

看完瀑布，我们又穿越了余仓整个村子，村子不大，但十分齐整干净。旅游设施也搞得十分像模像样，就连停车场就有好几个，虽然不大，但也可以容纳五六十辆的车子。

周六那天，整个村子的停车场都停满了车子，来余仓旅游的客人真不少。

余仓古村，以白墙红瓦居多，房屋大多是泥房，加上了现代粉刷，画上了墙画、增添了马头墙等元素，旅游的色彩越来越浓厚。我们从村口，穿过村子，又来到村后的山上，山上竹林成荫，特别是红豆杉的树苗种得十分的多，看上去成片都是。

回到"鱼仓故事"，我们吃到了用自家土山茶油炸的油豆腐、溪里的石斑鱼，还喝上了用白酒、蜂蜜制成的蜜酒，还尝到了塔石人家自己腌制的豇豆干。

"囡囡妈"张梅和她丈夫的热情招待，给我们这次塔石余仓之行，增添了许多美意，我们聆听了"鱼仓故事"，喝上了蜜一般甜的蜜酒，将美好的愿望带给了家乡——兰溪。

同时，也祝愿兰溪的旅游蒸蒸日上，像塔石一样踏踏实实地搞好民宿、搞好农家乐，更多地演绎"鱼仓故事"。

走进南山烽火蒋里村

搜索了网络，南山烽火蒋里村十分有名气。于是，我和黄飞军、王建光决定去蒋里村参观。

2021年6月20日，下着大雨，早上，我们一大早就准备去蒋里村。露源村发来微信，说在早上9点召开紧急会议。于是，我们暂时打消了去婺城蒋里的念头。将车调转方向往黄店镇露源方向开。

来到露源村办公室，村书记童庆华、村委副主任潘庆富、支委朱晓娟、村委黄巧军、刘雪冬都来到了办公室，黄店片片长张向标来村布置工作，并对当前防汛抗洪、转移危房中的群众，以及企业的安全工作。我们冒雨对潘村村危房处用牌子写上"危房危险，切勿靠近"给予指示，提醒路人注意安全。并针对潘村实际，对住在危房中的孤寡老人进行劝导，让其转移到集体用的房子里，给予安置。

当我们安置完毕，已经是下午2点多，才匆匆吃饭。

吃过饭，我们就驱车来到安地镇，一路被安地美丽风光所吸引。一走进安地镇蒋里村中心，一栋青砖黑瓦的建筑矗立其中，尤为醒目。蒋里村文化礼堂，就坐落此处。

我们走进文化礼堂，文化礼堂两侧，分别是寿星榜、金婚榜、善行义举榜、军人风采榜以及专家学子、村规民约，呈现在眼前的是整个蒋里村的人文风情。这里还放置着村民捐赠的水缸、米筛、簸箕、蓑衣等旧物,这些工具如今已难觅踪影,在这里成为最生动的历史教科书。

大门一侧,还有一个红色书屋,书架上摆放着上百本图书,蒋里村的村民可以在此免费阅读、学习,极大地丰富了业余生活。

蒋里村是革命烈士蒋宝贤的故乡。文化礼堂左侧的厢房内,展示着蒋宝贤的生平事迹,以及他所使用过的桌子、武器等物品。右侧厢房是知青厅,照片和物件记录着曾下乡至蒋里村的七名知青的点点滴滴。踩着咯吱作响的木楼梯来到二楼,这里是村里的党员干部举行会议和学习办公的地方。

我们走出文化礼堂,一位老爷爷和我们微笑着招手。我们沿着街道行走,老爷爷怕我们走错路,就给我们当向导。

老爷爷带着我们来到"安地红色革命教育馆",给我们讲解红色故事:

安地是现在金华的后花园,也是第二次国内革命战争时期的红色革命根据地。在1929年4月,中国共产党就在安地成立了金华安地党总支部,蒋宝贤同志任总支书记。同时组建了红军北路军游击队,由蒋宝贤担任总指挥,配合红十三军和宣平、武义、永康等地的农民开展"打土豪,分田地"的革命斗争,开仓济贫,打击反动地主。1930年8月,蒋宝贤被人告密遭捕后牺牲。

我们参观完纪念馆,在街上走着,于是又回到原先来过的文化礼堂前。老爷爷告诉我们:"这原是村里的香火厅,曾被改成了碾米厂,后来闲置了20余年,房屋破旧不堪。村里投入90余万元进行了修缮还原。"这座有着沧桑历史的古建筑,重新焕发了生机。

经过了解得知,这位陪同我们参观的老爷爷是蒋里村的会计。在告别时,我们合影留念。

再见,蒋里!我们还会回来看看!

漫步上阳村

婺城区塔石乡上阳村,这个响当当的名字,在我的心中已经扎根好多年了。

为何曾记得,上阳村项氏是兰溪市游埠镇东山项氏的后裔。由于我到东山项村常去,也常常听说婺城区塔石乡上阳村项氏的事情。东山项村历年的祭祖活动,都有我的份儿,我都参与他们村活动的策划,因此,总想有个机会去上阳村走走。

机会说来就来。昨天,是 2021 年的元月 30 日,也是农历 2020 年的腊月十八,是我们刘家村举行月半节的日子。黄飞军老师与我到婺城莘畈水库去游玩。我没有时间去,他带着家人和同学一同去了莘畈水库。下午,他打电话来,说第二天还是去莘畈水库。我说,好的。

到了第二天,农历腊月十九,我坐着黄飞军的车与兰溪四中的徐贤林老师一同去了莘畈水库的一个农庄。

我们到了莘畈水库的一个农庄里,农庄庄主赵依群及其家人热情地接待了我们。我们吃过中饭,便想到塔石玩一玩。

我们来到一座高山,上面有一个路标,左边去井下,右边去上阳。我说去上阳,上阳村是一个传统村落,我们不妨去看看。

说去就去,黄飞军开着车,下了山。

来到山底下，就是上阳村。

上阳村就位于高山峻岭的深处，两边高山峻岭，中间是一条长长的峡谷，如同一个燕窝。村庄就在这个燕窝里。

上阳村位于婺城区塔石乡最西面，西与龙游县社阳乡交界，南邻丽水遂昌。村落位于山峦波峰处，地势奇峻，显现出独特的山川风貌。上阳因其特殊的地理位置，发展起"边界贸易"，仿佛金丽衢一带的"丝绸之路"。上阳由于地理位置关系，自古商业、交通发达。因为地处山区，避开了改朝换代的战火，木结构的明清婺派民居建筑群保存得比较完整。

漫步在溪边的公路上，只见一座仿古的廊桥分外耀眼，对面溪边岸上的一条仿古长廊也是十分鲜明夺目。

漫步走进老街。上阳的老街，虽然看上去如新修建的，但修建的是复古风格，正如人们所说"修旧如旧"。

在上阳村最有代表性的是一条老街。

这条老街为倒过来的"Z"字形，由北往南，折向东，再折向南。而后两段，虽然有祠堂等古建筑，却只有零散的记忆。唯有由北往南一段，时光在这里可以倒流，北端入街口，有一门楼，门额上书"带水环流"，为民宅与店铺相混合，其中的骑街楼显得特别醒目，共有 12 幢房子组成，为清一色清代建筑，如同少女般那么淳朴，又像坚贞的少妇那么回味无穷。不足百米的老街，有骑马楼、过路亭，过路亭内有长木条凳，供行人歇脚，老街路面有不少用鹅卵石铺成的铜钱图案。

上阳村的古建筑一直名声在外，虽然在"文革"期间有多处被毁，现在保留下来的仍有 20 多处，如明清时期的古建筑项达词民宅、徐子生民宅、徐林新民宅、项宜权民宅、项达连民宅、上阳经堂等等，其中规模较大的有两处，分别是明代的存义堂和项氏祠堂，为砖木结构，占地面积 500 多平方米。上阳老街不足

第二辑 婺州情缘

百米，由北往南，转向东，再折向南，大体呈工字形。沿街错落有致地排列着古建筑，这些古宅多为明清时期的徽派建筑，白墙黛瓦、雕梁画栋、马头高耸，雕工精致的木格子窗半开半掩。这些老宅以前都是商铺店面，过去，上阳是塔石到龙游的必经之地，很多南来北往的商旅都要经过此地，曾经盛极一时。

村里有商贸街还有"护城河"。

一个偏远的山坳怎会有商贸老街？婺城区塔石乡上阳村，与龙游交界，是婺城区西部最偏远的山村，村里至今仍保留着近20座明清风格的古建筑。

过去，由于塔石到上阳不通公路，村里人到乡里办事需坐车绕道龙游境内再经汤溪到塔石，交通十分不便。那时上阳村固定电话是金华的，而手机信号却是龙游的，在村里用手机打固话要拨长途区号，用固话打手机要收长途费。直到2007年做康庄工程，公路才从塔石通到上阳，手机信号也覆盖了进去。

据介绍，上阳村现有900多人，其中400多人姓项。上阳村的项氏于清代乾隆末年从兰溪东山项村迁至上阳。当年，始祖项百恒行医采药来到这里，发现这里依山傍水，风景秀丽，认定是块风水宝地，便在此成家立业。子孙后代经商发家。项氏宗祠门上写着"先祖是皇，孝孙有庆"，老人们认为，上阳项氏是西楚霸王项羽的后代。

在古代，从塔石到龙游（溪口），需翻山越岭，上阳村则是必经之路。那时山里的冬笋、毛竹等山货及用毛竹制作的毛边纸都是通过上阳运往龙游的。古代村里有过五个"村门"，村外还有"护城河"，每到晚上9时，村里便关闭"村门"，防止山贼骚扰。山上的泉水由水渠汇入社阳溪，水渠沿街而走，社阳溪自南向北沿古村西侧缓缓而过，清澈见底，形成别有韵味的水街。

这里还曾是革命根据地村，村里至今还保留着这份光荣！上阳村虽地处偏远,却有着光荣的革命历史。1935年,粟裕将军带领红军部队转战到上阳村,并进驻上阳村。1988年,上阳村被金华县人民政府确认为老革命根据地。

回来的路上,一路下坡,到了一个隧道口,便是高坪桥水库,过了隧道,一直下坡,便是高坪桥村。我们驱车来到社阳,来到湖镇,一路回到兰溪。

金履祥后裔金店村

竹马乡金店村位于竹马乡西北部，距市区12.5公里，金兰北线穿村而过，全村有农户406户，总人口1006人，耕地面积951亩。村民经济来源主要是种花卉苗木、打工、经商为主，全村常年外出经商人员有140人，主要是到云南、广西、山东、山西、辽宁、黑龙江等省市做茶叶生意。

金店村金氏为兰溪市黄店镇桐山后金村金履祥的后裔。

金履祥（1232—1303），字吉父，号次农，自号桐阳叔子，兰溪（今浙江省兰溪市桐山后金村）人。宋、元之际的学者。为浙东学派、金华学派的中坚，"北山四先生"之一，学者尊称为仁山先生。

金履祥，先祖原姓刘，因避讳吴越王钱镠同音名，故改姓金。从小好学，初受学于王柏，后又学于何基，造诣益深，凡天文、地形、礼乐、田乘、兵谋、阴阳、律历之书，无不精研。时值南宋末年，政治动荡，虽绝意仕进，但未忘忧国。元兵围攻襄樊，履祥献策朝廷，建议以重兵由海道直趋燕蓟，且备叙海舶所经地形，历历可据以行，然未被采纳。德佑初年，南宋朝廷以迪功郎、史馆编校等职召任，坚辞不受。寻应严州知州聘，主讲钓台书院。宋亡，筑室隐居金华仁山下，讲学著书，以淑后进，许谦、柳贯皆出其门。元大德七年（1303年）卒，至正年间谥文安。

在"金华四先生"中，他对于经学和史学的研究成绩最著。著作有《尚书注》《大学疏义》《论语集注考证》《孟子集注考证》《通鉴前编》《举要》《仁山集》，编有《濂洛风雅》。

金履祥与何基、王柏、许谦被统称为"金华四先生"，又称"北山四先生"。他们创立的学派被称为北山四先生学派。

雍正二年（1724年），金履祥以及吕祖谦、何基、王柏、许谦同时以"大儒"的身份钦定从祀曲阜孔庙。中国历代祀孔庙的"大儒"总共73人，金履祥列东厅第22位。

如今，金店村建设了休闲广场健身娱乐场所，创办了老年活动室、青年活动中心、图书馆等学习活动中心，设立了计生人口学校、农函大培训点、科普培训中心等科技培训站点。同时，广泛开展群众性文体活动，提高村民综合素质。村两委积极发动群众，因势利导地组建了普法文艺宣传队、腰鼓队、扇子舞队、健身球队、锣鼓队、书法队等文体队伍，利用各种节日经常性地开展文艺宣传表演，丰富村民的精神文化生活。

浦江新光村

新光村被誉为"江南乔家大院",俗称廿五都朱宅,全村人口586人,该村四面环山,东为浦江绝景之一的朱宅水口,南为中华山、笔架山、元宝山和瞿岩古道,西为马岭景区和著名奇石美女峰,北为青龙山、高坞,S型太极溪环绕古村。

在浦江通往杭州的210省道旁,距离浦江县城18公里的地方,会路过一座美丽的古村落,它就是虞宅乡的新光村,俗称廿五都朱宅,被誉为"江南乔家大院"。

新光村四面环山,东为浦江绝景之一的朱宅水口,南为中华山、笔架山、元宝山和瞿岩古道,西为马岭景区和著名奇石美女峰,北为青龙山、高坞,太极型的灵秀茜溪环绕古村,美轮美奂。

浦阳朱氏始祖朱照太公于北宋年间,从婺州通判退休后定居县城西街;第13世朱胜于明朝洪武二年(1369年)迁居茜溪上宅;第23世朱可宾,号灵岩,于1735年前后,在杭州等地赚得大钱,富甲一方,号称朱百万。

灵岩公一家十来口人,原居住在朱宅旧屋下和驮的五间旧房中,由于家大业大,需要迁基建新房。据传灵岩公从杭州请来高人为其设计庄园，在遵从封建礼制的同时，体现人与自然的和谐相处；大气派、高品位，又注重建筑的精致和巧妙，构思独特，匠心独具。

新光村古村落的空间布局以四进厅堂为中轴线，以中央八卦型向四周扩展，东西分列六幢厢房，厅厢共78间，规模宏大，气势不凡。厅门是豪华气派的古门牌坊，雕塑精美。诒穀堂用材粗大、笔直、滚圆，称为浦江第一高厅。山墙绘有夸张性的龙图，过去民间禁用而极为罕见。两横两纵的街巷，成为一个大井字，有专家说这是过去浓缩的州府框架结构，呈现八卦图案。厅前大明堂、大池塘等设计为笔墨纸砚文房四宝，体现了儒雅的风格和气质。在270年前，该村已设有五个大小花园，以及古鱼池、古鱼缸等，养有红金鱼，体现主人生活的品质和品位。

另一座大气的经典之作是县内最大的单幢古屋廿九间里，上下都设有回廊，过去小孩玩耍捉迷藏，犹如一座迷宫殿，比较难以找到。大台门的门牌坊，气派轩昂，砖雕"北极呈祥"熠熠生辉。古民居壁画清晰吉祥，造诣精深。斗窗全堂门古色古香，东侧的方窗、圆窗、六边窗，妙趣横生。

走进青创基地，就像是来到了另一番天地。这里有青年旅舍、小酒吧、手工DIY、花艺、书画、地质科普、农产品体验、树皮画等各色各样的特色小店。为了支持青创基地的发展，政府给创客们免了三年的房租，同时加紧建设周边的配套设施与环境。目前，青创基地有28家店面入驻。

青创基地的开发无疑是新光村旅游业发展中的一大亮点，不仅可以引进外地的年轻人前来创业，也是吸引更多游客的好方法。游客们若是在外面走得累了，可以来青创基地小歇一下、喝杯咖啡，或是与店主聊聊天、学做手工，体验一番在古城中的时尚慢生活。

如今,新光村也在加紧相关的旅游配套设施建设。此外,经过招商引资,新光村正在规划建设一个吃、住、行、娱功能完善的全省自驾游样板基地。

游浦江塘波村

多年前，我就想到浦江塘波村去看看。

这次，遂了我的愿。

我女婿的老家是浦江县的。这次五一放假，他从部队回到了浦江。正好，我也想到浦江走走。

2023年5月1日8点，我们就在约好的时间从兰溪出发，到浦江花桥乡里黄宅村，已经是9点半了。

在里黄宅村走走瞧瞧，村书记和乡里的干部在值班，热情地接待了我们。我和他们聊上了天。

到了10点，女婿他妈他爸都来了。我们便一起驱车去了塘波村。

到塘波村的道路比较宽阔，一路都是沥青路面。但山道崎岖，一道弯过了，又是一道弯。

来到一座山的山腰处，彻底地明朗起来了。

一个比较宽阔的地方，就是塘波的游客服务中心，可以停车，休憩，还有较多的娱乐场所、400米的障碍跑道、烧烤场、游泳池等等，都具备。

我们寻找着金萧英雄纪念馆、江东革命斗争史纪念馆、浦江好干部馆、廉政教育馆、蒋明达旧居等展馆。

从下面看塘波村，确实，塘波村像座布达拉宫，高高低低，层次分明。

走进村子里，一种怀旧的心情油然而生。房子有许多的泥墙瓦房，乌黑的石块砌成的石塪，成为塘波村历史悠久的象征。

塘波村有故事，这个故事是励志的、红色的、催人奋进的。

我们还参观了蒋明达旧居。蒋明达旧居是三间木结构楼房，门面是门板房，正面全部是门板结构。走进去参观，蒋明达英雄的故事好像在眼前一样展现。

塘波村陈氏宗祠始建于清康熙四十七年，距今有300多年历史，是一座三开间二天井建筑。

到了中午12点，我们和外甥、外甥女及小姨，还有女儿、女婿一家，一共16人，一起合影留念。

我们依依不舍地离开了塘波村。

塘波，我们还会再来！

里黄宅村祭英烈

到浦江县花桥乡里黄宅村游玩,应该说是好多次了。

这次是疫情过后的第一个劳动节,我是带着外甥、外甥女他们两家到女儿、女婿家里来游玩的。里黄宅村留给我的印象很深。

浦江县烈士纪念碑落户里黄宅,这表明里黄宅村是英雄的土地,英雄的故乡。

里黄宅村坐北朝南,一条弯弯曲曲的大渡溪呈"S"型蜿蜒流过全村,从村后,流经村中,然后弯弯向村前流去,泉水淙淙,鱼翔浅底,常年不涸。村中有古屋民居、大街小巷、古樟掩映,自然生态、传统村落集聚形成。

里黄宅村现代化的篮球场、娱乐设施,还有文化大楼,农业生态设施建设,富有更大的空间和建设前景。

里黄宅村体现在"红"字上,是革命者的地方;体现在"古"字上,自南宋孝宗隆兴十四年(淳熙三年,公元1176年),黄公邦祉迁居至今,已有847年的历史了;体现在"新"字上,各种新型农业、新型娱乐、新型文化在里黄宅村凸显。

浦江县花桥乡里黄宅村可谓历史悠久,文化灿烂,山清水秀,森林资源丰富,地理趋势险要,历为战略要塞之地。在抗日战争时期，这里也是一片血染的土地里黄宅有多少无名英雄，以"我以我血荐轩辕"的英雄气概，为捍卫自己的家乡，为保卫自己的祖国，抛头颅、洒热血，无私献身。

黄宝雨烈士，为弘扬铁军精神，浴血奋战，年仅 24 岁就献出了自己的宝贵生命。在担任通讯员的黄文政，为了祖国的解放，为了民族的振兴，在新中国成立前夕，英勇捐躯。黄有金，时任金萧支队江东县大西乡民主政权征收员，为支援前线战士，保卫抗战成果，不惜用自己年轻的生命践行自己的铁骨铮铮的誓言。

里黄宅党支部成立于 1938 年，是浦江县西区及毗邻的兰溪、建德、桐庐一带第一个党组织，2015 年，里黄宅村建成革命烈士纪念碑，2017 年浦江县投资 500 余万新建县级革命烈士纪念设施，占地面积 5240 平方，总投资约 500 万元。设有前广场、牌坊、甬道、公祭广场、烈士纪念碑、纪念亭和烈士英名录。纪念碑碑身设计高度 20 米，使用冷灰色花岗岩等材料，以简约大气的设计风格彰显其肃穆威严的气势。

我们怀着无比崇敬的心情来到纪念碑前，久久伫立。

雅畈老街行

2023年4月30日，正值新冠疫情后的第一个国际劳动节，我约家人、外甥、外甥女全家及小姨11人一道驱车游玩婺城区雅畈老街。

在雅畈集镇，有雅畈一村、二村、三村之称。在长长的公路旁只见到崭新的楼房。车子几乎绕了一个大弯，开到前边，又开回来，总是找不到北。后来只好停下来，去寻找雅畈老街。

走进雅畈老街，首先看到的是一座牌坊，是雅畈老街的开端。继而我们看到的是长长的街道，摆满各种各样的小吃。

雅畈老街呈东西走向，全长约三里。从村口"青龙头"走过沿村西桥即是上街，传说两侧商铺林立，且寸土寸金，商铺之间排列十分紧密。

自宋代起，雅畈老街上开始陆续出现大型厅堂建筑，清代时竟出现过"七十二大名厅"排行榜，三里长街留存厅堂规模之大，气势之磅礴至今仍令来往过客为之惊叹，现存厅堂多为明代建筑。抬手叩开沉重的木门，里面的明朗开阔定然会带给你不小的震撼，再看那门扉上的瓦砾雕饰，"龙头鱼尾"，经历数百年的风霜洗礼，依旧栩栩如生。

而这"龙头鱼尾"素来都是雅畈人祈愿美好生活的图腾。雅畈老街东西走向，呈弯曲的"龙头鱼尾"状，从村口"青龙头"沿村到西桥即是上街，也是老街最繁华之地段。相传两侧商铺林立，商铺之间排列十分紧密，各式店铺定位明晰，配置完善，店家用自己的名字给店铺命名，自有一番约定俗成的诚信氛围，足见其较高的商业发展进程。

据载，宋绍定四年（1231年），松阳括苍山卯山人叶敬甫远游至婺郡南乡，即今天的雅畈，起先定居在叶村蓬，后因大水淹没周边大片土地，唯高台门因地势高未受淹，于是迁居到高台门。在雅畈立足之后，叶氏繁衍子孙，建厅堂，扩街道，发展族群，并根据水、陆两路的走向，建成了雅畈古街。民间把雅畈古街拟为一条头朝东、尾向西的龙。

如今，雅畈老街上仍完好保留着叶氏、章氏等数座古祠。

雅畈古街昔日之繁华，至今仍留存在镇上一些老人的记忆里。旧时上街主要经营生产资料，长街占老街长度之大半，却鲜有商店。下街最为繁华，乡镇机构、粮店邮局、饮食布店、休闲娱乐大多集中于此。来往行人熙熙攘攘，熟人照面便会找家茶楼小叙片刻。街上的酒肆生意兴隆，常会出现"家家扶得醉人归"的景象。

雅畈老街，确实是一处可以寻到乡愁记忆的地方。

游 历
浙 江 /

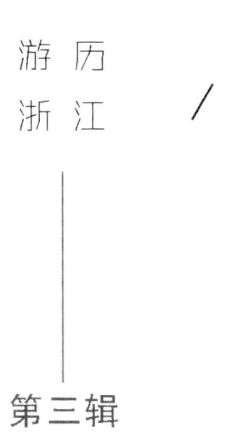

———

第 三 辑

夜晚驱车看戏

  2018 年 8 月 19 日傍晚 3 时 30 分，兰溪市女埠街道垾坦村周永斌约了我、胡庭昌、社溪何来清等一行 6 人，来到了建德市的莲花镇，莲花镇距离兰溪市区 64 公里，开车开了整整一个半小时才到达建德的莲花镇。

  莲花镇位于去淳安千岛湖的公路边，一路风光旖旎，美不胜收。我们就在莲花镇上的一家农家乐吃了晚餐。

  然后在舟山市美丹婺剧团领导叶美丹的陪同下，她在前面开路，我们的车随行，一路绕山而行，山道弯弯，岩石峭壁，但风景怡人。我们来到了莲花镇的林茶村。

  林茶村位于莲花镇北部山区，进村道路盘山而上，现有世居 254 户，877 人，总区域面积 12.9 平方公里。村民的经济生活来源 70%靠茶叶生产，20 世纪 90 年代初成为全县第一产茶大村。村内始建于顺治六年的黝山庵，已被列为国家文物重点保护单位。

  莲花溪最长的一条支流发源于莲花、大洲交界处的黝岭西侧。因为此岭从泥土到岩石皆为黑色，故而得名黝岭。唐贞观三年（629 年），有汪和文者在岭西建黝山庵，一度香客云集。那时上黝山庵都是从大洲源翻黝岭到黝山庵的，所以庵下的一个小村就叫黝山后村。

元末明初，有汪氏从兰溪迁至黝山后村外定居，因忌黝字不吉。改"黝"为"佑"，取保佑村庄兴旺发达之意，称佑山后村。几百年过去了，汪氏在佑山后村发展成了一个大家族，于是开始修建宗祠，修编宗谱。汪氏所居之地正好处于三座山峰的中间，山上常有云雾缭绕，故汪氏把自己所居之地美其名为云峰，称云峰汪氏。但人们都喜欢称之为汪家。

从汪家往里走里许，是一个岔口，两道溪水在此汇合，有肖姓人最早在水口居住，故名肖家。溪上原建有一座石桥，因通车需要，石桥已被水泥桥代替，肖家人还在临水面山的溪边新建了一排美人靠，供村里人休闲聊天。

肖家是佑岭村的中心，村委会和大礼堂都设在这里。

佑岭后村是个山多田少的山村，全村只有200多亩田，人均还不到3分，村里的经济来源以山林和茶叶收入为主，山林有10000多亩，茶园3000来亩。1958年，有一位干部在此驻村，觉得佑岭后这个名字不好，改名林茶。

林茶不仅有好茶，更有好水，来自大山深处的山泉终年流过村中间，流向村外，溪里有虾鱼和石蛙。溪里的潭中也可泡一泡山泉浴，渴了就直接趴到溪里去喝水，因为来自山里的山泉太清太甜了。

如果能偷得浮生半日闲，去林茶看看山，喝喝茶，那是一件很享受的事，你一定会感觉到"山里乾坤大，茶中日月长"！诗曰："一夜轻雷四月天，泉流众壑响涓涓。斜风细雨绿杨边，披蓑戴笠任投筌。清秋时日好清闲，沙流石浅水潺湲。忽听风涛松树巅，骤雨奔腾灌百川。云峰桥畔渚含烟，持竿坐石白山前。君不见，光武劳攮成汉业，故人把钓双台石。清风万古客星亭，一竿赢得云台绩。"

这林茶村虽然是个山区村，村委会的房子十分气派，三层楼房，前面是文化长廊，美观又整洁。

说定晚上7时正式开演。剧团的演员们早已等待在那里，观众也齐聚在村里的大会堂里。

我们也在7时准时到达。还没来得及看村庄，就来到了大会堂。

这是一次杭州市"文化惠民·情满礼堂暨莲花镇创建全国文明城市文艺汇演"。演出时间为6个晚上。演员们在酷热的天气下，在没有空调设备的情况下开展演出，其精神真是可贵。

首先，我们观看了《花头台》，又观看了《龙虎斗》，最后观看了正剧《白鲞娘》。

《白鲞娘》的戏剧是以金华的民间故事改编而成，讲述李家的独生儿子李金玉与赵家的独生儿子赵继偷了仙居佬的两条白鲞。被其母亲发现后，李母大喜过望，直夸儿子聪明，能干，从小有生财之道，从此，李金玉以偷窃、嫖赌、拐骗，一步步走向罪恶深渊，最后法场丧命，而赵母却冒着暴风骤雨，拖着病体、带着儿子寻找仙居佬归还白鲞，让赵继的童心经受一次道德的洗礼，最后接受教训，奋发图强，获取功名，并秉公审理李金玉杀人案。

《白鲞娘》这本戏剧给我留下了深刻的印象，剧团利用金华的民间故事，来刻画赵家的独生儿子赵继与李家的独生儿子李金玉两人正反两方面的形象，形成的原因是两位母亲不同的教育观，正面的教育会使人走向正面，反面的教育会使人走向反面，令人深思，教育影响力之大。我也想到，如果兰溪的剧团也像舟山市美丹婺剧团那样创造出富有兰溪精神的剧本，那该多好啊！我们有信心去尝试。

我们几位看戏仅看了《白鲞娘》的一半，就出了大会堂，出来乘上车的空隙，顺便参观了林茶村的文化礼堂。

由于路途遥远，就驱车回兰溪了，到家已12时整。

双泉莲花别样艳

在兰溪、建德、龙游三县之交,有个十分有名种植荷花的村庄,叫双泉村。这个村就在诸葛到龙游横山镇的路上,离诸葛很近,它是建德市大慈岩镇双泉村。

山不在高,有仙则名;水不在深,有龙则灵。小小的双泉村,如今美名远扬,是因为这里有十里荷花,菡萏绰约如仙子;是因为这里有灵泉溅玉,狮山巍峨。大自然给予双泉村无私的馈赠,双泉人更懂得珍惜这一份宝贵的生态资源。他们是诸葛亮的后裔,善于太极阴阳的辩证思维,懂得环境与人的和谐关系,有着无愧于祖先的生活智慧:与自然为友,以文化育人,靠生态富民!

双泉村素有莲文化、诸葛文化、泉文化、畲族文化四绝之称。

双泉村以种植荷花闻名,至今已有1000多年的历史,形成了地方特色的莲乡文化。在清朝乾隆年间,里叶莲子就被列为贡品。在这里,几乎家家户户种植荷花,荷塘绵延近万亩,形成了"十里荷花"的景观。当车子还行驶在路上,从车窗外就可以看见大片片碧绿的荷叶映入你的眼帘,中间点缀着或大或小的粉色的莲花,乡间小道上,背着锄具的老农,伛偻着腰前行,随风吹过,阵阵清香沁人心脾,一派田园风光。

这里的荷花不仅好看还很好吃,7月下旬,采上一些新鲜的莲蓬品尝一番;还可以尝到当地颇负盛名的荷叶茶,抿一口,那清香中带一些甘苦,是消暑的好地方。中午时分,随便跑进一家农家乐,就能尝到"全莲宴":莲子土鸡煲、莲子芋头汤、荷香鲤鱼、新鲜莲子羹、养生八宝粥、莲子红烧肉等,绝对是真正的农家土菜。

如今的双泉村,一眼望去,是处处透露着诸葛智慧的太极塘、太极田,更有蜻蜓与荷花争相玩闹在千亩莲田,呈现出生产生态相融,一派生机勃勃的风光。

大洋河蟹香

我是兰溪市黄店镇刘家村人。与大洋镇有着千丝万缕的联系。因为，我们经过朱家村，过了坦坦岭就到了建德市大洋镇的新源村。可以说，大洋镇与我们黄店镇是相邻的两个镇。

我们刘家是汉高祖刘邦的后裔，在新源行政村的西坞自然村，就有我们刘家的后裔，可惜在范姓做范氏宗谱的时候，我们刘家刘氏后裔这一支全部改为范氏，姓西坞村的主姓去了。新源行政村的庄头自然村也有我们刘家村刘氏的后裔，因此我们经常联络。

大洋镇上，我也是经常去的。原因有二，一是与黄店镇相邻，我是黄店镇人，更何况在黄店镇政府工作了十八年，也必须了解周边的情况。二是大洋镇在兰江的下游，一衣带水，唇齿相依，因而我常常去那儿。

大洋镇地处建德市东南部三江口兰江段，距建德市中心50公里，东与三都镇接壤，西、南与兰溪市交界，北与建德市梅城镇、下涯镇为邻，总面积241.26平方公里，辖3个居委会，19个行政村，现有农户10999户，人口34128人。

据民国八年《建德县志》载："盖汇上流诸港之水而钟于斯，其势浩渺，故称大洋。"大洋镇新中国成立前为建德南部要地，

第三辑　游历浙江

1949年解放初称大洋乡，1958年称大洋公社大洋管理区，1962年大洋区撤销，划归梅城区，1969年富春江水库建成蓄水，镇上85%的农户迁往吴兴、长兴，1983年11月建立大洋乡人民政府。现在的大洋镇在2005年区域调整由大洋镇、麻车乡、三河乡合并而成。

大洋镇依山傍水，风景秀丽，有着悠久的历史。建于晚清年代的"童家祠堂""章燮故居"高垣石碑坊等至今保存完好；被喻为"神仙之谷"的西湾坑，以其良好的植被保护、生态、自然的原始风貌吸引了众多亲山爱水的人们前来休闲度假。

我到大洋镇最喜欢吃的是兰江的螃蟹，这螃蟹十分可口。我们每次来到江边，都要到江埠头的船上买几只来吃吃。不贵，一般120元一斤，比起大闸蟹要便宜多了。

大洋河蟹历史悠久，并以个大、黄多、味鲜而远近闻名。大洋河蟹还有一个故事。相传明朝初年，青田县发生秋旱，皇上恩准国师刘伯温回家察看灾情。刘伯温遂乘船沿钱塘江溯流而上，船驶过严州府进入兰江后，只见两岸野菊花遍地金黄，山桂花随风飘香，兰江上的渔民正在撒网捕河蟹。刘伯温立于船头见此景色非常兴奋，就叫船家在大洋小洋的棋坪山脚下停靠歇歇脚，还叫随从买了些刚从兰江里捕上来的河蟹。渔民见有人到江中来买河蟹，自然很高兴，就从船舱里随手拿出一瓶陈年的红曲酒，硬要塞给买河蟹的人。刘伯温坐在船头欣赏着两岸的秋景，红曲酒沾着清蒸河蟹吃得特别有滋有味，心中不由感叹："我到过许多地方，却从没吃过如此鲜香的河蟹，要吃河蟹非此莫属也。"高兴之时，叫随从取来笔墨，见江边一处似如刀削的石崖，便欣然写下"石壁"二字，要渔民刻石号记，并誓言回头还要到此吃河蟹。从此以后，大洋一带的河蟹就特别有名气了。如今刘伯温在大洋吃河蟹的历史已离我们渐渐远去，但大洋镇小洋村棋坪山下峭壁上的"石壁"二字还依稀可见，现已成为文物古迹。

还有那枇杷，虽然兰溪女埠慕坞的枇杷十分有名，我爱吃慕坞的枇杷。但也爱吃大洋的枇杷。我们曾经带了一帮人到大洋摘枇杷呢！真有趣味！

大洋镇是个十分美丽的大镇，兰江是大洋镇的母亲河，江面宽阔，两岸都是青山，蜿蜒不绝，层峦叠嶂，美得使人产生连绵不断的联想。

我喜欢大洋的美，美在集镇规模的不断扩大，集镇建设欣欣向荣，各种崭新的房屋呈现在兰江边上，加上青山绿水的映衬，在太阳光的照射下，更显得美丽与壮观。大洋镇，你是美得那么自然与和谐！

龙泉宰相故里祭先祖

2017年12月24日，正是星期日，我随浙江何氏腾公研究会的会长、理事们一行40余人，自云和县城出发，经过高速公路，来到了龙泉兰巨乡豫章行政村上河村。

上河村位于一条溪滩边，村口有一座古老的何氏祠堂。看上去苍劲而古老，门前有两匹石马，如同哨兵守护着何氏宗祠。

何氏宗祠为八字门楼，威严壮观。坐北朝南，依次为一进、天井，二进、天井。通面宽12.80米，通进深21.80米。一进、二进均为三开间，天井两侧为廊。中间有一个方形的天井，四水归一，是天人合一的象征。

里面陈列着许多名人的事迹。

何执中（1044—1118），字伯通，处州龙泉人，徽宗朝宰相。宋神宗熙宁六年进士甲科。历任工部、吏部尚书兼侍读。初为台（今浙江省临海县，位椒江市西北。一说今安徽省凤台县，位淮南市西北）、亳（今安徽省亳州，位涡阳县西北）二州判官。徽宗（赵佶）时追随蔡京（为六贼之一）。

徽宗崇宁四年（1105年）任尚书右丞。四年后代蔡京为尚书左丞，曾引起太学诸生之反对。在任期间多方迎合帝意，以粉饰太平。徽宗政和元年（1111年）与蔡京同为宰相。五年后，并以太傅致仕。

崇宁四年,升任尚书右丞,继任左相,后与蔡京并任左右相。何执中在位"戒边吏勿生事,重改作,惜人才。虽富贵不忘贫贱时,斥缗钱万,置义庄以赡宗族。"力主朝廷及各级官府"节浮费,宽民力"。

卒后追封清源郡王。

溯源上河村历史,其始祖何谨(907—960)是五代一位有才识的官宦,他深知仕途前程留给自己的美景有限,毅然率子女从祖籍福建浦城迁徙龙泉豫章隐居。何氏之所以择居豫章,是因豫章东有笔峰山,西有天马山,北有卧龙山,南有笔架山,系风水宝地也。同时它东有大汪溪,北有豫章溪,东南有均溪,南有小梅溪,西有八都溪,可谓五水汇流之地,河谷平阔,良田万顷,确是休养生息的好地方。何执中就是诞生此地的何姓六世祖。当时何谨之长子何睿长期在外为官,家中缺人照料,何谨自己就同何睿家属老小同居河之上首,称上何,他另外三个儿子则居十里之遥的河之下首,称下何,因何、河同音,现都称之为上河村与下河村。

还有一位让丽水人们称赞的名人为何澹。

何澹(1146—1219),字自然。南宋龙泉县南上河村(今属兰巨乡)人。十八岁入太学。宋乾道二年(1166年)中进士礼部第二人。

历官秘书省正字、校书郎、秘书丞、将作少监、国子祭酒、兵部侍郎、谏议大夫兼侍讲等。庆元二年(1196年)自御史中丞任同知枢密院事,四月任参知政事。六年二月,任知枢密院事兼参知政事。任职期间,依附权臣韩侂胄,排除异己为伪党,立"庆元党禁"。数年后,澹有韬晦之意,于嘉泰元年(1201年)七月力请辞职,奉祠禄闲居故郡近七年,未忘乡土建设。开禧元年（1205年）奏请朝廷调兵3000人，疏浚处州通济堰，将木坝改为石坝；修筑保定村洪塘，蓄水灌溉2000余亩；修撰《龙泉县志》，开龙泉地方志之先河。嘉定元年（1208年）以观文殿学士知建康府兼江淮制置使。后继任江淮制置大使兼知建康府等职。病卒，赠少师。著有《小山集》，收入《永乐大典》。

何腾公研究会40余人在何氏宗祠里祭祀了何氏先祖。观看了祠堂里的文化展陈，心里觉得，上河村不愧为宰相故里。

云和印象

自小长大，我只知道丽水，也知道丽水有个云和县。

长到大半辈子的人，2017年12月23日，这一次，才领略到云和的风采。

如果没有这次浙江省何氏腾公研究会，我至少还会再晚些来。

云和，从家乡兰溪，过金华、永康，来到云和。

来到云和，有一种相见恨晚的感觉。

打心里说，感谢腾公会，感谢何尚清宗长。

更令我敬佩的是，在这么一个仅有11.3万人的小县中，却屹立起一座中国的丰碑。那就是"中国木制玩具城"。

我们亦步亦趋，参观了玩具的博物馆，置身于玩具的世界。真不敢想象，云和多么出彩。

云和木制玩具产品畅销世界70多个国家和地区，占全国同类产品的近50%、浙江省的70%，是目前国内规模最大、品种最多的木制玩具生产、出口基地。木制玩具产业的兴盛，带动了云和根雕产业的发展。

我没有看到过云和气势磅礴的云和梯田，但从和信玩具中，我们看到了云和的微电影，这才使我留恋云和大山梯田的美丽。

才使我倾心云和童话般的世界。

  云和的农家乐、民宿也和别处不同,在云和离开小城不远的一个山村,开着一个农家乐,道路狭小,但到了那里,使人耳目一新。偌大的一张圆桌,足足可以围坐 40 余人。我长得这么大,55 岁的人了,这一次,才使我见了世面。

  山村有好物,山城出状元。云和,和信玩具集团才是真正的状元。

走进慈溪胜山镇

2016年6月25日,一大早,天就下起了大雨来。我和兰溪何氏的宗亲何葵、何三洪与何建平,由何建平开车一同到慈溪考察何氏文化。

由于路途遥远,我们都没有去过慈溪,因此在路上颠簸了4个多小时。

正在慈溪办企业的兰溪籍何氏宗亲、兰溪市永昌街道清水塘村的何勇军的父亲与何勇军的哥哥何伟军、嫂嫂、何伟军的岳母一起热情地接待了我们。

何伟军的企业就办在正在新建的慈溪市客运中心正对面的一个村子里,他为了纪念家乡,就办了个包含家乡名字的慈溪市永昌建材有限公司。客运中心场面十分宽阔,而且旁边有高架桥。从这点滴可以看出,慈溪的经济发展可以说比我们金华市的义乌还要好得多。

何伟军、何勇军兄弟俩还在慈溪的胜山镇开起了永昌旅馆。这个旅馆的名称也同样包含着家乡的名字,一是取纪念家乡之名,二是用意永远昌达,繁荣昌盛。他们兄弟俩在胜山镇购买了一块土地,新建了两幢楼房,一幢为九间四层,一幢为九间三层,而且就建在胜山镇布匹市场旁,是个十分繁华的地段。何勇军还在衢州常山开办了一家企业，生意同样红红火火。

胜山镇离何伟军的企业不远，他和父亲一起陪同我们参观了永昌旅馆。

胜山镇是一个新型集镇。好像一个小型城市一样。我们几乎看不到那里的古建筑。全是新型的楼房。

回到家，我查了网上的资料，了解到：

慈溪市胜山镇位于浙江杭州湾南岸，并列入慈溪中心城市组合体范围，是慈溪中部一个贸工农全面发展的商贸重镇。境内有孤山，原名悬泥山（又名越泥山），后因戚继光在此抗倭屡胜，改名为胜山。现辖11个行政村和一个居委，总面积23平方公里，常住人口4.4万人，列入宁波市对外开放地区，有"服装之镇""蔬菜之乡"等美称。胜山镇经济繁荣。工业以钢琴部件、车辆配件、轴承套、针织服装等成为支柱产业。农业生产中，形成了花菜、草莓、甘蓝菜、菜豆等四大优势基地。省内外闻我的胜山服装布料专业市场的服饰产品热销国内外市场。全镇基础设施不断完善，交通便捷，又遇杭甬高速延伸段穿越全境，集镇面貌日新月异；社会全面进步，文化教育事业迅猛发展，文明卫生绽开新花。胜山镇投资经营环境理想，是中外客商投资经营发财的一方热土，交通发达，距宁波机场70公里，国际深水良港宁波港70公里，汽车1小时可达宁波市中心市区。高等级公路横贯全境，并与高速公路的连接线穿越胜山全境。敢于开拓创新的胜山人民，正紧紧抓住杭州湾"跨海大桥"建设的历史性发展机遇，发挥区位优势，尽快把我镇建成慈溪中部一个文富裕商贸型重镇，同时欢迎四海宾朋、八方贤士携手合作，共创辉煌明天！

胜山是个不错的地方。

之后，我们驱车来到了桥头镇五姓村五姓路108号的何岳裕家，在那里受到了五姓村何氏宗亲的热情接待，并在五姓村杨梅市场边的农家乐里吃了饱含慈溪海鲜风格且有慈溪农家风味的晚餐。

吃过晚餐,我们告别了五姓村,又回到胜山镇,下榻于何伟军、何勇军兄弟开的永昌旅馆。

游温岭长屿硐天

温岭，我曾经去过两次，一次是2015年的暑假，是和好友金森华夫妇，还有女儿刘黎霞一同去的，我的学生刘晓辉夫妇在椒江工作，我们就下榻在椒江的宾馆里。

第二天，我们与刘晓辉一起去了长屿硐天。而温岭城只是路过，没多大印象。长屿硐天却耳目一新。

这次去温岭，主要是在2016年5月7日、8日浙江省儒学会在温岭召开二届四次理事扩大会议。我和本兰溪研究范浚的范国良先生于7日早上5点就由我的妻子的外甥汪瑞驱车赶从金华汽车西站到温岭的6点半的班车，到温岭已是中午10时许了。

这次，我对温岭的印象特别好。别看它是个县城，但城市建设特别的大。一个客运中心，就够你赞赏的了。好气派的客厅，好高大的建筑，还有通往全国各地的长途班车，足够让你赞叹，让你留恋。

我不说别的，我最难以忘记的是城市的"国际饭店"，可以说，温岭的国际饭店比比皆是，我想这是温岭的城市品牌了。稍走几米，就会到另外的国际饭店，比如假日国际饭店、富日国际饭店、温岭国际饭店……多得数也数不清。还有那高架桥，整个城市就与高架桥有关。这么一个县级城市，对于高架桥来说，我在杭州、宁波、上海、北京、南昌、长沙等地看到过，却从来没有看到过一个县级城市的高架桥。这确实令人羡慕，叹为观止。

我们下榻在温岭假日国际饭店，这是一个高层建筑，里面可以开会、就餐与住宿，十分方便。

下午，我们与会人员乘车去长屿硐天。

长屿硐天风景区自古以"石板之乡"而著称。系北雁荡山余脉，山峦海拔在 150 米左右，属低山丘陵。从晋代开始，历经了 1600 多年的人工开凿，凿成 16 个洞群，366 个洞体。洞套洞、洞叠洞、洞洞有别，洞洞有景，气势磅礴，千姿百态，成为华夏独有的风景名胜。1993 年 3 月，经浙江省人民政府批准，列为省级风景名胜区。硐天以石洞为主体框架，间以古树、碧潭、危崖、摩崖、趣石、名人遗墨、幽寺，再加上石桥古坊，盘旋山道，参差村落，构成了一幅极美的山水画。

《嘉庆太平县志地舆三》载："屿不甚大而最有名，并石苍、黄监或统称'长屿'。"长屿因峰峦蜿蜒起伏，犹如海上一座狭长的岛屿而得名。风景区总面积为 16.18 平方公里，由八仙岩、双门硐、崇国寺和野山四大景区组成，其中八仙岩、双门硐以硐群景观为主。长屿硐群是自南北朝以来人工开采石板后留下来的景观，迄今已有 1500 多年的历史。"虽由人作，宛若天成。"千百年来，长屿人一钎一锤地凿击，取出了上亿立方的石材，现留下了 28 个硐群，1314 个形态各异的硐窟。长屿硐天虽没有自然溶洞般的钟乳、石幔，而依势取石留下的石硐风景或如古钟，或如覆锅，或如桶壁，或如巨兽，千姿百态。其硐有的孤立，有的串连，有的环生相叠，有的几硐并峙，深幽曲折，雄伟险奇。硐内凝灰岩削壁成廊，天窗顶空，石架悬桥，层叠有致，变幻莫测，宛若岩石的迷宫。位于观夕洞景区的岩洞音乐厅更显造化之神奇，勿用电声设备就具有立体声效。长屿硐天真可谓"人力无意夺天工"，而成为我国独有的风景。崇国寺和野山景区，则是人文景观和自然景色为一体的旅游景区。崇国寺始建于东晋咸和年间（约公元326年），距今已有1670多年的历史。"长屿硐天，世界罕见"，集雄、险、奇、巧、幽为一体，成为我国海滨独具魅力的风景旅游胜地。

这次我们去了长屿硐天的文圣洞，参加了孔子学院儒学教育基地的授牌仪式，庄重地向我国的圣人孔子像三鞠躬，齐声朗诵《大同礼运》，并进献花篮。温岭市委、市政府对这次活动十分重视，温岭文圣旅游有限公司在文圣洞的洞壁上雕琢了孔子一生的浮雕，来展示孔子的儒学，以此来教育我们的子子孙孙。

在我们观赏了文圣洞的洞天景色的同时，温岭市还为我们带来了十分有趣、迷人而又有生活气息和温岭情调的非物质文化遗产的表演节目，让我们大开眼界，温岭的非遗能用于旅游，而我们兰溪就不能吗？我想：兰溪的非物质文化遗产也是那么多，也应该将兰溪弹簧、兰溪婺剧、兰溪道情、兰溪三合班、樟坞高腔等搬上旅游大舞台。

我时时在想，我们兰溪也可以像他们温岭那样，举起勤劳的双手，拿出我们兰溪人的智慧来，群策群力，齐心合力，把我们兰溪建设成一个美丽而富饶的城市，把我们的家乡建设成一个富有生机和充满活力的家园。让我们共同行动吧！

雪窦山之行

2014年暑期，我与刘先尧、金森华和其夫人张跃珍一同到象山县石浦镇游玩，在回来的路上，来到了奉化西口，游览了古镇溪口镇，那时由于时间的关系，就与雪窦山擦肩而过了。

这次，游玩雪窦山，正是堂弟刘涌国从大连转业到宁波工作的第三年，他们一家在宁波购置了住房。2014年11月15日，这是他们家的大喜日子，也是我们一家的大喜日子，刘涌国的父亲、我的堂叔刘兑吉也坐客车专程从兰溪老家赶往宁波。我是坐堂妹夫章群伟的车到宁波的。

我们到宁波天已晚，堂弟家就在宁波庄市同心路万科城。还有涌平的兄弟、姐夫刘景智等都到了宁波。我们一大家人来到一个餐馆，围了三个大桌子，真是热热闹闹。

晚上，我们约定到奉化去玩，刘涌平他们到象山玩。

16日早上，我便随刘涌国的车到奉化，同行的有堂叔，刘涌国妻子的姨父童兆年及小舅舅。

天气不错，是一个阴天。早上7时按照计划去雪窦山游览，先从宁波东上高速，后从溪口东下高速，经过溪口镇，再经过20分钟的盘山公路开行，终于到达雪窦山"雪窦寺"。这里不愧是国家5A级景区，虽然是旅游淡季，但满载游客的旅行社大巴，仍一辆接着一辆缓缓开来，停在雪窦寺大门前一个停车场上。

雪窦寺的大门终年紧闭，据传古时要待皇帝驾到，才会打开。

雪窦寺，全称雪窦资圣禅寺，坐落于"秀甲四明"的雪窦山山心。它创于晋代，兴起于大唐，鼎盛于两宋，雪窦寺素由禅宗执帜，代有创获殊荣，南宋被敕为"五山十刹"之一，明代列入"天下禅宗十刹五院"之一，民国一度跻身"五大佛教名山"之一。至今已有一千七百余年。

1987年中国佛协赵朴初会长视察雪窦寺曾寄语："雪窦乃弥勒应化之地，殿内建筑应有别于他寺，独建弥勒殿。"并称雪窦为五大名山。现在该寺已建弥勒殿。僧人早殿，绕念弥勒尊佛圣号，故称为弥勒道场。

雪窦寺历史悠久。历代皇帝，屡颁宠典，所赐文物，亦复不少。今尚存文物有：御赐玉印、御赐玉佛、大清龙藏、御赐龙钵、龙袍和袈裟等。

千年来，雪窦寺五次被毁，数度重兴，几经变迁。

雪窦寺露天弥勒大佛位于奉化溪口国家级风景名胜区雪窦山——雪窦寺后山海拔369米的山坡上。景区规划面积52公顷，由中、东、西三条轴线和六大功能区组成。中轴线为大佛主景区，东轴线为大佛副景区，西轴线为原雪窦寺建筑。六大区功能布局动静结合分别是：大佛核心区、礼佛朝拜区、弥勒群雕区、文物展示区、休闲修身区、旅游购物区。露天弥勒大佛造像总高度为56.74米（其中铜制佛身33米，莲花座9米，基座14.74米），整座大佛用500多吨锡青铜制造，内部有1000余吨钢架支撑，与整个岩体连成一体，稳固坚实，宏伟壮观，气势非凡。是全球最高的坐姿铜制弥勒大佛造像。

奉化是传说中弥勒化身布袋和尚的成长、出家、圆寂之地。

雪窦山露天弥勒大佛造像就是根据布袋和尚的模样塑造的。1984年，雪窦山被中国佛教协会会长赵朴初居士建议为五大佛教名山之一。奉化市政府于1999年启动报批，在雪窦山建造露天弥勒大佛造像。2005年9月，国家宗教局正式批文，同意修建。2006年12月29日，雪窦山露天弥勒大佛造像正式奠基开工，并定名为"人间弥勒"。2008年11月8日在隆重开光。

时到正午，兰溪的老友金森华夫妇及刘先尧也事先约定一同和我到舟山，路过奉化溪口，我们便一同来到溪口镇，在第一次吃过饭的农家乐旁一起吃了中餐。

吃过中餐，我便和金森华夫妇及刘先尧一同到舟山游玩。

乌溪江游记

自小就听到村坊上的老农说:"衢州有条乌溪江,曾竹有大坝,那里的风景可迷人呢!"那个时候,我觉得衢州是那么的遥远。

渐渐长大,一晃就是几十年。由于近几年自驾车的风行,越来越觉得必须到乌溪江去看看。

这次来了机会,远在广州某部队当军官的同学潘晓平这次回家探望老母亲。当天晚上,我们在兰溪刚开张的一家酒店聚会。第二天,也就是2014年的11月27日,我和方庆鸿、戴献豹及潘晓平约定9时由戴献豹开车去衢州乌溪江。

现在的向导真好,小车里就有卫星地图指引,你只要将终点站锁定,它就会指示着你如何前进。

我们绕过龙游县城,来到衢州城,过了衢化,绕过一座座山梁,来到湖南镇,过了湖南镇,就来到岭洋渔村。

在岭洋渔村,一大片空地上,也有10多家农家乐。我们到了岭洋渔村的时候,就已经是正午12时,肚子有点饿,忙找了个饭店叫三雕鱼庄。老板娘叫我们选择好鱼,这鱼也真有点大,价钱每斤20元。鱼仔鱼池里由你自己选,只要你选中,老板娘就会用一个抓鱼的渔网将你选中的鱼捞上来,一称,有11.5斤。

老板娘将鱼头烧成鱼头煲，将鱼身烧成鱼块。然后，我们点了榛子豆腐、老板娘家自己种的白菜，我们自己带了一点酒，吃起鱼来真是津津有味！

吃过饭，我们来到乌溪江边，那里叫仙霞湖，我想这肯定与仙霞岭有关吧。

回家看看网上的资料，确实与仙霞岭有关。

网上称：乌溪江位于浙江，古称东溪，又称周公源，为衢江一级支流，发源于衢南仙霞岭山地，主源为浙江省龙泉清井，次源为福建省浦城县石子岩大福罗峰，流经龙泉、遂昌、江山、衢江区，在衢州市东3公里处汇入衢江。上游有遂昌县之住溪、周公源、洋溪源、金竹溪。均汇流入湖南镇水库（1983年建成）。衢江区境内，乌溪江西岸有航埠溪，东岸有举埠溪，也都注入湖南镇水库。水库以下向北经项家，注入黄坛口水库（1958年建成）。出水库后，东岸有黄坛源水汇入，流经石室乡、花园街道、下张乡，在鸡鸣渡附近注入衢江。乌溪江主流长161.5公里，流域面积2632平方公里。其中，境内流程63公里，流域面积610平方公里。

我们在路上看到的湖南水库大坝，大坝全长440米，高129米，坝顶宽7米，十分雄伟，被列为世界最高的大坝之一。坝体有五个溢洪道和四个溢洪洞。每逢溢洪时，水从溢洪洞奔腾而出，翻滚而下，向上抛高数十丈，雾气腾腾，向外扩散，有遮天盖地之势，发出阵阵轰鸣，地动山摇，声震十里。远远望去，其壮观胜似银河落九天。

我们一路观望乌溪江，江水总是那么清澈，乌溪江的鱼味还在脑海中盘旋，回味无穷。待我们开车回兰溪，已是下午5时30分。

清明时节祭牧亭

2016年清明小长假，也正是周六的4月2日，兰溪何氏宗亲联谊会的成员一行40余人，一大早就风尘仆仆地驱车来到了临安市（现为临安区）潜川镇牧亭村。

牧亭村是潜川镇的所在地，是个有着1800多年历史的村庄。这里秀水青山，天目溪、昌化溪贯穿潜川镇。这里是个典型的山区镇，就从林立的高楼大厦的门口，还堆放着用于烧饭、炒菜的柴木，可以看出，这里的集镇，还保持着原先的生活习性。

查阅网络，潜川镇是这样描述的：潜川镇位于"大树华盖闻九州"的国家级自然保护区——天目山南麓。潜川镇东界富阳市，南联乐平乡、桐庐县，西连太阳镇，北与於潜镇接壤，是"两市一县"的交界。镇政府所在地牧亭村，距市区33公里。钱塘江支流天目溪、昌化溪在境内阔滩村交汇，16省道桐千线穿境而过，交通便利。全镇总面积128.76平方公里，辖16个行政村，总人口16000人。境内有柳溪江、天目秀水度假村、青山殿库区农家乐，下游分水江水利枢纽工程，属浙西黄金旅游带腹地。

置所沿革：据《临安志》记载，早在唐朝垂拱二年（686年）置紫溪县，置所在现本镇城后村。"潜川"称谓始于南宋，时有"潜川乡"，属於潜县。新中国成立后，於潜县设潜川区，行政区划和现在有所不同；1956年，於潜县撤区设乡，建立紫水乡、乐平乡；1958年昌化县建立潜川公社，1961年恢复区建制，於潜区辖潜川公社；1972年，撤销潜川公社，分建堰口、紫水、马山、塔山、乐平5个公社。

近年来行政区划调整：2001年，由马山、紫水、塔山三乡合并，新设潜川镇，设牧亭村为镇政府驻地；2011年初根据杭政函〔2011〕5号《杭州市人民政府关于临安市部分行政区划调整的批复》进行区划调整，乐平乡撤销建制，并入潜川镇，镇政府驻地不变，原乐平乡办公地点设置乐平办事处。

行政村调整：2008年，根据临安市委、市政府统一部署，原潜川镇由23个行政村调整为10个；原乐平乡由11个行政村调整为6个，现为16个行政村。

牧亭村因是牧亭侯何滕的祖居地而命名。《咸淳临安志卷之六十》载："何胜，何滕其先庐江人，汉熹平四年，于潜牧亭侯子孙因家此（本旧志考证）。何滕，淳祐志称，汉熹平元年收黄巾贼有功，迁武陵太守。四年，封侯，按通鉴，熹平元年，固未有黄巾贼也。至中平元年，黄巾始作，相去凡十有三年，则旧志之误可知矣。今不作传姑存于此。"

从上面的一段话分析，侯为封建制度五等爵位的第二等。何滕在汉朝平定黄巾军有功，迁武陵太守，后封侯。这样比较客观。可见，何滕在汉朝时的地位和作用有多大。

我们在来到牧亭何氏家族的村口，停下车，在牧亭的何氏后裔到目前为止已经相去甚少，他们热情地接待了我们，给我们分发了小小的彩旗，还给我们披上了黄色的绸带。在路边等候前去牧亭祭祖的人们。这次祭祖的人真多，淳安文昌的有60人，兰溪的有40多人，还有杭州等地的，总共有230余人。

我们整装队伍，先到路上方的一个小庙进行祭祀，庙里陈列着牧亭侯何滕公的塑像，我们为此进行了膜拜。

之后，我们又齐整装队伍，通过潜川镇大街，牧亭村村委会驻地，过了一座小桥，足足走了五里多地，来到一个公路边都是泥房破墙的村子，沿小路走到一个村后的山坡上。

山坡上翠竹青青，竹笋破土而出，茶叶吐出嫩芽。看得出，牧亭何氏已经在这个山坡上做好了祭祖的准备，他们开辟了一块小小的空地，竖立了用竹竿搭成的绘有何滕公的墓图，并在下方陈列着三牲、水果等祭品，230余人站满了山坡。就在这里，我们满怀沉重的心情默哀，满怀崇敬的心情三鞠躬，满怀希望的心情去膜拜。

之后，我们去看了滕公墓。滕公墓不仅没有完好地保存，而且有被盗墓的迹象。墓穴的洞现已封好，等待后人的是对于滕公墓的完整修复。

开发滕公故里，发展文化产业，这是滕公后人所应该做的。

去龙游当一回红军

2021年6月2日,受黄店镇部分爱好文艺的同志的邀请,来到了龙游县庙下乡毛连里行政村,去当一次红军,体验红军跋山涉水、排除万难的雄伟业绩。

龙游县地处金衢盆地,衢江穿境而过,南有仙霞山山脉,北有千里岗山脉,特殊的地理位置,多变的丘陵地貌,造就了四通八达的交通网络,古道纵横交错,扮演着连接外面世界不可或缺的重要角色。

龙游境内古道众多,因为星移斗转,沧海桑田,不少古道或毁于战争兵燹,或毁于自然灾害,有些古道已不复存在,只留存在历史文献和人们的记忆之中,保存下来的古道大都隐身在崇山峻岭之中。这些古道凝聚了先人的智慧,浸满了前辈的血汗,记载着古往今来的爱恨情仇,喜乐哀愁,见证了辉煌历史,世事巨变。

隐身浙西大竹海之中的毛连里古道,位于龙游县庙下乡,始于毛连里村,经南山坞至遂昌县里高乡、高坪乡,始建于明朝,由毛石和块石砌成,宽处达3米,窄处1.5米,如今保存比较完整有十里之长,这条古道是古时处州府(今丽水市)至衢州府的商旅重要通道之一,也是明清时期"松阳担"挑夫挑运货物出山的主要路段。松阳的烟草，庆元的香菇，龙泉的瓷器，沿海的食盐都是通过这条古道源源不断流向衢州各地，衢州各地的农特产品、柏油、纸产品等销往处州、温州等地，是龙游商帮的见证人。

地处峡谷之中的毛连里村目前仍保留了两条古道，左边一条通往遂昌县里高乡湖莲村，右边一条通往遂昌县桃源尖。古道现在仍是龙游县南乡，遂昌县北乡走亲访友的便捷通道。在毛连里古道入口处，竖着由龙游县人民政府立的一块碑石，上书龙游县重点文物保护单位：毛连里南坎古道及石刻经幢。

在红军古道服务处，我们换掉了服装，换上了红军服，有的还带上了手枪，有的还扛起了长枪，有的背上了红军用的挎包，有的戴上了斗笠，有的拿着冲锋号。

待我们都穿上了红军服及带上红军用品后，我们整装待发，一路沿着古道前行。

刚进入古道时，路面平坦，前行约200米后，路面逐渐变窄，有的路段仅铺设一块约50厘米的块石，沿途虽然险峻陡峭，蜿蜒盘曲，坎坷难行，但是风光旖旎，山花烂漫，林繁竹茂。左边是绵延不断的山峦，右边是层层叠叠的梯田，景色秀丽，美不胜收。

一路前行，飞流直下的龙潭瀑布像悬挂在山崖上的白练，上下两节，落差有十多米。在龙潭瀑布上游，有一个约60平方米的贵妃池，相传这里曾是贵妃沐浴净身的地方。

由于天气多雨，路滑，为了安全，我们按原路返回。

穿上红军服，一路合影留念，一路高歌猛进。

近年来，龙游县庙下乡推出的红色旅游，穿草鞋，走古道，品风味独特的蒲包饭，吸引了大批游客，为当地农户增加不少收入。

三江口村九姓渔民水上婚礼

三江口村位于建德市三都镇西南，距镇政府驻地3千米，以村濒临兰江、富春江、新安江三江汇合处而得名。东至龙门山，南至梅城镇滨江村，西南和西北为大江所环，北至松口村。村驻地徐家坞，辖双桥头、徐家坞、大坞山、余家、杨家等5自然村。区域面积7.3平方千米，拥有人口458户，1450人。县道三将公路穿村而过。

九姓渔民婚礼是久居新安江上的"九姓渔民"特有的风俗，经过民间文艺工作者的发掘整理，现正为新安江的青山绿水增添色彩。为了让这一非物质文化遗产亘古长存、焕发生机，每周六及法定节假日每天上午10：30都会在三都镇三江口村进行免费展演。

"九姓渔民水上婚礼"整个过程在水上进行，主要在两条主婚船上进行，并由乐队配乐，道具主要为渔家特色嫁妆等组成。"九姓渔民水上婚礼"主要由迎亲家船、送嫁妆、唱利市歌、喂离娘饭、抬新娘、拜堂、入洞房、抛喜果等情节组成。其间司仪先生的穿针引线和利市婆婆诙谐风趣的说唱，生动展现水上渔民的生活情趣，成了新安江上喜闻乐见的靓丽的人文景观，广受周边群众及游客喜爱。

看到了一幅美丽的渔村"画卷"——青山如黛，碧湖荡漾，走在小渔村的石板路上，眺望远处洁净碧绿的江水，整个人似乎完全融入了住宅风格统一、处处清爽宜人的世外桃源之中。三江口村远山含黛，碧波湖畔一幅整洁美丽的渔村画卷。有这样一个地方，叫渔家乐，是个好地方，等时节到了之后随便挑个日子便能一头扎进浓浓秋意里。淳朴清新、美丽舒适的小乡村，可以享受安静的乡间度假；秋风起，再过些时日，稻田泛黄，橘子成熟，又是一番好风景。在这里，有九姓文化和渔家文化。竹篱笆、乡村土墙、木质景观廊架、青砖道路，处处都散发着历史感。九姓渔民，是指常年漂泊在新安江、富春江、兰江上以捕鱼为生的渔民，分别是陈、钱、林、袁、孙、叶、许、李、何九家姓。这些世代生活在水上的族群形成了自己独特的民俗，并以"抛新娘"为代表的水上婚礼。周末来这里，可以看到传统的"九姓渔民婚礼"。富春江边江南水乡，晚霞辉映，渔舟起航缓缓驶离，消失在茫茫夜色中……一幅《渔舟唱晚》的动人画面，所不同的是，这里的渔民晚上捕鱼，清晨而归。

绍兴鲁迅故居游

我曾多次去过绍兴,却没有去过绍兴古城的鲁迅故居。有一次到上虞开会,途经绍兴,只在绍兴长途客运中心停留了短暂的时间,而打的到上虞。去年到绍兴,去了绍兴阳明小学,参观了阳明小学的教育与生活,但也没有去过鲁迅故居。

而我自小学习了鲁迅的《从百草园到三味书屋》课文后,就十分想去鲁迅故居看一看。

教学生涯快要临近最后的日子,喜讯来了。黄店中心小学支部召集党员到绍兴参观鲁迅故里,这让我开心了好几天。

2021年6月4日下午,我们等待在兰溪的丹溪公园,到下午1时,大巴开来了,才知道有好几个学校的支部党员一起参加这次活动,有黄店中心小学、瑞溪中心小学、下王中心小学3个支部的党员教师计32人参加。

到绍兴古街已是下午4时左右了。于是,我们在小童导游的带队下,参观了鲁迅故居。

首先参观的是鲁迅祖居:在新建的鲁迅纪念馆陈列大厅的东首,就是鲁迅祖居——周家老台门,鲁迅祖居坐北朝南,前临东昌坊口,后通咸欢河,西接戴家台门,与三味书屋隔河相望。老台门占地3087平方米,青瓦粉墙,砖木结构,是一座典型的封建士大夫住宅。其主体建筑共分四进，第一进俗称"台门斗"，仪门上方悬挂着一块蓝底金字的"翰林"匾。第二进为厅堂，俗称"大堂前"，是周氏族人的公共活动场所，以作喜庆、祝福和宴会宾客之用。厅堂正上方高悬一块大匾"德寿堂"。第三进是香火堂前，是作祭祀祖宗和处理丧事的地方。第四进为楼房，亦称座楼，为居住之用。

鲁迅故居：覆盆桥周氏房族由于嗣续繁衍，生齿激增，老台门房屋已不敷使用，在清朝嘉庆年间，周家在老台门以南、以西各购建住宅一所，称之为过桥台门和新台门。

新台门位于东昌坊口西侧，是一座大型的台门建筑，其规模和结构与老台门基本相同，坐北朝南，青瓦粉墙，砖木结构，共分六进，共有大小房屋80余间，连同后面的百草园在内，共占地4000余平方米。

鲁迅故居临街两扇黑油油的石库台门，原系周家新台门的边门，是鲁迅家出入的地方。从黑色的台门进去，穿过小天井，是一间泥地的台门间，系鲁迅家当年用来安放交通工具的地方，那里陈列着轿和橹，其中轿杠系鲁迅家的原物。从台门斗侧门进去，有一口水井，它亦是当年的遗物。穿过长廊，就到了桂花明堂。明堂俗称天井，这里原种着两株茂盛的金桂，桂花明堂即由此而得名。鲁迅小时候，夏天经常躺在桂树下的小板桌上乘凉，听他的继祖母蒋氏给他猜谜，讲故事。

过了桂花明堂，便来到了鲁迅的卧室。

穿过天井，迎面就是保存完好的鲁迅故居两楼两底。东首前半间是客厅，俗称"小堂前"，是鲁迅家吃饭、会客的地方。

小堂前后面一板之隔为鲁迅母亲鲁瑞的卧室。西首前半间为鲁迅的继祖母蒋氏的卧室。蒋氏卧室后面是过道，有楼梯可上。

楼上东首一间是鲁迅的原配夫人朱安的卧室。朱安嫁到周家后，一直与鲁迅的母亲生活在一起，侍奉婆婆一辈子。

穿过故居西首的长弄堂，便来到了厨房。厨房里有一乘大户人家用的三眼大灶，还陈列着八仙桌和其他炊具。壁上挂着一只很大的竹编菜罩，那是当年的"忙月"（季节工）章福庆为周家所做的原物。

灶间北首，还有三间小房。当年"忙月"章福庆在这里劳作、生活，东边一间是他的住所。西边一间是堆积间，里面存放着稻谷及牵砻、风车、竹簟、锄头等农具杂物。中间一间是过道，有门通向百草园。

鲁迅曾经回忆说："我家的后面有一个很大的园，相传叫作百草园。它为新台门周氏族人所共有，占地面积近2000平方米。平时种一些瓜菜，秋后用来晒稻谷。童年鲁迅经常和小伙伴们来到百草园中玩耍嬉戏，捉蟋蟀，玩斑蝥，采桑椹，摘覆盆子，拔何首乌。夏天在树荫下乘凉，冬天在雪地里捕鸟。"

鲁迅12岁时被家人送到三味书屋读书，他非常留恋这个属于自己的乐园。三味书屋寿家台门是鲁迅的塾师寿镜吾先生家的住屋。

鲁迅在著名散文《从百草园到三味书屋》一文中写道："出门向东，不上半里，走过一道石桥，便是我的先生的家了。从一扇黑油的竹门进去，第三间是书房。中间挂着一块匾道：三味书屋……"三味书屋是当时绍兴城内一所颇负盛名的私塾。鲁迅12岁开始到这里读书，前后长达约五年的时间。

三味书屋约有35平方米，正中上方悬挂着"三味书屋"匾额，是清朝著名书法家梁同书所题。"三味"的意思为：读经味如稻粱，读史味如肴馔，诸子百家味如醯醢。匾额下挂着一幅《松鹿图》，学生每天上学要先对着匾额和《松鹿图》行礼，然后才开始读书。两边的柱子上有一副抱对："至乐无声唯孝悌，太羹有味是诗书"。书屋正中的木方桌和高背椅子是塾师的讲台，两旁的椅子供来客歇坐，边上则为学生的座位。

鲁迅的座位最初在书屋的南墙下，由于别人常进出后园，走来走去影响他学习，就要求老师更换位置，把座位移到东北角。鲁迅使用的是一张两抽屉的硬木书桌，桌面右边有一个一寸见方的"早"字，是鲁迅当年刻下的。一次，鲁迅因故迟到，受到塾师的严厉批评，于是就刻下了这个"早"字，用以自勉。

游览了鲁迅故居，在古街上游走，觅得绍兴最著名的美食臭豆腐，我们便驻足，校长王飞翔买来许多的臭豆腐给老师们品尝，我是患有痛风的，自然不敢吃臭豆腐，看到他们吃得津津有味，我不禁也流着口水。

听导游说，绍兴的棒冰也是有特色的，它由绍兴黄酒与其他棒冰的原料混合制作而成，因此很有绍兴风味。大家也因此买了棒冰，吃起来味道真的不一般，有绍兴黄酒的味道，更有棒冰的甜味，真棒！

游览完绍兴古街，我们便来到一处餐馆吃晚饭，最后在一家旅馆下榻。

西塘漫记

很久之前就有人提起西塘，我也很想去西塘旅游一番。那时只知道西塘在嘉兴那边，也不知西塘属于嘉善县的。

这次有机会了。2021年5月，我们到嘉兴南湖考察，顺便去了西塘。

我们是快将近傍晚才来到西塘的。

西塘其实是一个在大运河边上的集镇，位于浙江省嘉兴市嘉善县，沪苏浙三省交界处。古名斜塘，平川，距嘉善市区10公里。是吴地方文化的千年水乡古镇，江南六大古镇之一。

西塘给我的印象是夜生活十分丰富。白天看到的游客不多，但一到晚上，可以说是人山人海，行走在古街上的人也络绎不绝。这些游客大多来自周边的上海、嘉兴与苏州等地区，由于相距较近，交通便利，因而一到晚上，便蜂拥而至。

西塘的小吃也可以说多得不得了。

麦芽塌饼是西塘千年风俗之特色时令点心。麦芽塌饼是以糯米粉、黑芝麻、赤豆、核桃仁、白糖，并配以中草药佛耳草、麦芽为原料，采用传统手艺精制而成。口感柔软、不粘不糊，佛耳草香气浓郁，诱人食欲，并能够消食降脂、延年益寿，是赠友敬老之佳品。

荷叶粉蒸肉是古镇的传统名菜，五味调百味香。采用适宜的五花肋肉、五香炒米粉、豆腐衣和新鲜荷叶，配上丁香、八角、酱油、甜面酱等调料精制而成，此菜风味独特，肉质酥糯，清香不腻，既可下酒，又可作点心，且充分发挥荷叶解暑清热，散瘀止血的药理作用。

西塘，是大运河的枢纽地带，水上交通纵横，特别是桥的式样繁多。最著名的要数送子来凤桥了。

说起送子来凤桥，有这样一个民间故事：

据《西塘镇志》记载，来凤桥建于明崇祯十年（1637年），清代两度重修。相传当初造桥时，适有一鸟飞来，市人以为祥瑞，遂取名"送子来凤桥"。1988年改建为单孔钢筋混凝土拱片桥。1998年重建，采用古典园林中"复廊"的形式，中有隔墙花窗，两边通道。据称凡新婚情侣过此桥，男左女右，可卜贵子。因此桥赤名"滴水晴雨桥"谐名"情侣桥"。前者能使人想起雨天的景象，在此坐憩，喝上一杯岂不更好？坡。男子当然走台阶步步高升，女子三寸金莲小迈步，持家稳稳当当，老人们说："新婚夫妇走一走，南则送子，北则来凤"，要是有婚后还未得子的，不妨也来走一走。

西塘可谓是弄堂极多，可以说是一条横着一条，一条穿插着一条，纵的横的，相互交错，与水路、与廊桥，形成一张巨大的网型，使西塘更显得古老而美丽。

我们曾去过西园、种福堂、石皮弄、根雕馆、纽扣博物馆、圣堂、七老爷庙、倪天增祖居等景点，但每一处景点，都有着不同的文化。我们留恋于这样的文化氛围中，更想借鉴西塘文化用于兰溪的全域旅游，使之取得更大的效果。

西塘，我们还会再来！

游览常山东案村

2021年端午节的前一天，6月13日上午，我与黄飞军、王建光3人一道来到衢州去余东村参观画家村，路上经过了常山县东案乡东案村。

东案村，是衢州市常山县东案乡政府所在地。特色植物有荔枝，榉树，棉花，雪松，荔枝，香蕉，南酸枣等。当地民谚：岁寒知松柏，患难见交情。三百六十行，行行出状元。

东案村有600多年的历史，东案地名的来历有几种版本，一种说，东案地处常山的最东面，与柯城区的五十都村相邻，素称常山的"东大门"。东案的"案"本意是木制盛食物的矮脚托盘，亦指长方形的桌子或架起来代替桌子用的长木板。

相传徐姓祖先徐时悦是当朝的"解粮官"官居四品，徐姓宗祠门前和徐氏大厅门前各有青石旗杆一对。在清兴盛时期，曾建徐姓二份厅（后昏厅），三份厅（破厅），四份厅，五份厅，里屋厅。整个建筑雕梁画栋，规模宏大。建成了东西长1000余米，宽200余米的青砖青瓦砖木结构，具有明清建筑风格的村落群。

东案是衢通四省的要道。在陆路交通年代，衢州西出门去江西玉山，安徽黄山都要经过东案。古代东案村前有条"大路街"，是衢州经东案、芳村去开化安徽的必经之路。村后有条"玉山道路"，是衢州经东案去常山到玉山的通道。

　　胡柚起源于常山县青石镇澄潭村，果实美观，呈梨形，圆球形或扁球形，色泽金黄。单果重 300 克左右，皮厚约 0.6 厘米，可食率约 70%，可溶性固形物 11%~13.2%，富含多种维生素和人体所需的 16 种氨基酸以及磷、钾、铁、钙等元素，营养价值很高。其肉质饱满，脆嫩多汁，酸甜适度，甘中微苦，鲜爽可口。并具抗菌、降低血糖、增强维生素 C 的作用，此外柚子的外层果皮还具有祛痰镇咳的功效，是老少皆宜的集营养、美容、延年益寿于一体的纯天然保健食品。目前，胡柚是东案村的主要产品。

　　东案乡政府门前的一条胡柚大道就是有力的证明。

游览藏龙百瀑

2021年8月1日，是中国人民解放军建军节。在这个大好的日子里，我们黄店中心小学与朱家中心小学、瑞溪中心小学的老师们一起开展了暑期游览活动。

我们是参加兰溪市百姓旅行社的旅游团的，带队的导游是毛芝英，是一个有着20多年导游经验的老导游。

汽车从上午9时出发，到中午就来到安吉。吃过中餐，驱车来到了藏龙百瀑景区。

据景区的导游介绍：

藏龙百瀑景区位于浙江省湖州市安吉东南部，地处浙江省省级风景名胜区天荒坪镇大溪村深山峡谷之中，距亚洲第一的天荒坪抽水蓄能电站仅一公里之遥，是新近开发的一处以泉、涧、瀑、岩、植被、动物等自然生态景观为主体，以群瀑，密林、险崖为特色的自然奇观。每个景点各具特色，堪称"江南一绝"。藏龙百瀑所处的瀑布谷，人称"浙北第一瀑布谷"。这里拥有大小瀑布100多处。其中两条最大的瀑布落差达60米。

安吉藏龙百瀑是浙江最大的瀑布群，集奇、特、险、幽、秀于一身，以原始的自然风光和太平军遗迹扬名海内。景区内山石峥嵘，林木葱茏，流泉飞瀑，涧深壑幽，有一种钟灵毓秀的韵味。夏天天气凉爽，宁静幽雅，有十里不打伞之奇，峡谷无蚊之妙；冬天百瀑冰凌，天造奇观，雪景迷人，堪称"江南哈尔滨"。清新的自然环境和温暖湿润的气候，使藏龙百瀑景区成为多种野生动物和近百种国家保护树种的藏身之地。这里有三折重叠，落差为60多米的"长龙飞瀑"，有彩虹横卧的"虹贯龙门"（人称小黄果树），更有神形皆备的"神龟听瀑"，真可谓瀑瀑相连，一步一景。深踞幽谷中的藏龙山寨，曾留下了天平军浩浩荡荡的足迹。大自然绚丽奇谲的瀑布美景和古老的山寨遗迹，成为众多游客前来探访的缘由。

我们是沿着山道向上攀登。一路真是美景呀！

神龟听瀑，真的像极了。一只千年神龟匍匐在小溪流中，正在聆听瀑布的声音，这是多么的神奇。

潜龙瀑，名字也取得多好听。恰似一条潜在瀑布水流之中的龙，是多么的圣洁。

龙纱瀑也是多么的美丽，其动人之处是瀑布的造型，好像是龙披着的纱衣绽放出来，形成一个翩翩起舞的样子，分外好看。

来到仙人桥，此桥不是桥，但又是桥。如何而来，在峡谷上架一巨石，传说是玉皇大帝派大力神造就的。

虹贯龙门瀑，也是十分美丽的。晴日阳光直射下，彩虹横贯龙门瀑，予瀑锦上添花又吉祥。更有意义的是，传说瀑后面是龙门，龙王藏宝处，五千年开1次，善缘者能得到。

自虹贯龙门景点开始，山势非常陡峭，绿色铁质游步道来帮忙。到长龙瀑布景点，许多游客选择返回，很少部分游客则坚持到底，往上还得攀登。

我来到百瀑之王长龙瀑布，此处是美景多多，瀑布3折叠，总落差几十米。其实十分雄伟。还有几个吊桥，供人们拍照留念，真是一个与大自然亲密接触的好地方。

如果自己体力上能行的话,我还是想到那里玩一玩。

藏龙百瀑景区最大的特点是瀑布多,真的应该说是百瀑。第二印象是上山路与下山路不重合,有利于游客的安全,对疏散游客有好处。第三印象是出口处必须通过土特产的集散地,这样有利于当地经济向外延伸,能够带动地方经济的发展。

安吉,一个美丽的地方,我们还会再来。

参观宁波博物馆

2021年11月20日，我们兰溪80届高二（1）班的部分同学，受在宁波工作的吴义忠同学的盛情邀请于中午11时从兰溪驱车前往宁波。

我们一同前往的有姚水滨、姚志祥、姚贡雁、胡志均、刘鑫、胡小虹、胡跃仙7人。由姚水滨、姚志祥各开着一辆车前往。

在高速公路上，我们只在嵊州服务区稍停了一会儿，我们来到吴义忠指定的宾馆宁波国际会展中心东部泰城店开元曼居宾馆已经是下午两点半左右。

来到宾馆，吴义忠夫妇热情地接待了我们，首先让我们住下，到下午4时，我们走路来到国际会展中心旁边的商务酒店郭巨人海鲜。胡小虹的女儿也从北仑赶到了这里，与我们共进晚餐。我们围坐在一张圆桌上，尽情享受着同学带来的暖暖情谊。

第二天一早，我们就约定去参观宁波博物馆。

我们于9点多钟驱车来到博物馆。

听吴义忠同学说：宁波博物馆为国家一级博物馆，2008年12月5日免费对外开放，荣获"2014年度全国最具创新力博物馆"称号。是中国美术学院风景建筑设计研究院的王澍设计的。王澍为首位中国籍"普利兹克建筑奖"得主。宁波博物馆是他所在的建筑公司建造的。因而,吴义忠对宁波博物馆充满深情。

宁波博物馆气势宏大,旁边设有的空间比较大,是停车场。博物馆的门面是用古建筑的古砖砌成的仿古墙,如同农村里的巨大的照壁。

走进博物馆里面,其设计也是十分的新鲜,就是电梯,如在空中横空出世。台阶也十分大气,一步一步引向高处。博物馆里陈列的内容有《东方"神舟"——宁波史迹陈列》《"阿拉"老宁波——宁波民俗风物展》和《竹刻艺术——秦秉年捐赠明清竹刻珍品展》。

最让我感到惊讶的是那老宁波的街巷,那店铺、那小桥、那摆放着的货物,真的如同作家笔下描绘得栩栩如生,如同走进了古老的街巷、古老的宁波城。

宁波的风物也何其多。宁波小吃有宁波汤团,宁波烤菜,油焖笋,苔菜年糕,溪口千层饼,宁波三臭等很多这样的美食。汤团又称汤圆,是浙江省宁波地区著名传统小吃之一,也是中国的代表小吃之一,历史十分悠久。据传,汤圆起源于宋朝。当时宁波兴起吃一种新奇食品,即用各种果饵做馅,外面用糯米粉搓成球,煮熟后,吃起来香甜可口,饶有风趣。因为这种糯米球煮在锅里又浮又沉,所以它最早叫"浮元子",后来有的地区把"浮元子"改称元宵。与北方人不同,宁波人在春节早晨都有阖家聚坐共进汤圆的传统习俗。就是在宁波博物馆里,同样也展现着宁波的风物、风俗及文化传承,而且展现得如此惟妙惟肖,活灵活现。

确实,我们参观了宁波博物馆,领略了宁波的过去,看到了宁波的现在,也遥想到宁波的未来。

宁波肯定会成为中国乃至世界的大都市!

方干故里芦茨湾

一提起桐庐的芦茨湾,我就会想起父亲带我去桐庐芦茨湾的事。

那年,我才12岁,是我在刘家小学读书刚毕业的那一年,到现在已经有47年了。

弹指间,一晃就是47年。

那时候,我父亲在甘溪乡初中任教,是甘溪初中的总务主任。那年,我父亲到桐庐芦茨采购课桌椅。

47年前的交通并不好,我和父亲一起从刘家走路走到女埠集镇。那时候的女埠集镇真的很热闹,古街上,人来人往,川流不息。茶店啦、小吃店啦、裁缝店啦,热闹非凡。一片水上小镇的繁华景象。

曾记得,我们就住宿在女埠靠街上一个古色古香的徽式建筑里,房子很好。我父亲对我说,这是你母亲的姑妈家,你应该叫姑婆。

这一次去女埠,给我留下了深深的印象,是我到朱家读高中时,我的班主任老师王宝衡的母亲。王宝衡老师是我母亲的表弟,他妈妈是我母亲的亲姑妈。

在女埠姑婆家住了一个晚上后,我和父亲就一大早坐上了兰溪到杭州的班船。

我这个从大山出来的孩子,是第一次看到大江,原来女埠有一条大江,后来才知道叫兰江。

我们父子俩一同坐上了有两层的船,那时我称它为大船。那次,我十分高兴。到了梅城,船靠上了岸,我们买了点小吃,便回到了船上。

沿江的景色十分迷人。父亲说,这是七里泷,是钱塘江上最美丽的地方。长大了才知道,著名的《富春村居图》就画的是这里的七里泷。

轮船缓缓行进,从早上的8时,一直开到下午的3时,才开到富春江码头。

我们沿着江岸,拎着几个尼龙袋,在沿岸的江坝上寻找去芦茨湾的小船。

大约走了3公里路的光景,看见江边的小船,我父亲问:"去芦茨湾吗?"船夫答道:"去芦茨湾的。"当时的船上没有几个人,开动小船之后,由于船上安装的是小型的柴油机,"嘭、嘭、嘭",声音格外响亮。

芦茨湾,是一条长长的山垅,由于富春江大坝的筑成,富春江的水漫到了芦茨村下,形成了一个三面环山的水湾,人们便称它为芦茨湾。

到了,到了!

我们走向芦茨村。

当时的芦茨村,是芦茨乡的所在地,有一条公路通往不知名的山里。那时的我,就把芦茨村想象成我老家那边的朱家村。朱家村也是个山村,有一条小溪流往我们刘家村。

在我们住宿的地方就是乡政府旁边的旅馆,旅馆不大,也没有现在的民宿那么高贵。那时的旅馆朴实、小巧,是矮房子,一间房子隔成两个房间，一个房间里面铺着一张床，厕所是在外面的。

我和父亲在芦茨村住了3天，来回5天。

白天，父亲去外面采购课桌椅，我就在旅馆里玩。也常常一个人跑到溪边玩。

最让我感到有记忆的是，在芦茨湾的溪上横跨着一座吊索桥，使我常常联想起《飞夺泸定桥》的故事。

我常常去看人们怎么走这吊索桥，人走上去，一晃一晃的。可我心里想去走走，而又不敢走。

而如今，老是想着芦茨村的吊索桥。

时间过得很快，后来，我长大了，有了工作。在我去走村串户的时候，来到马涧镇的溪源村、女埠街道的下街村、黄店镇的三峰殿口村、前方村等等，查阅他们村的宗谱资料，有许多的村子里方姓的始祖大多有这样一个名字，叫方干。

考证一下方干是何许人，都讲到方干是唐代著名诗人，故里在桐庐的芦茨村，也叫白云源。

于是，我又想起我小时候去过的地方，一个叫芦茨的地方。

曾经，我试图再去芦茨看看。

在一个炎热的夏天，我和我高中的同学及其家人一道来到芦茨，来到白云源。

这些，也是在这10年内的事情了。我们看到芦茨变了，变得美了，变得民宿多起来了，也变得热闹起来了！

于是，我开始关照起芦茨了。

有一年，到富阳开会，回来从富春江到浦江，我们到过芦茨。

有一次，我们从兰溪开车到严子陵钓台旅游，然后到芦茨、白云源景区，然后从浦江回兰溪。

总之，我们对芦茨的留恋，越来越深。

这次，是2022年10月29日，兰溪市寒溪文化研究会方协庭会长打电话给我，说是10月30日早上到兰溪兰荫中学对面牌坊下面等车到方太古的始祖方干的故里去，考察一下芦茨村的情况。

第二天一大早，我还没去还在家时，方协庭会长就打电话来，说车从金华已经开到兰溪了。

来到兰花村村口，一辆中巴车就等在牌坊下。

这次去芦茨的，有金华市社科联的书记朱伟、金华市社科联的方增吉、有金华教育学院院长胡吉省、有金职院的教授林胜华，以及曹荣庆、方金芳、方伯南、金芳城等有关方面的领导和专家，还有兰溪的程峤志、朱德才、王秦朝等等，带队的是兰溪市寒溪文化研究会会长方协庭，机会十分难得。

我们驱车来到芦茨村，芦茨村的方术生和桐庐党校的方向明先生就陪同我们参观了芦茨村"文化礼堂"，那里有"方干后裔十八进士"的简介，还陈列着四册《方氏宗谱》。

我们还在芦茨村的乡贤馆召开研讨会，金华市社科联的书记朱伟、金华市社科联的方增吉等对如何办好研究会提出了建设性的建议，与会同志都设想把寒溪文化办得有声有色，多出成果。将寒溪文化与乡村振兴结合起来，群策群力办好寒溪文化研究会。

最后，我们在宗亲方术生的支持下，来到民宿，吃上了中餐。

芦茨之行，我们感悟到芦茨的变化之大，民宿办起来了，文化礼堂建起来了，山村道路靓起来了，旅游景区游起来了。祖先方干有了塑像，有了纪念他的地方。唐诗之路、钱江诗路在芦茨村得到了充分体现。

芦茨，方干的故里，我们方氏的先祖的祖居地。再见了芦茨，再见了白云源，再见了桐庐，我们寒溪文化的根就在这里。我们还会再来！

富春江游记

2021年，我59岁，自小学毕业，曾跟随父亲来到桐庐芦茨，那时才12岁，从兰溪的女埠集镇坐船到富春江，然后再坐小船到芦茨，在芦茨小住了3天，因而才有所了解富春江。那时，还没有到过富春江镇。

真正知道有那么个富春江镇的，自工作后到杭州出差，要经过富春江镇，才知道除了富春江大坝，还有电厂，还有富春江镇。

这与我想象中的新安江镇大为相同。自新中国成立初期建立新安江大坝，建设新安江水库后，形成了新安江镇，形成了后来的建德市。富春江镇也是同样，建设富春江水电站，建设了富春江大坝，有了电厂，之后形成了富春江集镇。

近年来，富春江与我大有交集。从富阳到浦江要经过富春江，从兰溪到桐庐分水，再到牧亭，及至安徽的宁国市，要经过富春江。

真正在富春江过夜过，且有所活动的是兰溪市白露山诗书画社刚刚成立，那时，著名书画家唐国兴是黄店镇刘家行政村夏唐自然村人，他是新安江水电站的老干部，因此，受到他的邀请，当时，兰溪市白露山诗书画社的主要骨干，就随着唐国兴的邀请来到了富春江水电站开展书画交流活动。

当时,富春江水电站的领导同志带我们参观了富春江水电站。富春江水电站位于浙江省桐庐县钱塘江上游富春江上,坝址在七里垅峡口故又称七里垅水电站。富春江水电站是一座低水头河床式电站。水库正常高水位为23米(黄海海面),面积56平方公里,容量4.4亿立方米。溢流坝段全长287.3米,最大坝高47.7米,连续鼻坎,面流消能。厂房为挡水建筑物的一部分,最大高度57.4米,安装4台单机容量6.00万千瓦及一台容量5.72万千瓦的转叶式水轮发电机组,以110千伏、220千伏输电线路并入华东电网。鱼道长158.57米,宽3米,采用"Z"字形布置,形成三层盘梯,为亲鱼上溯产卵之用。

在富春江大坝之上不远处,有一处景点叫严子陵钓鱼台,是一个游览的好去处。

在富春江电厂旁,就是富春江镇。这是一个新兴的集镇。富春江镇位于桐庐县境南部,东濒富春江,西南界建德市,东南与浦江县交界,北接旧县与桐庐镇,镇人民政府驻地七里垅街大洋坪。镇区内有车站、码头,交通通信十分便捷。320国道、桐浦公路纵贯境内,大小船只通过富春江可直驶全国各大口岸,是国家级风景名胜区富春江-新安江中的一座新兴工业旅游城镇。镇内旅游资源丰富,自然景观奇特,风景秀丽的富春江贯穿全境,七里泷大坝在此横截流,七里严滩竹筏搏浪,富春江小三峡风光旖旎。沿江还有东汉古迹严子陵钓台、七里扬帆、葫芦瀑布、芦茨湾、白云源风景区等景点,舟行其境,处处景致处处情。

富春江镇,如今又变成了我的小姨夫周勇伟的工作所在地,因此对富春江的留恋越来越深。

富春江,多么有诗意的地方!

建德美丽的黄盛村

2021年7月19日上午，黄飞军为了查阅建德那边的《黄氏宗谱》与黄店这边的《黄氏宗谱》的联系，我们与洪松茂取得联系，一起去建德杨村桥镇黄盛村。

黄盛村真是一个美丽的地方，自杨村桥镇转个弯，一条长长的山垅里就是黄盛村。黄盛村确实很大。

黄盛村位于建德市杨村桥镇中部，杨长公路3公里处，由原潘家、朱家、叶家和黄家四个自然村调整合并而成，行政区域面积17.1平方公里。现有山林面积9083亩，耕地面积865亩，全村共有农户346户，总人口1278人，有14个村民小组。

黄盛村也确实很美。

一条清澈的母亲河长宁溪水贯穿全村。

黄盛村依山而居，临溪而住，山岚起伏，层峦叠嶂，雨季时节，云雾缭绕，别有一番有仙则名之意境。溪水潺潺，清澈见底，石桥横跨，甚有一幅小桥流水之美景。水安静地流淌，知了轻轻吟唱，让你忘记盛夏的闷热，忘却心中的忧愁，一切，都是那么美好。

黄盛村黄氏祠堂已有百年历史，建筑古朴，为三间两进一天井建筑，建于清代，内有精美木雕，是当地村民供奉和祭祀祖先牌位的地方，也是传承和发展乡俗文化的平台。夏天，村民经常坐在祠堂里纳凉。

我们在当地宗谱研究爱好者洪旭光的陪同下，来到藏谱的一户人家，受到了他们的热情接待。

在黄盛村黄家自然村，我们查到的宗谱其中提到有一支迁徙到兰溪的，"兰溪：叔献公自天民，自分宁徙此，萦十世孙也，又讳奴，行仁二，亦徙此地，今地名里黄店，在邑溪西。"此份材料，是否与现在的黄店黄氏有关，亟待考证。

种植草莓是黄盛村人的专业，他们村在外地种植草莓的遍及全国各地。草莓是黄盛村的传统产业。

江山大陈旅游好去处

说起浙江江山市，江郎山、廿八都、仙霞古道，是大家熟知的自然与人文景观。而对大陈古村，却是知之甚少。2020年11月，我与学生何庆丰、好友范国梁一同来到了江山市大陈村。

大陈村位于江山市区西北10公里处的大陈乡政府所在地。这个拥有600多年历史、被近代著名史学家、鉴赏家、书画家和法学家余绍宋（樾园）誉为"十里环山皆松树，天下应无第二园"的地方，旧以经商办学扬名；近年，又以弘扬传统文化与中国村歌发源地闻名遐迩。

大陈村有着悠久的历史，明朝永乐初（约1403年）由徽州汪氏迁入，经后人苦心经营，人丁逐渐兴旺，并创建了一个以徽派建筑为主的古村落。古村落的建筑以清代为主，现保存有古民宅、古祠堂、古戏台等古迹111处，其中汪氏宗祠为杰出代表。

浙江江山市大陈古村为国家AAA级旅游景区，走近大陈古村，最为典型的古建筑汪氏宗祠已赫然眼前。岁月悠悠，斗转星移。徽派民居历经岁月洗礼，散发着历史深沉的韵味；白墙黛瓦，青山环抱，青石板路被无数后人踩踏，昭示着历史。

江山大陈村，古称须江乡九都大陈庄，今属大陈乡。大陈村三面环山，回龙溪似玉带，从村中穿过，"土田肥美，山川秀丽"。村落依山就势，呈带状展布，肌理清晰。

村中的古建筑鳞次栉比，楼阁亭台，搭配有致，以清代建筑的为主，至今还遗存了众多完整的清至民国时期古建筑（古民居、古祠堂、古戏台等）79处，青石古道3000余米。其中，省重点文保单位2处，市重点文保单位19处。2014年度CCTV十大最美乡村评选，荣获"中国十大最美乡村"荣誉称号，2017年11月，大陈村又获评第五届全国文明村镇。

2019年7月28日，入选首批全国乡村旅游重点村名单。

2019年12月25日，国家林业和草原局评价认定大陈乡大陈村为国家森林乡村。

明永乐年间（1403—1424），源自徽州婺源的常山人汪普贤"爱其山环如城，水潆如带，林木葱郁，土厚泉甘，遂挈家而居"并赋名环山；及至清代，大陈已是"烟居数百家，云连鳞次皆其一姓"的汪氏聚居村落。其村庄、村巷和房屋，均依山建造与分布。青石铺砌的村巷，逦迤曲折。始建于康熙五十三年（1714年），重建于同治二年（1863年）的三进二天井汪氏宗祠与二进一天井的文昌阁，雕梁画栋，富丽堂皇。大都建于清代中晚期、现存较为完整的43幢民居，用材用工均相对简单，装饰质朴。白墙黛瓦，穿斗架梁，呈现显著的徽派特色。

大陈汪氏曾以"家弦户诵"、子弟"锐志书籍，蜚声艺苑"名噪一时，族人汪开年（新士）系西泠印社早期会员。但大陈汪氏最值得称道的还是崇教办学。清同治十一年（1872年），嘉定（今属上海）县丞、族人汪膏在村中创立萃文会和萃文义塾。其后汪膏子汪乃恕扩大义塾规模，在衢州设立环山试馆。1909年，汪乃恕将义塾改为"萃文初级小学"。1942年，曾任浙江省嘉善县长、南京国民政府工商部参事、福建税务局局长等职的汪膏族孙汪汉滔，创办了"大陈初级中学（萃文中学）"，当年录取新生150人。此后，萃文中学又举办高中班，将招生范围扩大到衢州、常山、龙游、开化等地，学校兴盛时有十二个班级，优秀学生享受公费制度，教学质量与县立中学齐名。新中国成立后，萃文中学改为江山初级师范学校，历时七年，为衢州地区培养了一大批教学骨干。此后，大陈一直都办有中学，大陈汪氏薪火相传致力办学的精神与历史，更是成为中国近代教育发展的缩影和佳话。

位于大陈村口的汪氏宗祠，始建于康熙五十三年（1714年），重建于同治二年（1863年），共有三进二天井五开间，2005年被列为省级文物保护单位。整幢建筑坐西朝东，石柱石阶细洁光滑，石雕木雕工艺精湛，牛腿雀替镏金错彩，檐牙高啄，脊瓦如鳞，犹如琼楼玉宇降落山村野处，令人叹为观止。

宗祠的门楼豪华气派，门顶三重出挑飞檐，各层以花拱承重，门前设石台阶三级，门两边为青石柱，柱础硕大规则。门楼有麒麟牛腿、人物故事牛腿、狮子戏球牛腿等，雕刻精细，栩栩如生。

村里还设有中国工农红军北上抗日先遣队大陈纪念馆，现在是浙江省爱国主义教育基地。

大陈村崇尚教育，清同治十一年（1872年）族长汪喜"为培士久远计"，创办萃文义塾和萃文会，族中子弟，不论男女皆可就读，名扬浙西南，纵使沧桑变幻，儒家礼教文化浓墨重彩地在这里生根发芽、枝繁叶茂，延续至今，位于祠堂北侧的文昌阁见证了这一古老山村的历史传奇。

近年，大陈村充分挖掘和发扬"麻糍文化""古祠文化"等传统，以文化熏陶大陈人，以文化繁荣大陈村，着力打造"文化大陈、幸福乡村"。大陈村成为中国村歌发源地，《妈妈的那碗大陈面》和《大陈，一个充满书香的地方》两首村歌，荣获"中国村歌十大金曲""中国村歌十佳作词"等大奖。

这不仅带动了周边村落的村歌创作,还激起了当地村民保护传承传统文化的热情,成为江山市古村落文化保护和有效传承的典型代表。

临海见证师生情

去临海开会,好像有好几次了。

这次去临海,可以说是多么的幸运。

2020年12月19日,这是一个周末的星期六。由于浙江省百姓家谱文化研究会理事会议在临海新华侨大酒店举行,一大早,我就赶上兰溪去临海的长途大巴车。时间是早上8点40开。

到了兰溪客运中心,购票上了车,我就在车上打起盹来。快到仙居了,我才一觉醒来。

待醒来后,我就问售票员,回程的车票怎么买?这是一趟私家车,是开往路桥的。

我操着浓重的兰溪乡音在车上说话,车上在前面一点的座位上的人一听兰溪熟悉的乡音,回转过头来,他连忙叫起了我的名字:"兴伩。"我大吃一惊,原来是老乡,我老家的朋友,是刘贤君。

于是,在车上谈起了他儿子今天要到椒江来。他们住在椒江,儿子在舟山部队当副团长,是我的学生。

因此,他从椒江到老家兰溪刘家,是经常坐这班兰溪至路桥、路桥至兰溪的班车的。也正因为如此,他与这班车的驾驶员、售票员都非常熟悉。于是,刘贤君就叫售票员给我一张名片，以便星期天回兰溪可以联系车辆。

我们一路谈着，他于是便跟他儿子打电话，说车上遇到你的老师。他把手机给我接，便与他儿子刘晓辉通上了电话。在电话中刘晓辉要我跟他爸爸一同去椒江。

我把车票从临海买到了黄岩。

到了黄岩，我与刘贤君下了车。

刘贤君说，是他媳妇派公司里的车来接我们的，顺便接上从舟山到台州火车站下车的晓辉与我们。

于是，我们与晓辉在车上会了面，一同来到椒江的刘晓辉家里。

到了椒江刘晓辉家里已经是下午1点多，刘晓辉的妈妈及妻子都热情地接待了我们。

我吃过中饭，由刘晓辉叫了个滴滴，来到临海新华侨大酒店。

新华侨大酒店坐落于临海市开发区风景优美的灵湖之畔，毗邻体育中心，紧靠商业步行街和商务办公区。

吃过晚饭，我在露源小学当小学负责人时教过的学生黄晨在临海一所中学教书，他来宾馆看望我。他是我同事黄望平老师与潘秋英老师夫妻两人的儿子。

他来到我下榻的卧室，送来了两盒黄岩橘子。我也送给他一本我今年的著作《瀫水秘境》，勉励他好好教书，做个好老师。

之后，他陪我一起参观夜间的灵湖。

我们住的新华侨大酒店就位于灵湖之滨。

夜间的灵湖是十分宁静而秀美。

在灯光的照耀下，灵湖的水波光粼粼。

我们轻轻漫步在灵湖岸上。听学生黄晨说，灵湖是仿效杭州西湖建造的，有西湖两个那么大。灵湖景区是牛头山省级旅游度假区的重要组成部分，位于临海市区中部，占地面积4.7平方公里，其中水域面积1.2平方公里。景区以灵湖水面为核心，有西台帆影、西洋览胜、灵江锁钥、临湖邀月、柳堤春晓、龙盘樱海、湖心琼岛、曹家水肆、湖畔留踪"九大核心景点"，是一个集文化体验、生态观光为一体的城市休闲文化体验旅游目的地。2017年，灵湖景区喜获中国人居环境范例奖，临湖邀月区块被评为省级文化创意街区，并获浙江省优秀园林工程金奖。

我们还来到临海博物馆门口，看到正在跳舞的老年人。

这次去临海开会，见证着的是一种师生情、家长与老师之间的友情。

永嘉云岭好味道

2020年12月26日，浙江省百姓家谱文化研究会在温州大学举办宗谱培训班，我作为兰溪市的一名姓氏委员会成员，与洪松茂、邓亚平一道去了永嘉。

事前，永嘉社区学院的徐鑫老师，我们一起在衢州召开浙江省儒学研究会年会，又在一起编辑过《浙江家谱文化》杂志，因而他打我电话，永嘉儒学会准备到兰溪参观兰溪市范浚研究会等情况。准备在明年元旦后过来。

我想，这次去温州培训正好路过永嘉，还不如到徐鑫那里走走。

这天，是洪松茂开的车。我们到永嘉枫林镇下了高速。

枫林镇位居永嘉县中部，楠溪江东岸，镇东境为山区，西境为一溪谷高地，孤山溪自东流西注入楠溪江。诸永高速穿镇而过并在此设出口。辖区东与乐清市交界，南与沙头镇接壤，西临岩头镇，北靠鹤盛镇。据旧永嘉县志载：枫林旧名丰里，明朝时，因村南前山遍布枫香树而易名为枫林。

我们沿着楠溪江一路前行，浏览了楠溪江的秀丽风光。

楠溪江并不大，那里对我的感觉来说，如同我的家乡兰溪市黄店镇。楠溪江比家乡的甘溪开阔，两边的山势比较雄伟。也可见其美丽程度了。

山势越来越高，看上去都是层层梯田。

车子开到了山的顶部，我怎么也想不到，山顶上竟然还有一个乡，叫云岭乡。

我们经过几个曲曲折折之后，开错了好几个地方。洪松茂开在崎岖的山道上，虽然有卫星导航，但迷路的事还是常有的事情。

我们的车子就停靠在云岭乡政府旁边。

看样子，云岭乡政府所在地是刚刚开展过集镇整治过的，太美了。路是沥青路，路边的店铺都是刚整修过的，全然是一种山区农村的清新感。

徐鑫老师就在云岭乡政府门口等候。他看到我们的到来，就在云岭乡政府对面的一家农家乐里吃午餐。

徐鑫点的菜全是清一色的永嘉土菜。有红烧肉、豆腐肉丸子等4个菜，充满山区的农家味道。

我们吃着豆腐，里面还夹着细碎的肉丝，好可口呢，这是我第一次吃到过这样做的豆腐菜。

这店的店主人是个农妇，腼腼腆腆的，在云岭乡厨师比赛中，这道豆腐菜还得了全乡比赛冠军呢，可真了不起。

在我们的夸赞之余，我们叫店主人申报个非物质文化遗产项目，店主人说，我年纪大了，这样开个店，不是蛮好。可见，山里人的朴实。

钱王祠祭祀钱镠

2018年的正月十六日,我受金华郑小杰的委托,来到杭州祭祀钱王。

那天,我一大早坐兰溪开往杭州的长途汽车,然后打的来到钱王祠。

钱王祠始建于北宋熙宁十年(1077年),是后人为纪念吴越国钱王功绩而建造的。900多年来,历经沧桑,几经毁建,所存八字墙是原建筑仅存遗迹。

杭州市政府为挖掘杭州的历史文化内涵,恢复历史文化景观,于2001年在钱王祠旧址——西湖南线柳浪闻莺公园重建这座古祠,并经专家设计、市民评选,最后确定了重建方案。重建工程于2002年2月动工,至2003年国庆前夕竣工落成。

古祠恢复了吴越国钱氏三世五王塑像、功德崇坊,主要殿堂建筑等相应景观。重建后的钱王祠占地11300平方米,建筑面积4600平方米。同时在祠内陈列钱氏相关的史迹,并以声、光、电的高科技手法再现"钱王修筑海塘"等历史场景,古韵浓郁,情趣盎然。此外,古祠内还建造了古戏台,演出《钱镠记》和一些昆曲、京剧、越剧等,让游客欣赏。重建的钱王祠与柳浪闻莺公园融为一体,已成为集游览、观赏、文化展示、历史研究为一体的园林新景点。

钱王祠不仅丰富了西湖南线景区的历史遗存，而且对于推动杭州文化重建起着积极的作用。

钱王名钱镠（852—932），杭州临安（今浙江临安北）人。五代十国时吴越国的建立者。

钱镠少年时曾贩私盐。精于拳脚与骑射，唐僖宗乾符二年（875年），浙西镇遏使王郢起兵反抗朝廷，临安石镜镇将董昌招募乡兵，钱镠投充偏将，从破王郢。六年，黄巢领导的农民起义军南下到临安，他领兵阻击。淮南（今江苏扬州北）节度使高骈赞赏之，随即推荐董昌为杭州（今属浙江）刺史，以钱镠为都知兵马使。中和二年（882年）后，浙东（今浙江杭州）观察使刘汉宏谋取浙西，与董昌互攻数年。光启二年（886年），董昌采纳钱镠建议，全军渡江进击，消灭了刘汉宏之众，占领越州（今浙江绍兴），平定浙东。三年，唐以董昌为越州观察使，钱镠为杭州刺史。自此，董昌和钱镠分据浙东、西。

乾宁二年（895年），董昌自称罗平国皇帝，改元顺天。钱镠发兵进攻，三年，攻占越州，杀董昌。唐以钱镠为镇海、镇东（威胜改名）两镇节度使，兼有浙东、西之地。

天复二年（902年）唐封钱镠为越王。天祐元年（904年）又封他为吴王。开平元年（907年）后梁封钱镠为吴越国王，定都杭州，公元978年归于北宋。

钱镠晚年敬礼文士，吴越境内的文化有所发展。他在位期间，筑捍海石塘，置龙山、浙江两闸，以遏潮水内灌。在太湖流域兴修水利，境内河浦，都造有堰闸，以时蓄泄，不畏旱涝，并建立水网圩区的维修制度。这些措施，有利于境内农业生产的发展。他开拓杭州城郭，大兴土木，悉起台榭，有"地上天宫"之称。后唐长兴三年（932年）卒。

当时，吴越是个小国，北方的吴国比吴越强大，吴越国常常受他们的威胁。钱镠长期生活在混乱动荡的环境里，养成了一种保持警惕的习惯。他夜里睡觉，为了不让自己睡得太熟，用一段滚圆的木头做枕头，叫作"警枕"，倦了就斜靠着它休息；如果睡熟了，头从枕上滑下，人也惊醒过来了。他又在卧室里放了一个盛着粉的盘子，夜里想起什么事，就立刻起来在粉盘上记下来，免得白天忘记。

在纷乱的五代十国，唯吴越国政局稳定，人民安居乐业，想必与钱王的"励精图治"有关，他提出"善事中国，保境安民"的建国指导方针，大力发展农田水利基本建设，发展手工业、商贸和文化业，扩建杭州、苏州等中心城市，都是很有远见的举措。

他在江浙沿海一带修建海堤、闸门，又修建钱塘江堤，使"以时蓄泄，不畏旱涝"，让当地农业年年丰收，民间给他起了个外号，叫"海龙王"，尊为神。以至今日，杭州钱王庙、钱王祠的香火依然旺盛延续。

上午10时正，开展钱王祭祀活动，人山人海，一片热闹景象。

整个仪式在肃穆而庄重地进行，我就跟在旁边一个劲地拍照。

吃过午餐，下午1时许，我被邀请到钱镠王研究会的主席台，让我讲解有关地方文化的事例。

讲解完之后，我就匆匆赶上回兰溪的汽车，当天赶回了兰溪。

走进清漾古村

早就听说临近衢州江山市有个村庄叫作清漾的村庄。

我多次来过江山，但都与清漾擦肩而过。也多次谈起过清漾，有我的学生何庆丰，有姓氏研究专家祝为民，有青年学者、毛氏研究专家毛井根，他们都谈起过清漾。

2020年11月，这次到衢州开儒学会，我与好友兰溪的儒学会会员、兰溪范浚研究会会长范国梁一道去了我学生何庆丰那里，叫何庆丰带我们去清漾。

清漾村是浙江省级历史文化村，位于浙江省江山市石门镇南部，距江山市中心25公里。清漾村为江南毛氏发源地，清漾毛氏人才辈出，千古年来，出过8个尚书、83个进士。2019年1月，清漾村入选第七批中国历史文化名村。2019年12月31日，入选第二批国家森林乡村名单。2020年8月26日，入选第二批全国乡村旅游重点村名单。

清漾又叫青龙头，其北、东、南三面环山，林山葱茏的山岭蜿蜒起伏，曲折盘旋，犹如一条青龙，西侧田畴万顷，村庄则如一颗明珠，整个地理环境形成一幅游龙戏珠之美景，东侧有古老的清漾塔，一条"文"字形的文川溪从村中穿过，魁梧的千年老樟树屹立在村头。

来到清漾，首先看到的是一座简易的牌坊，上面书有"毛氏文化村"字样。再走进去，就是游客中心、停车场。

清漾毛氏祖祠始建于宋朝，重建于清代，复建于 2010 年。由于年代久远，只留下一些遗存建筑，江山市斥资 1860 万元加以复建。祖祠按照清代建筑风格及族谱原貌在原址复建，占地 2452 平方米，建筑面积 2040 多平方米，外观庄严肃穆、宏伟大气、古色古香，内部三进两院呈轴对称布置，有合敬堂、追远堂、戏台、毛氏名人陈列馆等。

毛子水故居占地 478 平方米，坐北朝南，为两进三天井结构。始建于清朝末年。该宅完好地保留了毛子水先生的卧室、书房及其父母的卧室、客房。毛子水（1893—1988），名延祚，字子水，又名隼。清漾毛氏第五十六世孙。毛子水先生是我国近代著名国学大师，曾任北京大学、西南联大、台湾大学教授、北大图书馆馆长。深受原北大校长蔡元培及恩师胡适的赏识。子水先生 6 岁入村塾习三字经、千字文；8 岁时跟从父学，诵习《四书》《诗经》《左传》等，从而奠定了坚实的国学基础。

清漾祖宅背山面水，东面正对清漾古塔。祖宅空场前的池塘边，几只肥鸭子正在梳理毛发。导游说，这是极好的风水。祖宅粉壁黛瓦，跨过及膝盖高的门槛，我们一步步探寻毛氏的秘密。

在这里，我们看到了保存良好的《清漾毛氏族谱》。该族谱已经入选首批《中国档案文献遗产名录》，从 1869 年开始编纂的族谱，成为其中唯一一件民间修纂的私家谱牒。

从族谱中专家考证出，毛泽东的祖先毛让由衢州江山清漾迁居江西吉水龙城，成为江西吉水毛姓的始祖。吉水仙茶乡人毛太华赴云南从军，因军功从云南来湖南定居，为韶山毛氏的祖先。从这里走出来的，除了革命领袖还有国学大师。清漾祖宅四个字为胡适所题写，而这里走出了国学大师毛子水，在毛子水去世后，胡适为他题写了著名的百字碑文。

自清漾公始居，1500年来，毛氏共出了8个尚书。83位进士。还有4位近现代名人。

这么豪华的族人阵容，却看不到豪华的宅邸。清漾祖宅上的楹联似乎道出一些答案——正是"崇教学重农桑和亲友睦乡党风清俗美，完粮差戒争讼黜淫邪薄势利身泰心安"。

清漾村其现存的古建筑群朴素无华，如在清漾村遇见的老人一样，不管俗世纷扰，自在地生活，安安静静的，若不是墙头斑驳的痕迹，宅院里陈列的历史遗物，大概会以为只是寻常的小村庄罢了，所谓世外归隐，风水宝地，该是如此吧。

清漾很小，在村道溜达一圈二十分钟就够了。

清漾毛氏文化村好大，在景区每块展板前驻留片刻就要两小时。

清漾江南毛氏祖居地好深，如果在每个景点，每块展板前细细品味。追问其所以然，两天时间都不够。

红灯笼外婆家

兰溪市荫坑垄休闲观光园已经有好几年没有开张了。而荫坑垄的老板娘何葵也因病于 2020 年的正月逝世了，到现在将近两年。

十多年前，荫坑垄农家乐开得红红火火，生意兴隆，来客很多。何葵听到桐庐有个红灯笼外婆家也开得比她的荫坑垄农家乐还要火，于是，由她丈夫开车，约上我和农家乐的厨师何海芳一道驱车来到了红灯笼外婆家。

在我的记忆中，到红灯笼外婆家吃饭，应该有两次，都是何葵约我，由她丈夫叶宝华开的车。

我们在路上就说，红灯笼外婆家的名字取得真好听。红灯笼，那肯定在农家乐门口高高挂着红灯笼，而且挂得不少。外婆家，这字眼亲切、感人。人们常说"要戏外婆家，要吃丈母家"。这种意境，没有去就有一种亲切感。

到了桐庐的红灯笼外婆家，果真挂着高高的灯笼，而且吃的也十分考究。

它那景点的布局巧妙地利用了原有地形；按旅游的要求和功能进行创意设计，建筑精致。风格古雅，参差错落的屋顶，朴质素雅的形态。青砖黛瓦的明快色调，四周有青山绿水环抱，使整个外婆家景区构成一种和谐的美。其廊道盘回，整个建筑以黄褐色为基本色调，配上杉木条盖顶，辅以一串串系有2000余盏高高低低、大大小小的红灯笼点缀，一幢幢小木屋门楣上各自以蔷薇、水仙、红豆、睡莲、紫藤、兰花等花卉树木名字命名，透出浓浓的村野之趣。

"想吃来丈母家，要嬉去外婆家"，这成为红灯笼外婆家农家乐一个响亮的宣传标志。

我想：我们兰溪也应该学学！

参观衢州余东画家村

端午小长假期间,为了能够真正学习到画家村的经验,我们几个人决定去画家村走走。

2021年6月13日上午,我们由黄飞军驱车,与王建光一行3人来到了衢州画家村余东村,一起体验画家村的幸福生活。

余东村里农民画,鸡鸭猪羊树花瓜。
老人壮年和娃娃,四十余载勤作画。
桔乡村子不算大,能画已过三百家。
村头村尾画墙画,农村生活美如画。

这是对余东村的真实写照。

在偌大的中国乡村美术馆广场上,我们欣喜地看到,广场上有一排关于非遗的展位,有剪纸的、竹编的、美食的、茶叶的、竹刻的、泥塑的、传统编织的、针灸的等等。

想起了黄店有銮驾、樟坞高腔、葱棍糖、芝堰水米糕、弹棉花、粉干、古典太公画、泥塑等等。我们刘家村也拥有銮驾、月半节、弹棉花、粉干、粽子、泥塑、墙画、箍桶、竹编、剪纸、书画、砖雕等文化艺人,有粽子、鸡蛋面、水索粉、粉干、回回糕、蜂蜜等美食，可以举办黄店镇非遗文化节或黄店镇非遗文化美食节等。

走进中国乡村美术馆大厅，崭新的面貌出现在眼前，这是我参观农村文化馆第一次看到的，大厅内陈列着各个著名画家的简介，并有二维码，可以直接扫二维码看到里面精彩的世界。

在余年展厅内，宽敞明亮的高挑空间、安静舒适的艺术氛围，纯色的墙体上陈列着色彩斑斓的画作，配合画作的意境展厅还设有或明或暗的光线，让我们这些看展的爱好者们沉浸在艺术的海洋之中。

余东村的画家们通过"企业+集体+农户"的模式，先后开发的30多种文创衍生产品。展区中还展出了以礼"乡"待——2020余东农民画文创产品设计大赛中部分获奖的作品。

走进名家工作室又是一番不同的景象。名家工作室又被称为特聘专家的大师工作坊。一共有6间工作室，房间采用LFT格调，共有两层，下面是工作区，上面则是休息区，上下两层都配备了卫生间。房间干净整洁，书香气息浓厚，住在这里不仅空气清新，还特别幽静，能更好地激发大师们的创作灵感。

沿着名家工作室向上，还能看到空间较大的集体研习室，余东本地农民画家今后不仅可以在自己家里作画，还可以定期在这里开展集体作画，作品研讨，互相学习交流。大师专家也可以在这里给农民画家进行培训指导。

我们出了美术馆，走进画家村。这是一个800多人的小村庄，有300多名农民画家。他们不仅拥有发现美的眼睛，更有能够创造美的巧手，鹅卵石垒就花坛，木栅栏围起花园，立体的"花画世界"，让人沉醉。

我们看到的农民画可以说琳琅满目。这样的画，不仅画在墙上，还能背在身上、披在肩上……浓烈的色彩巨大的反差渲染着现实和理想中的生活之美，这些画给余东村村民带来的不仅是生活的富足，更有精神的满足，这些农民画成为装扮人们美好生活的作品，村民告诉我们，现在村里没人赌博，有钱就买画画的材料，有空就动笔勾勾画画，美化别人生活的同时也整体提升了自己。

随着余东村农民画越来越多地被广为人知，一批一批的绘画爱好者前来参观，许多专业画家热情地为村民免费教学。在余东村村委会办公楼里，有一间专门为村民开辟的培训室。村民余统德的农民画上，打年糕、磨豆浆、马灯、舞龙等场景，鲜活地跳跃纸上。

村里设立了余东竹编馆，不仅能看到我们记忆中的竹编盒担、竹篮、竹帽等生活用品，还有栩栩如生的竹编十二生肖、细腻逼真的竹编字画等等，刷新了人们对竹编艺人的认知，看过之后无不啧啧称奇。

衢州余东竹编馆内的竹编工艺品，大多是余东村村民余统善编制而成，他是余东竹编项目的代表性传承人。

竹编技艺，俗称"做篾"，一般师从家传。余统善的父亲余三古及上一代，都是当地非常有名的篾匠师傅，不管什么竹子经过他们的手，都能编出好东西。

我们在余东竹编馆逗留了很长时间，与余师傅进行了长时间交流，余师傅还手把手地教我们如何编竹编。

参观完竹编馆，我们在想，为何我们黄店不开个非遗展示馆呢？这样也会有利于黄店的旅游的。

走进余东，我们观看了许许多多的店铺，也在余东一个面馆吃上了特色的牛肉面。走进面馆，真是特色鲜明，墙上画着手工面条的制作流程，使人看了耳目一新。

如今，余东村内涵盖以传统文化体验为主的舞龙、竹编、农民画、点钻画等项目;以劳动收获为主的果蔬采摘、插秧割稻、动物喂养等农事体验项目;以乡村玩乐记忆为主的田园垂钓、田园体验等田间水塘项目;以参观学习为主的农耕文化馆、竹编馆、美术馆;以观赏及趣味为主的乡村小马戏等演艺项目;以成长挑战为主的学生春秋游、夏令营、冬令营、毕业季等充实有趣的拓展研学项目;以提升团队凝聚为主的企事业工会活动、单位团建党建活动等成人团建项目;构成了集农业观光、农耕体验、农俗表演、农家美食、农趣玩乐等元素为一体的乡村旅游目的地。

余东,真好!

参观上虞青瓷文化小镇

2021年6月5日下午，我们在上午参观了上虞中华孝德文化园之后，吃过中餐，我们便去了上虞的青瓷文化小镇。主要参观了上虞青瓷博物馆。

上虞越窑是早期越窑的主体，其烧造历史完全与越窑发展史一脉相承，时代早至商而晚迄宋，构成了一部庞大而完整的越窑体系。上虞境内古窑址数量众多，已查明的窑址数量有近四百处，以小仙坛窑址为代表的曹娥江中游地区，是举世公认的瓷器发源地。境内还分布着大量的古墓葬，出土了大量的各个时期的越窑青瓷。越窑青瓷是上虞博物馆最具特色的藏品。

"上虞越瓷"展出了97件自河姆渡文化至北宋时期的陶瓷器，完整地反映了上虞越窑从萌芽、成熟到发展、衰落的历史。展览对每件展品的名称、时代、来源、用途都作了详细说明。展品连同大量的图、表、照片及文字介绍，在柔和的灯光照射下，直观地向观众展示了一部完整的上虞越窑发展的历史。

我们出了博物馆，只见外面的良田里种植了大片的荷花。荷花绽放，亭亭玉立，十分鲜艳。上虞的荷花开放的时间和我们兰溪的不一样，我们兰溪的荷花一般在7月份开花，这里的荷花要比兰溪早一个月。"小荷才露尖尖角，早有荷花立上头"这种境界真使人感到心旷神怡。

严子陵钓台游记

2021年10月30日,我们兰溪寒溪文化研究会的金华的顾问与兰溪的顾问在参观了方干故里芦茨村吃过中餐后,便驱车来到了富春江严子陵钓台游览。

这次游览,我是第三次来到过严子陵钓台。

第一次,是来到桐庐,然后到严子陵钓台游览。第二次,是跟厚仁中学80届同学家属到芦茨,然后到严子陵钓台游览。

这一次也是从芦茨,然后到严子陵钓台游览。

其实,我们都是冲着严子陵的故事来游览的。东汉时,有一位隐士叫严子陵,他在少年时和汉光武帝刘秀是同学。后来,在刘秀当了皇帝后,刘秀派大臣来邀请这位同窗好友进京,出任议谏大夫的官职,并且说要与严子陵"日同游,夜同榻"。但严不愿做官,"不吞荣华富贵之钩",而隐居于富春山,以耕田、钓鱼、自食其力为乐,成为千古美谈。他这种高风亮节的行为,受到后世无数文人学士的赞扬,尤其得到唐代大诗人李白的衷心敬佩和敬仰,为他写了几首赞誉的诗,李白几次到严子陵的故乡浙江桐庐县城西的富春山去凭吊,并且在严子陵原来钓鱼的钓鱼台上钓鱼,希望和严能在梦中相见,情真意切。凡读过李白赞美严子陵的诗句者无不为他诚挚之心感动不已。后人对姜子牙和严子陵两人不同的钓鱼目的,下了个恰如其分的评价:姜太公钓鱼,是"钓人不钓鱼"。严子陵钓鱼和前者恰恰相反,是"钓鱼不钓人"。

  我们沿着船来到了严子陵钓台的景点。这个景点主要是诗词的碑林。码头上有石坊,正额:"严子陵钓台";背额:"山高水长",为赵朴初、沙孟海所书。西侧沿江新建严先生祠堂,祠内东壁立有宋范仲淹所撰《严先生祠堂记》石碑,文中"云山苍苍,江水泱泱;先生之风,山高水长"之名句流传至今。

  这次,我们看到了从山脚下到钓台的沿途廊道上展示的碑林。其碑之多,是我从来没有看到过的。

  参观完钓鱼台,我们又坐船来到了第二个景点。景点里主要有一座造型别致的石拱桥和一座寺庙,其他是水上游乐园。

  游览严子陵钓台,感受的是景区唐诗之路、钱塘诗路的魅力,感受山水的美丽和震撼。

游览宁波天一阁

宁波天一阁曾经去过一次，是一年的暑假跟着兰溪百姓旅行社去象山石浦，途径宁波天一阁。

这次去宁波天一阁，是同学吴义忠盛情邀请的第二站。2021年11月的一天，我们7位同学在游玩了宁波博物馆之后，在石浦大酒店鄞州万达广场店新加坡号包间，我们吃了中餐。之后，来到了天一阁。

天一阁比往常繁忙得多。为什么呢？因为在疫情期间，需要预订，需扫描二维码，用身份证自己购取门票。我恰好把包放在了地下室的车上，身份证没有带来，同学吴义忠的妻子为我扫了二维码购了票，然后又要去查行程码、绿码，最后才能进到天一阁景区。

在我们的印象中，天一阁是一个藏书馆，在许多图书馆里查不到的资料，在天一阁里就能够查到，主要是天一阁藏书量大。

听在讲解的导游说：天一阁建于明嘉靖四十年（1561年）至四十五年（1566年），是当时明朝兵部右侍郎范钦像所建的私家藏书楼。范钦喜好读书和藏书，平生所藏各类图书典籍达7万余卷。

范钦所收藏图书以方志、政书、科举录、诗文集为特色。

由于一度位高权重，范钦的一部分藏书为官署的内部资料，这也是普通藏书家难以获得的。

在他解职归田后，便建造藏书楼来保管这些藏书。

天一阁景区如同苏州的私家园林，面积很大，占地面积2.6万平方米，建于明朝中期，由当时退隐的兵部右侍郎范钦主持建造，1982年被国务院公布为全国重点文物保护单位。

天一阁有其明显的建筑特色。天一阁之名，取义于汉郑玄《易经注》中天一生水之说，因为火是藏书楼最大的祸患，而"天一生水"，可以以水克火，所以取名"天一阁"。书阁是硬山顶重楼式，面阔、进深各有六间，前后有长廊相互沟通。

在天一阁阁楼前有一"天一池"，通月湖，既可美化环境，又可蓄水以防火。在建筑格局中采纳"天一地六"的格局，楼外筑水池以防火，"以水制火"。同时，采用各种防蛀、驱虫措施保护书籍。

康熙四年（1665年），范钦的曾孙范光文又绕池叠砌假山、修亭建桥、种花植草，使整个的楼阁及其周围初具江南私家园林的风貌。楼上一大间，楼下成六间，并名为天一阁。园林以"福、禄、寿"作总体造型，用山石堆成九狮一象等景点。风物清丽，格调高雅，别具江南庭院式园林特色。

游览完天一阁，我们完成了宁波两天的行程。我们兰溪的同学都说，十分感谢老同学吴义忠夫妇的盛情款待，千言万语一句话：同学情深似海，四十余年难忘怀。

嘉兴南湖的红色之旅

我多次去过嘉兴南湖，记得第一次去，我还是在黄店镇中心小学当副校长时去过的，那时是学校支部的一次活动。几年前，去过一次嘉兴，转了一下南湖，去感受我们中国共产党伟大的先驱，去一次红色之旅。而在几年前，又是支部活动，我跟着黄店中心小学支部参观了南湖以及革命纪念馆，被纪念馆崭新的面貌与宏大的气势所吸引。

我们这次去嘉兴南湖，是在2021年的"五一前夕"的4月28日，是随我们兰溪市社区学院支部去南湖的。

凡是去南湖，我就会回忆起董必武的一首诗：

>革命声传画舫中，
>诞生共党庆工农。
>重来正值清明节，
>烟雨迷蒙访旧踪。

1964年4月5日上午，董必武视察南湖。他登上烟雨楼，欣赏雨中南湖的湖波浩渺，认真观看"中共一大史料陈列"，并向随行人员讲述一些中国共产党早期革命活动的情况。在会客室稍作休息后，董必武前去参观中共一大纪念船。

南湖革命纪念馆在 1959 年筹建之时，曾将中共一大纪念船模型送北京请董必武审定。当董必武执手杖，健步登上纪念船后，他仔细察看了外形、内舱、结构及陈列布置，肯定地说，这条船，我回忆是造得对的，造得成功的。

下午，董必武回到住地后仍然心绪难平，当即挥毫题写了这首诗。

我们学校一行人乘着来到南湖的游船来到了南湖的湖心岛。

南湖湖心岛是明嘉靖二十七年（1548 年）嘉兴知府赵瀛主持疏浚城河时在湖中堆土而成。烟雨楼初建于五代，原在湖滨。烟雨楼的名称，最早见于南宋诗人吴潜所作《水调歌头·题烟雨楼》词。明·嘉靖嘉兴知府赵瀛在南湖填土成岛后，第一次在岛上建烟雨楼，从此楼在湖中。后几经毁废重建，现今之烟雨楼于 1918 年由嘉兴县知事张昌庆重建，继任汪莹完工。烟雨楼后之假山全为太湖石叠成，传为明代造园家张南垣所作。至道光年间已倾圮零乱，1918 年重建烟雨楼时，由沈石荪整理堆垒成虎豹狮象形状，形象逼真，威武可爱。楼前有一荷池，形如南湖特产无角菱。

踏上湖心岛，我们就来到摆放着红船的湖边，来这里瞻仰红船。

这红船，是在 1959 年，南湖革命纪念馆根据中共"一大"会议时来嘉兴安排游船的直接当事人王会悟回忆，仿制了一艘丝网船模型，送到北京请中共"一大"代表董必武审定认可。后按模型原样仿制了一艘画舫，作为南湖革命纪念船，供群众瞻仰。

现在南湖革命纪念船停泊处岸上，建有一座"访踪亭"，亭内竖立董必武诗碑，亭额"访踪亭"三字由杨尚昆题写。

这条"一大"纪念船被称为"南湖红船"。

1921年7月，中共"一大"在上海秘密举行。7月30日晚，因突遭法国巡捕搜查，会议被迫休会。8月2日上午，"一大"代表毛泽东、董必武、陈潭秋、王尽美、邓恩铭、李达、张国焘、刘仁静、周佛海、包惠僧等，由李达夫人王会悟作向导，从上海乘火车转移到嘉兴，在南湖的一艘丝网船上完成了大会议程，宣告了中国共产党的诞生。

"红船"是中国共产党的"母亲船"。"红船精神"是教育当代中国共产党人的无价瑰宝，是用以提高党的执政能力，始终保持党的先进性的宝贵资源和精神财富。在中国共产党走过了一百年奋斗历程的时候，必须充分挖掘并利用好这一独特的政治资源，不断发挥"以史鉴今，资政育人"的积极作用。

我们为此在红船边迎着党旗合影留念。

最后，我们来到了烟雨楼。

烟雨楼是嘉兴南湖湖心岛上的主要建筑，现已成为岛上整个园林的泛称。烟雨楼正楼，楼两层，高约20米，重檐画栋、朱柱明窗，在绿树掩映下，更显雄伟。楼前檐悬董必武所书"烟雨楼"匾额。

参观了红色圣地嘉兴南湖，我们体验到的是：

中国共产党在红船中诞生这一伟大革命实践所表现出来的精神就是：中国革命的航船从这里扬帆起航，体现了"开天辟地、敢为人先"的首创精神；中国共产党的诞生，使中国革命从此有了坚定的理想信念和强大的精神支柱，体现了"坚定理想、百折不挠"的奋斗精神；中国共产党从诞生的那天起，从来就没有自己的私利，而是以全心全意为人民谋福利为根本宗旨，体现了"立党为公、忠诚为民"的奉献精神。

南湖，我们还会再来！

游览桐庐荻浦村

到桐庐荻浦去，应该有好多次了。最早一次是兰溪市农办带领兰溪市美丽乡村建设的村干部作为培训考察而来到环溪与荻浦村的。

后来，我们为了考察孙权后裔的分布状况，我同兰溪市黄店镇孙家村的几位孙氏研究的爱好者，来到了富阳区的龙门古镇，在查阅了龙门孙氏之后，由桐庐的孙贤仓带队来到荻浦村。我们厚仁中学的老同学也一同到过荻浦村。还有兰溪何氏从富阳场口到过荻浦村。

几次下来，我们总体感觉荻浦真美。

美在何方？

就从荻浦的村名说起吧！

荻浦村临应家溪，昔溪边荻草丛生，称荻溪。明代，在此凿沟引水灌田，称荻浦，村以此得名。深澳、荻蒲在历史上统称深浦，为申屠氏始祖于南宋后发展而成；南宋时，荻浦属定安乡之横山里；明代属定安乡二图；清康熙县志则已明确记录定安乡深澳、荻浦、环溪、徐畈四庄村名。

荻浦有两处浙江省文物保护单位，有申屠氏宗祠和保庆堂。

申屠氏宗祠建于明成化年间，后毁于兵火，清康熙年间重修时，采用石木混合梁柱结构。祠堂门口的旗杆和石鼓，这是旧时规定的建筑形制。宗祠的大门前，古朴而淡雅，这里没有尘世间的喧闹，让你不由读出几分肃穆，几分庄重。宗祠四面高墙，又让人感到一丝神秘。宗祠大门的上方，是一块青石大匾，上书"申屠氏宗祠"五个大字。

细细品读，让人叹为观止的是，宗祠的整个大门轩廊，轩廊的柱子、牛腿、梁、枋和梁上小牛拱均用青石打制。石雕线条流畅，带有北方风格。石雕上面是木雕，更是巧构细镂，十分逼真细腻，则是典型的江南风格。石雕、木雕巧夺天工，南方北方风格浑然一体。独特的建筑风格让申屠氏宗祠在 2005 年 3 月被公布为第五批省级文物保护单位。

祠堂于清康熙年间（1662—1722）修建，后又分别在乾隆二十年（1755 年）和同治九年（1870 年）重修，形成了现在这座三进五间、石木混合梁柱结构的格局。

申屠氏宗祠占地 883 平方米，坐北朝南，平面呈矩形。

步入宗祠大门，便能读出 200 多年前清朝乾隆年间的建筑理念：以天井为中心，封闭式的建筑组合。给人留下最深印象的是其间的石雕和木雕，神情逼真的动物，婀娜多姿的花草，无不精雕细刻，惟妙惟肖。唯不见窗，给人一种与尘世隔绝的感觉。

祠堂二进当为重点，这里告诉人们申屠氏的源头。二进用板壁隔开梢间，明次间的后步柱间置石槛，立板壁门。立柱上有一保存完好的一副楹联，值得细细品味："木本自屠山木郁荻葱惟愿枝枝高百丈；水源连范井水流浦纳还期派派聚明堂。"

楹联对仗工整，寓意深刻。既巧妙地把荻浦村名藏于其中，又把桐庐申屠氏族的源头及建造祠堂的目的、愿望完全表明。上联以木喻源头，大意是说桐庐申屠氏族源头来自屠山，愿子孙后代在荻浦发扬光大,如树木一样郁郁葱葱,棵棵茂盛高达百丈;下联以水喻宗族,大意为申屠氏族源远流长,水连范井(在荻浦村内)永不枯竭,望各支派后裔思源归宗。

申屠一姓是炎帝神农氏十五世裔孙伯夷之后。西周末年,申侯等协助废太子姬宜臼登基,开东周为平王而得到封赏,申侯幼子被赐封在屠原(今陕西合阳,一说时在甘肃泾川一带)。定居于此的后代,便以国名"申"和地名"屠"结合起来作为自己的姓氏。

桐庐申屠氏的源头可追溯到西汉末年。其时,丞相申屠嘉七世孙申屠刚为躲避王莽之乱,偕家眷从河南洛阳迁至浙江富春屠山定居,繁衍历史已有2000余年。宋崇宁三年(1104年),申屠氏后裔申屠理入赘荻浦村范蠡后裔之家,因此,申屠理被后人尊为桐庐申屠氏始祖。

申屠氏是个人才辈出的家族,有汉代丞相、尚书令,提据史端公等。还有新中国第一任中国民航局局长沈图。听村里老人讲,沈图的族名叫"申屠逸松"。沈图是新中国民航事业的创建人之一,为民航的发展做出了重要贡献。

保庆堂前厅为接客厅,正厅为戏台,徐玉兰等名角都曾在这个戏台上展现风姿。三进为香火厅。保庆堂是明代尚书姚夔为报舅舅大恩而建,也是荻浦村的孝义文化的体现。

保庆堂建筑可以说"雕栏刻栋、逢木必雕",这里的每一根梁、栋、枋、斗拱等,全部精雕细刻,有人物、灵兽、百鸟、回纹等,布局严谨,造型优美。镂空的人物图雕面部表情逼真,服饰飘动自然,连眼角、指间处也刻得毫不含糊。特别是牛腿,雕刻精美、十分华丽。

还有佑承堂和兰桂堂。

佑承堂始建于清末,保存最为完好。屋内以十二孝、二十四节气为题，设计和雕刻了一幅幅栩栩如生的画面，有一幅一故事之说。

兰桂堂是孝子申屠开基的故居。申屠开基为救父亲，不惧污秽，舔吮疮毒，乾隆听后为之深深感动，便赐"孝子"匾，立牌坊一座，令天下人效仿。荻浦人自此孝义代代相传。所以说，荻浦村是孝义文化最正宗的根基。

孝子牌坊上留着大清三十年乾隆皇帝的亲笔，非常具有文化价值。

孝义之风一直在荻浦传承且日益发扬光大，如今的荻浦，乐于助人的好人好事数不胜数，孝义之举蔚然成风，村里的"孝义基金会"日益完善，自愿捐款者越来越多，数额也越来越大，现在已成为全国闻名的古村落样板村。这是宗族传承的魅力所在，也是淳朴村风的最好体现。

雨丝绵绵杨村桥

2021年1月23日，也就是农历2020年的腊月十一。

我与邓亚平一道坐着黄飞军的车，从乾潭镇回到了杨村桥镇。

杨村桥镇是一个新兴集镇。由于高速公路的快速崛起，我们老家刘家村人到杭州，也有许多人开车，过坦坦岭，里黄，经过梅城，而到杨村桥上高速。

高速成为杨村桥镇飞速发展的缩影。

这天，雨丝绵绵。虽是腊月，路上行人不多。

每次，我们路过都会去草莓地里看一看。这次，可没有去。

种植草莓是杨村桥镇人的支柱产业。

一提起草莓。兰溪许多种植草莓的地方都有着杨村桥人的足迹。

杨村桥是中国大棚草莓之乡，现有种植面积267公顷。率先从日本引进大棚草莓种植技术，由原来的苗木消毒转化为土壤消毒。种植的"丰香""章姬""红颊"等品种，远销北京、广东、青岛、南京等地。2004年总产值为2400万元。现杨村桥镇已形成草莓现采、现尝、销售一条龙，草莓活动、草莓文化正在逐渐发扬光大。

杨村桥镇境内10余公里的320国道线两旁，拥有120余家餐饮店，形成了"饮食一条街"。融汇东西南北各大菜系之长，形成了"杨村桥菜"的独特风味。"吃在杨村桥"的美名已众口皆碑。

我不但喜欢吃杨村桥的草莓，而且还喜欢吃杨村桥的千层糕。

这千层糕，一层一层，雪白雪白，清润爽口，味道极佳。

每年新谷登场，农家则以新米磨粉蒸糕庆贺丰收。新米虽香，但性硬，于是农家便将新米浸泡于稻草灰的水中。因稻草灰含有碱性，又有一股特有的碱香味，新米经稻草灰水的浸泡，米性变软了，变清香了，蒸起糕来，香糯可口，别有风味，为农家老幼所喜爱。

据传，千层糕始于明初。朱元璋当年打天下，曾兵败衢州，被官兵堵截在寿昌县长林朱山上。正在这生死关头，只见朱山上飘来阵阵白雾，遮住了官兵的视线，朱元璋绝处逢生。等到朱元璋做了大明皇帝，脑子里老想起这件怪事。便决意南下寿昌。

朱元璋微服上路，来到了寿昌长林，见百姓在磨新米蒸糕，喜庆丰收。朱元璋刚想进农家看个究竟，被下乡察访的寿昌知县拉住了。朱元璋忙给知县使了个眼色，暗示不可声张，以免惊动百姓。又耳语说：我们一起来推磨怎么样？于是朱元璋与寿昌知县在一农户家推起磨来，演绎了一幕精彩的君臣"双推磨"。水米磨粉水浆似龙涎，米浆蒸糕一层更比一层高。朱元璋磨完粉，尝了尝新蒸的糕，只觉浑身是劲，于是龙颜大悦。朱元璋边吃边赞道：好香甜的糕，层层糕，千层糕也！皇帝乃金口玉言，并以九层为高，寓意年年丰衣足食。从此，千层糕闻名于世。

千层糕，在雨丝绵绵中留下的是一种回忆和寄托。

游览桐庐环溪村

2021年10月30日下午,我们兰溪市寒溪文化研究会的顾问团成员们在游览完严子陵钓台景区后,又驱车来到了环溪村。

环溪村是林胜华教授曾经经历过环溪村美丽乡村建设的,他曾经受到环溪村党支部、村委会的邀请来到这里为环溪村建设搞设计与规划,因此,环溪村的村干部与林胜华交往深厚。

环溪村书记周玉忠热情地接待了我们。

我与周书记谈起,我曾在2013年时去过环溪村,是我当时在兰溪市农办期间,兰溪市农办组织各乡镇街道搞美丽乡村建设的村书记或主任参加的乡村建设培训班,组织到桐庐环溪村、荻浦村考察时到过环溪村。后来,我们随浙江省何氏宗亲来到富阳场口开会,到过环溪村。之后,我们厚仁中学80届高二(1)班的几位同学家属一起来过环溪村,因此,我对环溪村有一个较为完善的了解。

至于环溪村村名的来历,从字面上看和整个环境来看,就知道环溪村是三面环水,一面靠山的。村口是两条溪的交汇处,一条是天子源溪,一条是青源溪,两溪汇合成一条溪,环溪村由此而得名。"门对天子一秀峰,窗含双溪两清流"是对环溪村地理风貌的真实写照。

第一次来到环溪村时，我就对环溪村的水口营造啧啧赞叹。赞叹什么？让我道来：环溪村村口是两溪的交汇之处，这就是水口。环溪村的先辈们就在两溪交汇的三岔口，营建了水口禅寺，还营建了两座很有特色的石拱桥，这两座桥叫安澜桥、保安桥，如今安然屹立。安澜，释义水波平静。比喻太平。谓使河流安稳不泛滥。出处《文选·王褒四子讲德论》：天下安澜，比屋可封。李善注：澜，水波也，安澜，以喻太平。保安有保一方平安之意。

环溪村的历史，我曾经记得环溪村是周敦颐的后裔，也就是兰溪垾坦村始迁祖周三畏的后裔。

说到周敦颐，他是北宋五子之一，是宋朝儒家理学思想的开山鼻祖，文学家、哲学家，著有《周元公集》《爱莲说》《太极图说》《通书》（后人整编进《周元公集》）。所提出的无极、太极、阴阳、五行、动静、主静、至诚、无欲、顺化等理学基本概念，为后世的理学家反复讨论和发挥，构成理学范畴体系中的重要内容。

环溪村著名的爱莲堂、尚志堂等古建筑，就是从周敦颐《爱莲说》起名的，而之后起名的爱莲公园，也源于此。

说到周三畏，南宋历史人物，生卒年不详，汴梁（今河南开封）人，曾任刑部侍郎、刑部尚书；《光绪兰溪县志·人物·忠节卷》有《周三畏传》，大略曰："秦桧下岳飞于狱，命三畏与审，暗喻置岳飞于死，三畏不从，挂冠遁迹，隐居兰溪白露山下，卒葬于此。"嘉定元年（1208年），宋宁宗（1988年版《兰溪市志》误为宋理宗）曾赐匾"忠隐庵"，墓为其后裔修建，今兰溪垾坦村后白露山墓址尚存；墓碑上刻"宋大理寺卿周廷尉讳三畏公之墓"14字，山后有周三畏故居；民间有"周三畏挂冠"等故事。

环溪村周氏是从兰溪垷坦迁居过来的。

由于环溪村大多为周氏，是周敦颐、周三畏的后裔，该村有620多年的历史。在历史长河中，环溪周氏以继承祖先的儒家学说，勘定村落位置，在两溪之间营建村落，并且为纪念先辈，以周字形状建村，并有八卦之象，体现周氏家学渊源。村口的千年古银杏，被誉为"夫妻树"，成为该村的一大景观。

如今，环溪村建立了村史馆，这是我走了这么许多年农村看到的第一个有如此规模的村史馆，我确实为之感到惊叹。环溪村秉承着祖先的清莲文化，传承着"出淤泥而不染"的廉政文化，成为中国传统村落、全国美丽宜居村庄。

环溪，因你的美丽而骄傲；环溪因你的古老而自豪。

腊月里的乾潭镇

2021年1月23日,也就是农历2020年的腊月十一。

这日,天下着蒙蒙细雨,早上8时前,黄飞军老师打来电话,问我起床了吗?我说:"早就起床了,等你呢!"

他开车来到我家楼下,打了我电话:"我到了,你下来吧!"我忙回电话:"我赶紧下来。"

我走下楼梯,到了他的车旁。我赶紧打邓亚平的电话,没接,我估计他的电动三轮车应该从永昌开出来了。

等了20分钟左右,邓亚平开车来了。

于是,我与邓亚平坐上了黄飞军的车。

一路来到女埠古镇,黄飞军停下了车,来到女埠菜市场,帮我买了油条带饼,他知道我没吃早餐。

我们一路前行,来到建德地界的建南村,黄飞军由于早上起得早,又想在车上睡大觉了。

我和邓亚平只好下了车,来到兰江上的一个码头,我们拍了一些照片,留了影,作为留念。

待黄飞军醒来,又开车前行。

一路过了梅城,过了杨村桥,一直来到乾潭镇。

乾潭镇,我只知道它是建德市的一个工业强镇。几次路过,但都没有停留过。

这次，才真正停留下来。

开车在乾潭镇转了一圈，具体的印象是：乾潭镇是一个比较大的集镇，路面开阔。卫生状况良好。我们冒着小雨走了一大段路，看上去，路面没有一丝泥泞的痕迹。小城镇的规模较大。

虽然是在腊月，但还没有一点儿过年的气息。

乾潭镇家纺行业起步较早，历史悠久，浙江省家纺市场上第一条绣花被套、第一批绗缝床罩都出自这里。至2007年3月，已有私营家纺企业310家（规模企业56家，其中亿元产值以上企业5家。2007年3月中国纺织工业协会以中纺协〔2007〕9号文发布了"关于确定第六批纺织产业基地市（县）特色城（镇）产业集群试点单位的决定"，列入试点单位共有20个市（县）区（镇）。建德市乾潭镇被命名为"中国家纺寝具名镇"。

乾潭镇最有名的旅游点，那要数七里泷了。

七里泷，我12岁时就知道这个名字。因为那时跟着父亲去桐庐的芦茨而从女埠坐船到过七里泷。因而对七里泷有着深刻的印象。

七里泷优美的风光和丰富的人文遗迹，吸引了南北朝、唐朝和以后各代的许多著名的文人墨客前来游历，留下了众多脍炙人口的壮丽诗篇和历史画卷。光唐朝就有126名诗人写下了500多首诗篇。七里泷不仅仅是一条山水长廊，而且是一条历史长廊和文化长廊。该水路现又成为"浙西唐诗之路"。历代诗人在此留下许多名篇、名句。

如："石浅水潺，日落山照曜"（南北朝·谢灵运）、"千仞写乔木、百丈见游鳞"（南北朝·沈约）、"起坐鱼鸟间，动摇山水影"（唐·崔颢）、"七里峡天远，千重元水寒"（宋·梅尧臣）、"鸟声青嶂里，人溶翠微中"（元·鲜于枢）、"洲前风度千帆影，谷中春藏万树花"（明·董其昌）、"名山蜿蜒势犹龙，兰若高临远近峰"（清·戴廷槐）等。这些诗篇，纵贯历代，既是乾潭山水的真实写照，也是美妙的旅游吸引物。此外，元代黄公望、明代唐伯虎等众多画家以山水为蓝本，创作了许多中国画，其中黄公望的《富春山居图》被誉为"国宝"。

如今，想起七里泷那美丽的风光来，也觉得记忆犹新。更让我流连忘返。

龙游社阳：崭新的印象

2021年1月31日，也就是农历腊月十九日，我们在到上阳回湖镇的路上，路过社阳。

社阳是一个乡政府所在地。社阳乡地属浙江省衢州市，位于浙西龙游县东南山区，东连金华市，南接遂昌县，西邻龙游县罗家乡，北交湖镇镇，地盘呈南北狭长半封闭状。因当地生态环境佳，污染少，水质好，1996年被龙游县政府确定为城区饮用水源保护区。

来到社阳，就被眼前的美景深深吸引。

社阳的水清清的，社阳溪两边溪岸做有绿道。桥上挂有名人事迹和中药文化。

走过社阳桥，对面画有1957年做水库的场景画，十分生动。社阳村在新农村建设中植入生态、健康、中草药、水文化等元素，实现了村庄硬件、软件设施的"双跨越"。

走进社阳村，放眼望去，集镇街道上的交通安全有序，农家小院干净整洁，家家户户门前独具特色的"一米药园"更是让人耳目一新。社阳溪边的游步道经过改造提升后，如今已成了村里的"网红景点"，溪边的大樟树、社阳港桥更是村民们休息纳凉的好去处。

村庄环境好,百姓乐开怀。当前,在深度融合了中草药产业文化的社阳村,正努力打造社阳溪滨水绿化景观风貌,助推乡村旅游发展。

走进建德章家

章家村是兰溪的隔壁,这个村是与兰溪女埠花塘后郑村交界,我们经常从章家村路过到大洋及梅城等地。

这次去章家,是从大洋镇里黄村回来的路上,特地将车开进村子里去,看看这个中国传统村落的古建筑。

我与黄飞军、洪松茂、王建光一道来到章家村。我与洪松茂、王建光一道观看了章家村的古建筑。

几年前,章家村成为建南村,这个新生的行政村名,因地处老建德的最南端而得名。这里南与兰溪接壤,东临兰江,是过去沿兰江进入建德的门户。

在改名建南之前,这里叫章家。五百多年前,也就是明正德年间(1506—1521),有章氏从兰溪女埠渡渎村迁到这里,后繁衍成村,故名章家。

章家是章懋的后裔,章氏祖先为福建浦城的章仔钧与练氏夫人。唐天佑年间(904—907),章仔钧撰"时论三策"献给闽王王审知,得到王的赏识,任为西北行营招讨使,配给步兵5000人,屯守浦城西岩山。有一次,唐将卢某托言借路经过山下,到时却忽然擂鼓攻打营垒,包围营盘。章派边镐、王建封两名校兵往建州求援,两校兵因雨延误时间,按军法应当处斩。练夫人出面劝阻说:"形势危急,正是用人之时,怎好杀壮士?"于是,仔钧释放了两名校兵。后来,边镐和王建封投靠南唐。

南唐保大一年(943年),闽国王延政在建州称帝,国号殷。次年,福州朱文进杀王延曦,自立为闽王。不久,王氏旧部又杀朱文进,迎王延政入福州为闽王,改殷国为闽国,国都仍设在建州。此时南唐乘王延政入福州之机,派兵进攻建州。以大将查文微为元帅,命王建封为先锋、边镐接应,并下令城破之日要将建州百姓杀尽。王、边二将听说章仔钧死后、练氏夫人迁居建州。此时建州危在旦夕,当设法保全昔日恩人生命财产安全。遂备金银财帛、解甲步行到练氏夫人家拜谢,并授白旗告夫人曰:"吾辈曾蒙夫人恩泽,岂敢忘报。现唐兵将屠灭建州百姓,请植旗于门为号,当保全之。"夫人尽还金帛和白旗曰:"建州城中居民六七万人,只有极少数是你们的敌人,君等若记旧德,望保全此城。若必屠杀,则我家愿与城俱亡,不愿独生。"二将闻言,深受感动,遂令收回白旗,并告全城居民以植杨柳为记,当可保全。夫人令子孙家人连夜遍告州民。第二天,南唐大军进城,家家门前遍插杨柳,兵卒均不敢犯。结果只杀了36个将士,并在城外大州放了一把火,报称"火烧一大州,杀了36条街人"。全城百姓安然无恙。建州人民感念练氏夫人救全城大德,在夫人辞世后,破城治不许建墓禁例,将练氏夫人墓建于州署后衙(今工人文化宫前),并题碑曰"全城众母"。每年清明节家家户户门前遍插杨柳,以志纪念,至今千年,不少人仍保留这一习俗。

自渡渎村迁徙到了章家也出了一个有名的人物叫章燮。

章燮(1783—1852),字象德,号云仙。浙江严州府人(今浙江建德市大洋镇章家村人,章家村为兰溪渡渎章氏一脉后裔),生于乾隆四十八年,逝于咸丰二年。享年70岁。工吟咏,诗有唐人气质,为时人所钦佩,每天以教子弟为乐,蒙其教诲者如坐春风。教课之余，注疏蘅塘退士孙洙所编《唐诗三百首》。在原有注解、旁批之外，广征博引，源流分明，兼及诸家诗话，内容相当周备。且能注意辞义贯串，深入浅出，简要不烦，颇有特色，堪称唐诗注本中最详尽、最严谨的版本。《唐诗三百首》章燮注疏本自道光十四年（1834年）秋季刊印以来，广为流传，遍及全国。新中国成立以来，浙江就已三印其书，约五十万册。除此之外，尚著有《古唐诗精选注》《诗话合选》《针灸揭要》《高林别墅诗集》等著作，惜遗佚无苞流传。

走进章燮书院大门，迎面是一副对联："章氏一脉传千载，渡渎支派庆万年"。两旁挂着"文章紫殿无双客，富贵王朝第一家"牌匾，此乃宋仁宗《御赐郇国公章得象诗》对他的最高评价：

阆苑仙翁福寿遐，
孙登龙首戴宫花。
文章紫殿无双客，
富贵皇朝第一家。
三代姓名喧上国，
七闽声誉冠中华。
凤凰池上标余庆，
他日新堤又筑沙。

两侧青石梁柱上刻有章燮书"宜尔子孙出孝入悌，率乃祖考正德厚生"，表明章氏子孙不忘初心，谨记崇文重儒、耕读传家之儒雅家风。也是建德市三河小学国学教育基地。

现在，村里还完整地保存着章燮故居，这是一座徽派建筑。章燮故居位于建德市章家村，坐北朝南，建于清嘉庆三年

（1798年）戊午仲冬月，主体建筑面积约有300平方米，三进三开间，前厅后堂，主体建筑40根柱子，其中前进天井旁有方形石柱子4根，且刻有楹联，道是：

"创业维艰祖父备当辛苦，
守成不易子孙宜戒奢华"。
嘉庆三年戊午仲冬月勿斋世经

大门外的两根石柱上是章燮亲撰的对联：
宜尔子孙出孝入悌，
率乃祖考正德厚生。

"道德繁身心不必论穷通二字，
馨香格天地却当求孝悌两端"。
嘉庆三年戊午仲冬月林科峰题

前厅二进为单层大厅，天井一个，后堂为三间二搭厢二层楼房；前厅左右有二道侧门可通东西厢房，两厢房均为三间二搭厢二层楼房，建有"吸壁天井"和用青石铺砌的大鱼池，鱼池既可养鱼观赏，又可以防火。

至于在章家章燮能够建造这样豪华的宅第，有两种说法：

章燮饱读诗书，才华富赡，一时盛名远播，慕名而来拜访投师者摩肩接踵。章燮广为收徒，倾囊相授，经年之后积蓄可观。接着大兴营造，才有了我们今天在章家村看到的章氏老宅。

还有一种说法是：

元明之际的刘基、宋濂和高启，并称明初文学三大家，更是朱元璋的军师，神机难测，名动天下。据传他曾带兵路经三河章家村。今天兰江大洋段江岸的一块巨大岩壁上有摩崖石刻"石壁"二字，据说就是刘基手迹。坊间传闻，刘基在章家村秘密埋藏了大量财宝，后被章燮意外获得。

依我之见，第一种说法的可能性较大。

如今，建南村美丽乡村建设搞得有声有色。不久的将来，建南村将是一个旅游村。

走访青田"联合国村"

2020年,刚过暑假的一个周末,我女儿刘黎霞去温州商学院工作。这是女儿人生道路上的一个重要的起点。于是,我们夫妻俩就准备送她去温州。

去温州要经过青田,我没有去过青田,但青田有我的亲戚、长辈与同学。朱寿坤是我的亲戚,我曾在朱家高中读过半年书,那时候,就是跟朱寿坤同一个班,而且,他是我的长辈,论起来是我父亲的姑妈的儿子,应该叫他表叔,他大我1岁。我在朱家读书时,就住在他家,与他同床同被子。可以说,我这个表叔是我孩提时的同伴、同学和挚友。后来,表叔考上了丽水师范学院,毕业分配在青田的船寮中学,之后调到青田中学。他在青田将近40年,可我却没有去过一趟。这次偶然遇到女儿到温州工作,我就想起我的同伴朱寿坤。我打电话和他约定时间、地点。

我妻子驱车来到青田,来到了他们家的住楼下。我的表叔全家人一起接待我们一家,甭提有多高兴。我的长辈表叔、表婶,还有我不认识的表弟与表弟妇,还有表侄儿,欣喜之情胜于言表。

于是,我表叔一家就把我们带到了一个叫"联合国村"的地方。

我好奇地问表叔:"为什么叫联合国村呀?"

表叔说:"你看,这里家家户户的屋顶上、门前,都插着不同国家的旗杆。"

我问:"为什么这样插呢?"

表叔说:"是这样的,他们村大多侨居在国外,如果这家是西班牙的,那家的屋顶上就插着西班牙的国旗。如果这家侨居比利时的,那这家屋顶或门前就插着比利时的国旗。"

"哦,我明白了。原来村民楼房外飘着的各国国旗,代表着家庭成员所在的国家。"

这个村就是青田龙现村。村庄道路两旁各国国旗招展,宗祠和教堂同处一地,融贯中西风情。浙江青田龙现村常被外人称为"联合国村",而对于从此地出发,旅外千里的华侨而言,此处更珍藏着他们心中的一片"桑梓情深"。

龙现村现有户籍人口 1500 多人,其中华侨 800 多位,还有 2000 多名华侨华人未在册,村人侨居世界 50 多个国家和地区。我们随意在村中走走,一户人家同时升起四五面异国国旗的情景,并不少见。

龙现村几乎每户人家墙上都会贴有一块"华侨之家"的牌子,上面写有该户人家出国人员的姓名、侨居国家、出国时间、从事行业的信息。

龙现人"出洋闯世界"的历史,最早可追溯至 1905 年——当时,吴乾奎等人将青田当地的石雕和绿茶带到了比利时布鲁塞尔和美国旧金山等地。经商期间,吴乾奎还被比利时国王授予银质勋章。

我们走遍了整个村庄,村庄沿着山势,房屋一座高过一座,从远处看,好像一座布达拉宫。

表叔指着村边的稻田说:"这里的人喜欢种稻谷,你看,他们这里是边种稻谷，边养鱼的，而且养的鱼是红鲤鱼呢！"

我说："那么多的红鲤鱼，在我们兰溪，是不吃红鲤鱼的。"

表叔说："这里的红鲤鱼是每家农家乐所具备的特色小吃，等下你们尝尝。"

我们走进一座中西合璧的餐馆，吃到了红鲤鱼，味道真的不错。

表叔说："我们到龙现村来，红鲤鱼是必点的菜。"

2005年，龙现村因"稻鱼共生系统"获得联合国"全球重要农业文化遗产"认证。村里300亩稻田至今仍耕用不辍。值得一提的是，村民中有位旅外十几年的老华侨，近些年归乡后竟褪下锦衣名表，撒播下了80斤水稻种子，握起锄头辛勤耕耘。

我们还参观了钱币展览馆，展示着各国的钱币。

一个小小的村落，蕴藏着整个世界。

走进龙游泽随古村

泽随古村，距龙游县城 20 公里，距今 720 年左右，是一个古老而美丽的古村落。2012 年 5 月已被列入浙江省历史文化名村，2013 年被列入中国传统村落。

2022 年 7 月 14 日上午，我受浙江师范大学行知学院学生吴新怡等学生的邀请，一起到龙游泽随古村进行调研考察。

这天，朝阳似火，太阳火辣辣地炙烤着大地。早上 8 时，吴新怡由她的爸爸开车从义乌城里赶来。到兰溪出口处已经是 9 点 10 分左右。我在太阳底下一个没有遮阴的高速公路进口处等车。

隔会儿，行知学院的同学打的来到沈村，我们一行四人，便随着吴新怡的父亲的车一路来到龙游泽随古村，到了泽随古村已经是上午 10 点半。

泽随村的书记热情地接待了我们，给我们介绍了村里的发展前景、今后的发展方向。然后由村里的女干部陪同我们对泽随古村进行全面的考察。

在泽随古村村口，映入眼帘的是两口相连的池塘。这两口池塘，对于当地人来说，叫上下湖，也叫上下塘。这下塘，像个鱼儿的形状，与塘岸上的鱼儿形状，形成一个阴阳八卦图。这与兰溪诸葛八卦村的八卦十分相似。

从远处看,泽随古村背靠一座山,十分有气势。我们问村中人,他们说,这座山叫珠峰山,将泽随古村团团围住,泽随古村就围护在这三面环山的一个燕窝形之中。北面有大乘山和真武山,两座山上分别有一支水源流向泽随村,两支水流环绕村落一直向南汇入衢江,溪流和村里的珠峰山被称为"双龙戏珠"。

在外面,我们看到的是一个小集镇的缩影,两排新建的房屋大约有1华里路那么长。可见,泽随村近几年来的繁华。

从上下塘走进村子,那些古村风貌才显山露水,让我为之赞叹。我才真的发现这古村落的大,一般情况下,我见到过的古村落中,有国家级重点文物保护单位的芝堰村、诸葛村、长乐村,这些村中的古建筑体量最多的才有70处左右。而泽随村,它是浙江省文物保护古建筑群,它的体量就达159座,其中明代建筑22座。还有古井6口,可见,泽随村古建筑的分量了,其建筑结构大多以清代建筑居多。

我们穿梭于泽随村的一个个小巷里,感受着徽派古建筑的韵味,这白墙、黑瓦、马头墙,深深烙在我的脑海里,让我们真正感受着泽随古村古巷道的一份宁静、古朴和悠远。

我们缓步移行在衢州学院的思政实践教学基地、乡村振兴综合体、儿童之家、中国榫卯文化馆、泽随民俗展览馆、泽随文化礼堂,被里面的民俗文化、书画文化等深深吸引。让我感到耳目一新的是泽随古村的三雕:木雕、砖雕与石雕。可谓三雕齐全,精美绝伦。

泽随木雕所展示的古代榫卯的应用,桌子、椅子与门窗上的雕刻,更为显眼的是古代古床的雕刻,栩栩如生,姿态各异,甚至多达五六个层次,极具立体感。雕刻的内容包括人物、动物、花卉、亭台楼阁、地方戏曲。砖雕、石雕也是泽随古村中可以遇见的传统装饰。比起现在过度商业化和人潮拥挤的古镇古村,泽随显得寂寥很多。池塘倒映着白墙黛瓦马头檐，仿若一幅岁月静好的江南水墨画，简单的黑与白，正是这个淡泊宁静的古村最动人的色彩。泽随村的非物质文化也大多表现在木雕、砖雕、石雕上。

走进泽随文化礼堂，我们才真正知道泽随村的大姓为"徐"。因此了解到泽随村是徐偃王的后裔，是元朝仁宗、英宗皇帝时期迁入的。据龙游县志记载，泽随第一世祖徐文宁，性嗜山水，相阴阳，善观流泉，于元大德甲子年（1294年）从峡口后山迁居本村，距今有720余年历史。

听村书记介绍，泽随村的美食也有许多，比如：泽随汤团、泽随印馃、泽随粽子等应时美食，还有龙游发糕、龙游荞麦烧、龙游黄酒等等，在当地较有名气。

书画艺术也是泽随响当当的名号，泽随为浙江省书法村。在泽随村文化礼堂二楼的书画室，我们遇到了书法老人李华明。李华明老师热情地介绍墙上陈列的村民书法作品。李华明退休前在中国农业银行龙游县支行工作，是个土生土长的泽随村人。2019年，为了照顾90多岁的老母亲，他搬到了泽随居住。随后，我们与李华明老师合照留念并互加微信。

泽随古村如敞开的胸怀去接纳外来的游客，泽随古村会越来越美，越来越兴盛发达。

祖国情深

第四辑

参观扬州渔村沿湖村

扬州市邗江区方巷镇沿湖村是个闻名中外的渔村。这个渔村位于扬州城外、京杭大运河畔，这里有个千年邵伯湖；渔民世代漂泊湖中靠渔吃鱼，百年来相继聚居在沿湖村；随着2018年英国《卫报》的报道，这个中国最美渔村——沿湖村走红网络！而渔村中的"船的家"渔文化民宿，更是全村的"网红"。

2021年5月的一天，我们随着大巴来到沿湖村，正好有黑龙江的团队来沿湖村参观。

我们主要参观了沿湖渔村的图书馆与渔文化博物馆。

作为国家一级公共图书馆——扬州图书馆分馆，沿湖村的渔家书房，除了提供200平方米的阅读场地、5000册图书外，还集美食、渔技等特色渔家文化于一体；在装饰上较大程度地保留了渔家特色，有渔船、渔网等展现渔家文化技艺的物件。

书房分为公共阅读区及开放式阅读茶座区，船型吊灯、斗笠、船木桌凳、渔网等渔村元素，随处可见。渔村之夜静谧安详，书房优雅古朴，极具书香气息。这样的环境下，你是不是会惊叹，不逊于那些城市里的网红书店。

参观完图书馆，我们来到了渔文化博物馆。渔文化博物馆建筑面积逾3000平方米，占地面积约百亩，除了场馆外，绝大部分是水域面积,这是扬州唯一的"渔文化博物馆",用实物和图片展示了邵伯湖渔业的起源和演变。渔文化博物馆通过文字、图片、音像、漫画等形式多方位地展示了沿湖人文风俗、船俗文化。

随着越来越多渔民陆上定居,一些传统渔具也退出历史舞台,濒临失传,因此渔文化博物馆内也展出了渔民渔具、用具,系统介绍邵伯湖渔文化发展史,展出了提罾、齿罩、花罩等各种渔具,以及水桶、水瓢、马灯、罩灯等生活用品,还有古近代渔民传统捕鱼方式的介绍。

邵伯湖畔沿湖村以渔文化为根,做好水文章,唱响渔光曲,走出一条特色乡村振兴之路。

扬州东关街漫记

早在读小学时，就读到过李白的一首诗《送孟浩然之广陵》：

故人西辞黄鹤楼，烟花三月下扬州。
孤帆远影碧空尽，唯见长江天际流。

这首脍炙人口的诗，使我时时都想去扬州一趟。

扬州，古称广陵、江都、维扬，建城史可上溯至公元前486年，扬州历史悠久，文化璀璨，商业昌盛，人杰地灵。地处江苏省中部，长江与京杭大运河交汇处，是南京都市圈紧密圈城市和长三角城市群城市，国家重点工程南水北调东线水源地。有着"淮左名都，竹西佳处"之称；又有着中国运河第一城的美誉，也是中国首批历史文化名城。

在中国历史上，扬州因其独特的地理位置和优越的自然环境，自汉至清几乎经历了通史式的繁荣，并伴随着文化的兴盛。具体而言，扬州在经济上曾有过三次鼎盛，第一次是在西汉中叶；第二次是在隋唐到赵宋时期；第三次是在明清时期。总体上，扬州城市的繁荣总是和整个国家的盛世重合。隋唐、明清时期的扬州财富、资本的高度集中，是整个中国乃至东亚地区资本最为集中的地区，规模最大的金融中心，其繁荣程度如同当今世界之伦敦、香港。

这次，金华市社区教育高级研修班在扬州市维也纳大酒店力宝店举办。正是这次研修班，遂了我到扬州游一游的愿望。

未到扬州，还在高铁上，家住扬州现在盐城的好友赵赛平就发微信说，如果晚上有时间，就到东关街去玩玩。

我们学校一行6人来到扬州，住好了宾馆，吃了晚饭，就准备到东关街去玩。

于是，我们学校与金东区参加会议的6人，一起共12人，租了3辆滴滴车，驱车来到东关街的东门。

晚上的东关街可真热闹，到处都是游客，有许多旅游团在导游的带队下，穿行于古街东关街之上。

东关街是扬州城里最具有代表性的一条历史老街。它东至古运河边，西至国庆路，全长1122米。东关街以前不仅是扬州水陆交通要道，而且是商业、手工业和宗教文化中心。

街面上市井繁华、商家林立，行当俱全，生意兴隆。陆陈行、油米坊、鲜鱼行、八鲜行、瓜果行、竹木行近百家之多。东关街上的"老字号"商家就有开业于1817年的四美酱园、1830年的谢馥春香粉店、1862年的潘广和五金店、1901年的夏广盛豆腐店、1909年的陈同兴鞋子店、1912年的乾大昌纸店、1923年的震泰昌香粉店、1936年的张洪兴当铺、1938年的庆丰茶食店、1940年的四流春茶社、1941年的协丰南货店、1945年的凌大兴茶食店、1946年的富记当铺，此外还有周广兴帽子店、恒茂油麻店、顺泰南货店、恒泰祥颜色店、朱德记面粉店等。东关街是扬州手工业的集中地，前店后坊的连家店遍及全街，如樊顺兴伞店、曹顺兴箩匾老铺、孙铸臣漆器作坊、源泰祥糖坊、孙记玉器作坊、董厚和袜厂等。和东关街紧紧相连的是东圈门的古街区。

两条街现已结合起来共同规划、整治、开发，这里除有老字号店铺外，还集中了众多古迹文物：有逸圃、汪氏小苑，全国重点文物保护单位个园，还有扬州较早创办的广陵书院、安定书院、仪董学堂，和明代的武当行宫、明代的准提寺等。

我们穿行于古街之上，街上的美景、美食，让我们陶醉。

这古街，有着它独特的韵味。它比我们兰溪附近的梅城、比嘉兴的西塘、比杭州的塘栖更有特色。古街开阔，街道悠长，由于在古运河边上，更加显示出东关街的魅力和神韵。

扬州河虾、扬州炒饭等等小吃最为有名。

扬州炒饭是人们最爱吃的了。

扬州炒饭又名扬州蛋炒饭，是江苏省扬州市的一道传统名菜，属于淮扬菜，其主要食材有米饭、火腿、鸡蛋、虾仁等。

扬州炒饭选料严谨、制作精细、加工讲究，而且注重配色。炒制完成后，颗粒分明、粒粒松散、软硬有度、色彩调和、光泽饱满、配料多样、鲜嫩滑爽、香糯可口。

扬州炒饭有其历史故事：

据说，隋炀帝巡游江都（今扬州）时，把他喜欢吃的"碎金饭"（鸡蛋炒饭）传入扬州；也有学者认为，扬州炒饭原本出自民间老百姓之手。

据考，早在春秋时期，航行在扬州古运河邗沟上的船民，就开始食用鸡蛋炒饭。旧时扬州，午饭如有剩饭，到做晚饭时，打一两个鸡蛋，加上葱花等调味品，和剩饭炒一炒，做成蛋炒饭。

明代，扬州民间厨师在炒饭中增加配料，形成了扬州炒饭的雏形。

清嘉庆年间，扬州太守伊秉绶开始在葱油蛋炒饭的基础上，加入虾仁、瘦肉丁、火腿等，逐渐演变成多品种的什锦蛋炒饭，其味道更加鲜美。

随后，通过赴海外经商谋生的华人，特别是扬州厨师，把扬州炒饭传遍世界各地。

到了晚上十时许，我们来到一家小吃店，大家都开始吃夜宵，主要吃龙虾。

大家端起啤酒喝了起来，喝得真欢。

翌日下午，我和张赛良一起重游东关街。白天的东关街也和晚上一样，到处是熙熙攘攘的人群，证实了扬州的游客之多。扬州不愧为中国大运河之都，不愧为古建筑之都。

夜晚驱车邵伯镇吃龙虾

我们在扬州学习的第二天晚上，与金东区的教师共 12 人，从下榻的维也纳力宝店走路去了扬州的运河三湾风景区。后来有人建议到一个龙虾小镇去吃龙虾。

时间大约在八点半，我们 12 人拼了 3 趟滴滴车，从三湾公园去江都市邵伯龙虾小镇足足用了 45 分钟。

来到周锋龙虾店门口，这是事先打电话预约的。看到邵伯镇上的龙虾店生意并不怎么好，街上没有多少行人。

周锋龙虾店里来客也不多。店主见我们是从浙江来的，叫我们点上了菜。来吃龙虾的，自然点龙虾多一点，12 个人点了 3 盘龙虾。

这里的龙虾可真贵，一盘龙虾要价 200 元。只不过，这里的龙虾是大头的，比较壮。邵伯湖龙虾从外形看，壳是青中带红，肚皮发白，个头大而饱满，不仅干净卫生，味道又是那么鲜美，与内河沟塘龙虾大不相同。比起扬州城里的，其实味道是差不多的。

邵伯镇有一条美食街，是专门供游客来吃龙虾的。在这里专门经营邵伯龙虾的菜馆有数十家，每天中午以后，这里车水马龙，数以百计的车辆堵塞了街道，这些车辆都是从全国各地、不远千里特地赶来的,他们的目的只有一个,吃邵伯龙虾。

待我们吃好龙虾,驱车来到住宿的旅馆时,行程又是足足45分钟,时间已经将到深夜12点了。

回家翻阅一下网络,我再详细了解一下邵伯镇的情况,才知邵伯镇是个古镇,古镇邵伯,南北航孔道,商铺鳞次栉比,是京杭运河闻名遐迩的繁华商埠。隋炀帝、乾隆、谢安、董恂、孙觉、苏轼等名人墨客都曾在此留下足迹和诗篇。至今留有甘棠庙、斗野亭、云川阁、大码头、大王庙、石板街、历史文化遗迹和朴实的民俗文化。

邵伯镇有个邵伯湖相当有名,是出产邵伯龙虾的。邵伯湖位于运河西侧,湖区面积14.7万亩,湖水清澈,水草丰美,盛产龙虾。

自然优美的邵伯湖景色,是一道亮丽的风景线,临湖远眺、烟渡漂涉、泛舟水上、垂钓湖畔、吃湖鲜、观民舞、听民歌、赏民乐置身大自然中。船闸景色、油田风光、家禽观赏等特色,能增加更多的知识和乐趣。

夜游扬州三湾公园

我们在扬州学习的第二天晚上,与金东区的教师共12人,从下榻的维也纳力宝店走路去了扬州的运河三湾风景区。

三湾公园,是扬州瘦西湖外又一处不可多得的风景。初夏的夜晚,凉风习习,我走进了这神秘的令人神往的地方。

大运河自北而南,经过扬州时,由于扬州地势北高南低,下游蓄水困难,影响航运,所以沿城运河弯道很多,以延缓水势。东南面一个直角形的大弯子叫大水湾,尔后又有宝塔湾、新河湾与三湾子等,那三湾子更是就地兜了个大圈子,颇具鬼斧神工之趣。老百姓习惯于把宝塔湾以南的几个水湾统称为"三湾"。

我们沿路走着,前面一座巨大的拱形桥就是著名的剪影桥。

剪影桥是一座跨古运河景观桥,在大自然中,这无疑是非物质文化遗产扬州剪纸艺术的传承、展示与弘扬,更是现代建筑设计师别出心裁的创举。我们走近,雨中观摩着全长168米,其中主桥长120米、宽20米的大桥,它红色剪纸艺术透空的逼真形象,豪放大气的风格,仿佛让我们一步跨进魔幻世界。而走向凌波桥,从名字似乎感觉进入金庸小说中凌波微步的错觉,不免产生联想,有置身江湖的豪放。可就桥的形态看,它下沉系杆拱的造型,全长223米,其中主桥长148米、宽16米的结构,更像大运河的灵动之水，波涛滚滚，朝气蓬勃，生生不息。

凌波桥全长223米，宽16米，桥体采用现代工艺设计。凌波桥桥身上建有两座巨型拱顶，仿佛是一条白色巨龙横卧在水面上，又好像是古代的白衣仙女在轻舞，既具有现代桥梁的大气和庄重，又不失古韵和柔美。和精巧秀气的剪影桥相比，凌波桥着重突出现代、时尚的特色。

凌波桥通体洁白，与剪影桥的通红，一南一北、一红一白遥相辉映。这里就是运河三湾的第三湾，是古运河水与长江水交汇之处。

夜游三湾公园，路上的灯火阑珊，只有凌波桥的凌凌灯光围绕着桥体散发出皎洁而美妙的亮光，让人回味无穷。

游览瓜洲古渡公园

自小学时就学到宋代王安石写的《泊船瓜洲》一诗：

京口瓜洲一水间，钟山只隔数重山。
春风又绿江南岸，明月何时照我还。

京口和瓜洲之间只隔着一条长江，钟山就隐没在几座山峦的后面。和煦的春风又吹绿了大江南岸，明月什么时候才能照着我回到钟山下的家里。

这是一首著名的抒情小诗，抒发了诗人眺望江南、思念家乡的深切感情。本诗从字面上看，是流露着对故乡的怀念之情，大有急欲飞舟渡江回家和亲人团聚的愿望。其实，在字里行间也寓示着他重返政治舞台、推行新政的强烈欲望。

《泊船瓜洲》一诗，到现在我还记忆犹新，也会朗诵这篇诗文。自小学起，我都有一种想法，有机会的话，一定到瓜洲去玩玩。

机会来之不易。我都快退休的人，能够参加金华市社区教育高级培训班，这是学院给我的机会，十分难得，十分珍贵。

2021年5月19日，培训班来到瓜洲考察，由瓜洲镇成人文化技术学校的负责人领队做导游,他讲得十分细致而又熟悉。瓜洲古渡的人文典故,他深藏于心,讲起来朗朗上口,滔滔不绝。

走进瓜洲古渡公园,总觉得有一种深厚的历史感。

据领队介绍:瓜洲古渡风景区,位于江苏省扬州市古运河下游与长江交汇处,距历史文化名城扬州市中心15千米,润扬公路大桥、镇扬汽渡、扬州港与其毗邻相接,镇江金山寺与园区隔江相对。"泗水流,汴水流,流到瓜洲古渡头。"

《嘉庆瓜洲志》上说:"瓜洲虽弹丸,然瞰京口,接建康,际瓜洲古渡风景区沧海,襟大江,实七省咽喉,全扬保障也。且每岁漕舟数百万,浮江而至,百州贸易迁徙之人,往返络绎,必停于是,其为南北之利,讵可忽哉?"瓜洲之形成最早是在汉代,在江中涨有沙碛,形如瓜,故曰瓜洲,对面与镇江相望。据《名胜志》载:"瓜洲昔为瓜洲村,扬子江之沙碛也,或称瓜埠洲,亦称瓜洲步,沙渐长,连接扬州郡城,自开元(713—741年)后遂为南北襟喉之处,及唐末渐有城垒,宋乾道四年(1168年)始筑城,号籭箕城。"后来的瓜洲城是明嘉靖三十五年(1556年)为防御倭寇而筑的。

到清代初叶,由于运河漕运发达,瓜洲更显繁盛,康熙、乾隆二帝数次"南巡",都巡游过瓜洲。后因长江水道变化,逐年坍江,于光绪二十一年(1895年)瓜洲全城沦于江中。今日瓜洲镇是后来重建的,镇域面积约27平方公里,1964年建镇至今。

杜十娘怒沉百宝箱的故事就发生在这里。名妓杜十娘久有"从良"之志,经过长期考验和寻觅,她选择了李甲,且欲将终身托付于他,因而让李甲四处借高利贷,又拿出自己私蓄的银两。投奔他人"从良"是杜十娘意识中重新做人的必由之路,她也终于完成自己"从良"的心愿。同时姐妹们听说她顾从李甲离开妓院，大家都是纷纷相送，并以资相助为盘缠将百宝箱还给于杜十娘。在途中，一富家公子偶然目睹杜十娘美貌，心生贪慕，就乘与李甲饮酒之机，巧言离开，诱惑并使李甲以千金银两之价把杜十娘卖给了他，杜十娘明知自己被卖弄，万念俱灰。她假装同意他们的交易，却在正式交易之际当众打开百宝箱，怒斥奸人和负心汉，抱箱投江而死。

现在，为纪念杜十娘怒沉百宝箱而建的"沉箱亭"，静静立于古渡景区的江边。八根廊柱撑起八角形的飞檐穹顶，亭内立着一块石碑，上书"沉箱亭"几字，石碑的背面记述着杜十娘投江的故事概况。

瓜洲古渡最壮怀的事件应数唐代高僧鉴真东渡日本的起航，是个历史的真事。鉴真，俗姓淳于，扬州人，日本常称之为"过海大师""唐大和尚"。公元742年，日本留学僧荣睿、普照到达扬州，恳请鉴真东渡日本传授"真正的"佛教，为日本信徒受戒。当时，大明寺众僧"默然无应"，唯有鉴真表示"是为法事也，何惜身命"，遂决意东渡。此后历尽千辛万苦，不辱使命，先后6次东渡，终于在754年到达日本。他带去了大量书籍文物，辛勤不懈地传播唐朝多方面的文化成就，极大意义地促进了中日文化的交流与发展。

瓜洲古渡口的开通，最早从魏晋、隋唐时期，一直延续到清朝末年。在这长达千年的时间里，瓜洲不仅是重要的渡口，而且还是水陆驿站。宋金对峙时，瓜洲还是战争前线，建都巡检营廨，宋军曾在此击败过南侵的金主完颜亮；南宋时开始筑城；明代设置了同知署、工部分司署、管河通判署，城内大型建筑和私宅花园、庵庙、楼、亭、厅、堂等多达数十处；清代设瓜洲巡检司署、操江都御史行台、都督府、提督府等，乾隆二十三年（1758年）将巡视南漕御史置移瓜洲。

公园内设置大量的石碑，雕刻着许多古代的诗文。1700多年来，共有183位文学名家为这个小小的古镇留下了270多首诗词，瓜州成为中国文化史上独一无二的"诗渡"。形成了瓜洲生生不息的"诗渡"文化。

行走江西龙溪

2020年11月27日下午,我利用到衢州召开浙江省儒学学会三届四次代表大会的机会,与我在江山市成家开药店的学生何庆丰联系,来到了江山市石门镇清漾村,我与江山的一位研究姓氏家谱的好友祝为民通了电话,他正在石门镇的郎峰村,要我们去石门镇政府吃中饭。

于是,我们定位到郎峰村,由于方言的原因,我们误认为是南丰村,在地图上搜索,老是搜索不到,虽然近在咫尺,但也找了一段时间。

到了石门镇,和石门镇的书记等一同吃了饭,之后就驱车来到祝为民的老家,祝为民的老家住着年迈的父母,都是90多岁的老人。他老母亲感冒,于是他就把母亲送到村里的医疗站治疗。可见,祝为民老师是一个十分尊敬长辈的人。

江西省上饶市广丰区东阳乡龙溪村是与祝为民老家的村交界的村,道路都由水泥路做成,只能容纳一辆小车行使,在交界点上简单地竖着两个水泥墩子,只能让小车行使。稍大点的车是通行不过的。

龙溪古村位于赣、浙、闽三省交界处,距广丰县城(2015年,撤县为区)30余公里,因有龙溪水而得名。《须江郎峰祝氏世谱》记载：祝氏始祖于元末明初，从浙江省江山市江郎山迁徙龙溪肇基建村，世称"江郎山发脉"。

龙溪村，地处广丰县管村乡东部，与浙江省江山市卅二都乡和峡口镇接壤，距广丰县城30余公里。登上龙溪寓贤山，鸟瞰全村，龙江宛若一条绿色的飘带，绕村而过。水绕山拥的龙溪村，村巷纵横，井然有序。祝氏宗祠、文昌阁、水仙阁观音殿，错落分布的古建、民居尽收眼底。

来到龙溪村，看上去呈一色的浙江风貌，墙上满是壁画，灯笼高高挂起。来到龙溪祝氏宗祠，你就会觉得，这里，那里，你所见到的祠堂真的要数龙溪的最大。

可以说，我到处看祠堂，总觉得龙溪的体量最大。不论长度、宽度和高度，都比不上龙溪。

龙溪祝氏宗祠，是全国重点文物保护单位，是最典型的龙溪村古建筑群。祝氏是一个多民族、多源流的姓氏群体，在当今姓氏排行榜上名列第一百三十五位，人口一百三十六万六千余，占全国人口总数的0.085%左右。

该祠始建于明成化年间（1465—1487），清康熙、乾隆两朝有三次较大规模的扩建。坐北朝南，占地3.78亩。

大门为平墙门楼，正门顶镶嵌"祝氏宗祠"石刻匾额，大门边各有一只石鼓，门口有6个旗杆墩和2只石狮，沿中轴线自南向北依次分为前厅、中堂、后厅三进，内设戏台、跑马楼、厅堂、厢房、膳房和马厩等，形制系中轴山字形重檐歇山顶式建筑。祠堂前宽约36米，后面略宽于前面，中轴线长约68米，为前窄后宽的布袋形状，寓意聚财发家。

祠堂前面歇山顶式门楼，两边为砖墙。沿门一进，是一座巍峨重檐的倚门戏台，台前有宽敞的前院，两侧厢房为二层木结构的观戏楼、跑马楼，并与戏台相通。戏台约高1.9米，宽8.4米，深 6.3 米，前置一对雕工精致、形象生动的"狮子滚球"，左右各立一根方形石柱，上书"一样楼台，可家可国可天下；几个弟子，能文能武能鬼神"的对联，两边梁柱、雀替上雕刻"狮子吊篮"，张牙舞爪；台中隔板屏风镶嵌戏神"神壁"，造型别致，院中花坛植有古老柏树，与古祠交相辉映。

祠堂面宽七间。祠分三进，中轴线上自南而北依次为一进戏台、二进中厅、三进享堂。戏台面朝中厅，台前有宽敞的前院，两侧厢房为二层结构建筑，跑马楼廊与戏台相通。中厅和享堂均为歇山顶，面阔五间，气势不凡。中厅应是议事、宴飨的厅堂，其与享堂之间是后院，有古树二株，苍老拙朴，郁郁葱葱，为古祠增添几许风韵。

中堂和后厅均面阔五间，歇山式屋顶与戏台相同，为抬梁和穿斗式混合结构，大厅正中高悬"郎峰世家"横匾，供族人祭祀、宴会所用，是全族人婚丧嫁娶的场所。

两侧厢房，称"报功"和"崇德"，为褒彰祀奉乡贤和名宦而置。三进为后院，是褒彰祀奉"乡贤"和"名宦"而设的享堂。则是供奉祖先神位之处。祠侧还有客房、膳堂、马厩等，附属建筑，一应俱全。这是江西省保存最完整的宗祠建筑之一。

更值得一提的是，前院两侧厢房的跑马楼板壁上还绘有许多壁画。内容以忠、孝、节、义的民间故事为主，表达了古人对真、善、美的追求和忠孝治家的企望。这些壁画色彩淡雅、构图严谨、人物生动、线条流畅。

祝氏宗祠注重装饰。雕梁画栋，美轮美奂。藻井开天花、雀替、斗拱饰以朱漆彩绘。四周回廊檐柱的木构件上均采用精细的木雕装饰。雕刻内容有神话人物、松鹤花卉、吉物动物等。形象丰富而特色鲜明，体现了古代民间工匠卓越的技能，艺术价值很高。更值得一提的是，前院两侧厢房的跑马楼板壁上还绘有许多壁画。更值得一提的是，前院两侧厢房的跑马楼板壁上还绘有许多壁画。内容以忠、孝、节、义的民间故事为主，表达了古人对真、善、美的追求和忠孝治家的企望。这些壁画色彩淡雅、构图严谨、人物生动、线条流畅。

整座祠堂外观屋脊高耸，飞檐斗翘，流光溢彩，气势恢宏；屋内回廊檐柱，天花门窗，画栋雕梁，朱漆斗彩；藻井、雀替、斗拱、板壁等木质构件和白粉墙壁上，或雕刻人物生动、线条流畅的八仙济贫、游子报恩、鹿鹤衔草等忠孝节义之传说，或彩绘色彩淡雅、古色古香的匡衡凿壁、车胤映雪、悬梁刺股等耕读传家的故事，或绘有一幅幅鸟语花香、祥禽瑞兽、人物故事的画面。后院"报功"房前有一当年建祠时所植罗汉松，苍老遒劲，形如冠盖。

旧时祝氏宗祠祭祖活动一年两祭，春祭在正月初，冬祭在冬至节。春祭毕，每个男丁可分得两个祠堂饼，如读书有功名，可以多分，以显重科举、奖励读书；冬祭毕，要设酒席宴请族中60岁以上的老人，食毕分祠堂饼时，由年龄最大者率先取饼，能抱多少就算多少，以示敬老尊长、奖励健康高寿。

祠堂的东侧，有建于明成化年间的文昌阁，该阁原为义塾，是祝氏宗祠"重书尚学、耕读为家、赣东北望族"的见证。自古以来，祝氏弟子中产生了进士祝元功、恩进士祝嵩等人，并有七品以上文武官员10多人。新中国成立后，更是人才济济。

龙溪祝氏宗祠建造技艺融汇了皖、浙、闽、赣古建筑优点，是典型的江南大宗祠代表作之一。2008年5月27日江西省人民政府公布了第二批江西省级非物质文化遗产名录，广丰县东阳乡"龙溪祝氏宗祠建造技艺"名列其中。

文昌阁建于清同治七年（1868年），在祝氏宗祠右侧。高12.3米，占地面积475平方米。虽不像祝氏宗祠那般注重装饰，但却有她独特的建筑特色。屋顶为三重檐歇山顶。高耸庄重,古典轩昂。阁内采用柱网架构,四根粗大的中柱,配以金柱、檐柱,形成柱网支撑梁架。这种整体框架结构具备一定柔性,发生地震时,会通过自身框架的弹性变形,分散、抵消地震能量对建筑物的破坏,具有抗震作用。在一定限度内,保障建筑安全。在造型上又能给人一种沉稳、豪放的感觉。

第一层祀奉梓潼帝君像,第二层设至圣神主座,奎星位乎上、司告居其右。阁内置木板楼梯以供登临。倚窗远眺、东望江郎山群峰如画、西眺雨石岩诸似锦、南仰松峰山卓拔云霄、北瞰潭水澄波碧翠。

祝氏宗祠与文昌阁在建筑风格上,设计理念规范,独具一格,错落有序,布局合理,融汇了皖、浙、闽、赣的汉族古建筑风格,经国家文物局、北京大学、同济大学及省、市等单位的专家考察,认为是江南较典型的汉族古建筑。

龙溪村原是以祝氏家族血缘关系聚族而居而形成的,这里的民居颇具特色。多为单层木构架结构,围以马头山墙封火。清一色的青砖灰瓦。单幢建筑的平面序列一般是:入口堂门—天井—厅堂—左右厢房。天井,用于采光、通风、排水。龙溪村民居平面布局紧凑、合理、利用率高。

古建筑群组中各自的格局虽基本统一,但也多变化,充分展现建筑结构的美。龙溪村明代民居的阑额上一般有几组一斗三升斗拱用以支承上部,叫作补间铺作。另外,柱与柱础之间使用肥厚柱质用以防潮。清代民居则未见实例。

另一特色是门罩多以叠涩法造,饰以砖雕石刻、古朴大方。有的则配以木构架,上面盖瓦。门楣以上均嵌有匾额,内容各异,给古村落增添了不少文采。

龙溪村水口石拱桥头有一处标志性建筑——水仙阁观音殿,

歇山顶二重檐楼阁式。村子中心有纪念性建筑"江浙社",因为龙溪祝氏由浙江江郎峰旧宅迁徙而来,这也是龙溪最古老的建筑物之一。加上村口有祝氏宗祠和文昌阁,龙溪村整体布局完善了,公益性建筑功能完备。

龙溪古建筑种类齐全,有祠堂、庙宇、文昌阁、民居、桥梁、凉亭、会址、社屋等。建筑时间从明到清,直至近现代,各个时期都有,全面展示出赣东北区域古代村落建筑的发展轨迹,也反映了祝氏家族几百年来在龙溪这块热土上繁衍生息的发展轨迹。

游览云冈石窟

2019年暑假8月初,我有机会去山西大同市旅游,旅行社安排去游览云冈石窟,驱车前往,不到20分钟就到了位于西郊的武州山北崖。

云冈石窟距离大同市西16公里处,坐落在武州山南麓,武州川的北岸。石窟依山坐北朝南而建。整个石窟可以说是在垂直崖壁上人工凿刻成,东西绵延约一公里。现存大小窟龛254个,主要洞窟45座,造像51000余尊,石窟规模宏大,雕刻艺术精湛,造像艺术丰富,形象生动感人,堪称中国佛教艺术的巅峰之作,代表了5世纪世界雕刻艺术的最高水平。1961年,云冈石窟被国务院公布为全国重点文物保护单位;2001年,被联合国教科文组织列入《世界文化遗产名录》;2007年,成为国家首批5A级旅游景区。

石窟始建于公元4世纪末期,北魏最繁荣时代。石崖从底部到崖顶20—30米左右,整座崖壁浑然一体,属于沉积岩层,质地坚硬,地质纹理清晰,是天然的优质雕刻石材。古人选择这里雕刻佛像,是经过认真考察研究的,它充分说明我们祖先聪明智慧所在。

据文献记载,北魏和平年间(460—465年)由一个著名的和尚昙曜主持，开凿石窟五所，现存云冈第 16 窟至 20 窟，就是当时开凿最早的所谓"昙曜五窟"。其他主要洞窟，也大多完成于北魏太和十八年（494 年）孝文帝迁都洛阳之前。从石窟所保存的纪年铭刻和艺术风格上看，这处宏伟的艺术工程基本上都是北魏的遗物，距今已有 1500 多年的历史。现存洞窟 53 个，石雕造像 51000 余尊。大佛最高者 17 米，最小者仅几厘米。云冈石窟以气势宏伟，内容丰富，雕刻精细著称于世。古代地理学家郦道元这样描述它："凿石开山，因岩结构，真容巨壮，世法所稀，山堂水殿，烟寺相望"。这是当时石窟盛景的真实写照。云冈石窟雕刻在吸收和借鉴印度犍陀罗佛教艺术的同时，有机地融合了中国传统艺术风格，在世界雕塑艺术史上有十分重要的地位。今天，它已成为中外游人倾慕和向往的旅游胜地。云冈石窟是中国三大石窟群之一，也是世界闻名的艺术宝库。经过这么多年的风风雨雨，历史的变迁，中间有地震、火灾且多年没有维护，加上云冈石窟的岩石是沙砾岩，特别容易风化，现在石窟的佛像已经变得斑驳陆离、颜色全无，但佛像的神韵犹存。或许多年以后，这里将一切将不复存在了。

由于我们到达的时间已经是下午 2 时许，天色渐变，光线渐弱。我们跟着导游进入几个大型洞窟中欣赏重点文物。这些石窟内佛像保存得良好。但是，历史悠久，岁月绵长，珍贵的文物渐渐蜕变，色彩脱落，还有有机物的侵蚀，腐化，佛像失去了原来的色彩，肢体残缺不少。从观察角度看，人为破坏现象存在，这与新中国成立前外国文物窃取，文物走私有关。但，文物整体保护上还是不错的。

在我们参观游览过程中，有几个洞窟封闭维护中。

我们的观赏可谓是走马观花。

云冈石窟充满佛的文化韵味，大佛，慈祥端庄，小佛，个个神气十足，佛光普照，呵护着天下苍生……石窟虽然经历岁月的洗礼，可是其艺术魅力没有遗失，处处绽放着那个时代的佛教鼎盛气息和社会政治文化的繁荣昌盛的景象。

中国有许多石窟，但著名的有敦煌石窟、云冈石窟、龙门石窟，还有麦积山石窟，这些宝贵的历史文化遗产，是中华民族的瑰宝，也是世界的宝贵文化遗产之一。透过这些珍贵的文物，我们看到中华民族的文化元素的深厚和悠久的人文历史的渊博所在。

我们伟大的祖国，是世界四大文明古国之一，通过游览观光，汲取历史精华为今用，弘扬光荣传统，再接再厉，创造辉煌。

山西拥有众多的文物古迹，历史渊源深远，文物古迹保存得较完整，这是值得赞扬的。大同市自古以来就是一座文化素质深厚的都市，随着时间的推移，不断壮大，繁荣昌盛。

当我们来到博物馆门前时，博物馆已经下班，天色乌蒙蒙一片，下起了瓢泼大雨来。我们几个人，马上找旅游电瓶车，将我们载到了门口。然后坐上了旅游大巴。

到了大同城区，雨水漫过了道路，洪水沿着路上慢慢流动。据导游说："大同这个地方常年缺水，像这样大的雨是很少见的。你们这次出行，肯定是风调雨顺了。"我们返回到大同市已经是夜幕降临，华灯绽放时，整个城市灯火辉煌……

库布其沙漠景区游乐场

沙漠，主要是指地面完全被沙所覆盖、植物非常稀少、雨水稀少、空气干燥的荒芜地区。沙漠亦作"沙幕"，干旱缺水，植物稀少的地区。沙漠地域大多是沙滩或沙丘，沙下岩石也经常出现。有些沙漠是盐滩，完全没有草木。沙漠一般是风成地貌。沙漠里有时会有可贵的矿床，近代也发现了很多石油储藏。沙漠少有居民，资源开发也比较容易。沙漠气候干燥，它也是考古学家的乐居，可以找到很多人类的文物和更早的化石。

在我看来，库布齐沙漠景区与其说是沙漠，不如说是一个沙漠上的游乐场。

库布齐沙漠的写法很多，有人也写作"库布其"，号称是中国第七大沙漠。"库布其"为蒙古语，意思是弓上的弦。由于它处在黄河下像一根挂在黄河上的弦，因此得名。库布齐沙漠是距北京最近的沙漠。位于鄂尔多斯高原脊线的北部，内蒙古自治区鄂尔多斯市杭锦旗、达拉特旗和准格尔旗的部分地区。西、北、东三面均以黄河为界，地势南部高，北部低。

2019年8月4日，暖洋洋的太阳透过山西旅游大巴的玻璃照在身上，格外舒服。在呼和浩特一家旅馆用过早餐，早上9点，便登上大巴去往库布齐沙漠景区。

来到景区，购了门票，穿上防沙的布靴，排起了进入沙漠公园的长队。

过了好一阵子，好不容易坐上了越野车，一辆车可以坐 8 个人。司机开着车，一个劲地在沙漠的路上直奔，我们一路颠簸。飞快的越野车掀起了阵阵风沙。风很大，差一点把我的帽子吹落，远远望去，北面是无垠的黄沙，沙丘上行走的骆驼群，惊叫着滑沙的人们，奔跑的沙地车，星星点点的人们在沙漠中来回走动着。沙漠观光车是 10 多个人坐在一辆大敞篷车里，由专门的司机驾驶，进入沙漠腹地兜风一圈；沙滩车是游客主驾驶，专门的司机辅助驾驶，开进沙漠腹地兜风一圈；沙漠跑车也是如此。

下了车，我们继续向前走，迎面是一座座沙丘，来到了骑骆驼观光大漠的营地。我们又在门外排队等候。来到驼群，先由三个女的骑上骆驼，我比较胖，就坐在一只高大的骆驼的背上。男士在头里，一共七只骆驼。骆驼由一个牧民牵着，我们骑在骆驼的背上，骆驼踩着沙艰难前行。迎面来了一群由七峰骆驼组成的驼群，要不是骑在驼峰上的花花绿绿的人们，我真把它当作当年丝绸之路上的驼队了，叮叮当当有节奏的驼铃声清脆悦耳。跟着驼队走不多时便到了沙丘的顶端，发现不远处是一片拔地而起的人工建造的海市蜃楼。

沙漠跑车看起来似乎不难驾驭，其实也的确不难驾驭，但很惊险刺激。

走了 200 多米，来到了滑沙的地方。滑沙道在一个长约百多米的沙棉凹槽里，倾斜度足有六十度，坐着滑板飞速滑下的感觉一点都不比坐沙漠跑车差，不过还是各有千秋。还没等喊上两下，几乎是转瞬之间就滑到了沙坡底下。

我怕滑沙子，就徒步从一个沙道上往下小心翼翼地走下去。来到与牦牛合照的地方合了影。

最后,又坐上了越野车,来到了原先进入景区的地方。

我想,不管库布齐沙漠景区有多少个享誉中国的名头,"沙漠游乐场"这个我给它的名头是确确实实的,在这里你可以尽情地放松,游戏,歇斯底里地嚎叫,放纵,没人管你。确实是个做好玩的沙漠景区。

庐山游印象

庐山是国内外久负盛名的旅游和避暑胜地,位于江西省九江市南部,西北濒长江,东南邻鄱阳湖,位置非常优越。

一个暑期,我们来到了庐山,牯岭镇上给我留下的最大印象就是那部天天放的《庐山恋》。

游览庐山,我对庐山的最大印象是:一是苍翠俊秀,二是云雾之多,三是瀑布壮观。

五老峰山岩嶙峋,气势宏伟,在山南谷仰视,只见巨峰如屏,刺破青天,五个"老汉"并列苍穹,俊伟诡特,气象万千。清晨观五老峰,天色蔚蓝,五老峰金光璀璨,秀彩欲飞。只有这时才领略唐代大诗人李白赞美五老峰的:

庐山东南五老峰,青天削出金芙蓉。
九江秀色可揽结,我将此地巢云松。

李白留恋五老峰,后来干脆在五老峰畔的屏风叠筑庐隐居,这就是著名的"太白草堂"。

在庐山大天池西南,有个著名的景点叫龙首崖。龙首崖下临深涧,崖身由两块巨石构成,一块直立,斧削千丈;另一块横卧其上,悬空探出。人临其上,耳边松涛呼啸,山泉轰鸣,足下万丈深渊,真是又令人心惊,又十分壮观,别有一番滋味。龙首崖下有方印石、狮子崖、百丈梯。据导游说,著名的地理学家徐霞客,就是从这条险径登上庐山的。

含鄱口是观赏鄱阳湖的最佳去处。登上"含鄱亭""望鄱亭"或是坐上缆车,只见鄱阳湖烟波浩渺,气吞三吴。

庐山最大的特色要数云雾了。站在庐山上,好像置身于云海雾都之中。在仙人洞、大天池、小天池、含鄱口等处鸟瞰,只见云海无边,翻腾起伏,几座秀峰屹立云海之上,无异万丈瀛洲。

庐山瀑布之多,气势之雄,景色之壮丽。"匡庐瀑布,首推三叠"。我们乘电车来到了三叠泉。三叠泉在五老峰之东的屏风叠下,素来被称为"庐山第一奇观",有"未到三叠泉,不算庐山客"之说。从泉下仰望,巨瀑飞沫,如白鹭千片,上下争飞,又如百幅冰绡,抖腾长空。这天,正值阳光灿烂,瀑布飞珠,映射出七彩飞虹,绚丽无比。由于水势迅猛,迭击坚岩,轰然声如万人擂鼓,对面交谈声不相闻。

庐山素有"磅礴五百里,奇秀甲东南"之称,我们游览了庐山,如置身于这个大自然的杰作之中,久久流连,萦回于脑际。

> 横看成岭侧成峰,远近高低各不同。
> 不识庐山真面目,只缘身在此山中。

这是诗人苏东坡赞颂庐山的诗,到过庐山的人,吟诵此诗更觉庐山之美,这乃是此诗千古传颂之妙处也。

游览香港

到香港去旅游是我盼望已久的事情。因为我在旅游香港之前是从来没有去过的。我是想出去见见世面，开阔开阔我的眼见。

好运的到来，真的不要下本钱。

多年前，兰溪市邮政局的同志来到我在黄店镇政府文化站办公室，说他们局里与兰溪市某家旅行社合作组织村邮站管理人员免费到香港旅游一趟。但需要乡镇街道管理人员做好组织工作。

当时，兰溪市的旅游公司组织全市村邮员有4辆大巴到香港。一行5天，3天去香港，2天去澳门，然后回程。

这是一个春夏之交的季节，不用多穿衣服。只是到香港需要多购物，不能乱丢果皮纸屑，在车上不能吃食物，不能在宾馆里抽烟等规矩。如今想起来，我们也同样做垃圾分类，文明建设如火如荼地展开，只是香港先行了一步。

在香港，我们主要去了三个地方。香港迪士尼乐园、金紫荆广场与黄大仙祠。

到了香港的第二天早晨，我们就来到了香港迪士尼乐园，心里既兴奋又激动。来到迪士尼乐园里面，首先拿了一张乐园的指南地图。导游就说，上午游玩香港迪士尼乐园。12时准时在门口集中。我们按照地图的指示，排了很长时间的队坐上火车。其实，迪士尼乐园都是一些有着国外元素的大型游乐场，分为8个主题园区：美国小镇大街、探险世界、幻想世界、明日世界、灰熊山谷、铁甲奇侠总部、反斗奇兵大本营及迷离庄园。这些都是我们从来没有看到过的。有原野剧场、梦想花园、睡公主城堡、小熊维尼历险之旅等一些说不上名儿来的旅游设施。总体感觉是激动、刺激与充满乐趣。

香港黄大仙祠，对于我们兰溪黄大仙故里的人来说肯定要去走一走。黄大仙是兰溪的名人，他出生于兰溪的黄湓，修炼于金华北山，得道于香港。因此，兰溪有黄大仙宫，金华有黄大仙祖宫，香港有黄大仙祠。

香港黄大仙祠又名啬色园，建于1945年，是香港九龙有名的胜迹之一，是香港最著名的庙宇之一。据传说，黄大仙又名赤松仙子，以行医济世为怀而广为人知。相传祠内所供奉的黄大仙是"有求必应"的，他的签文十分灵验。因此，到香港黄大仙祠里进香的香客往来不绝，可见香港人对黄大仙信仰的程度之高。

到金紫荆广场游览，我的心中就与玩香港迪士尼乐园不同，她与祖国大陆的人们心连着心，是带着一种憧憬的心情而来游玩的。

紫荆花象征亲情、骨肉难分离、团结和睦。紫荆花的叶子有一种韧性，无论风吹雨打，它从不轻易飘落，挺立在风雪中，有着傲雪斗霜的性格。

金紫荆广场位于香港会展中心的新界海旁的博览海滨花园内。"永远盛开的紫荆花"雕塑——金紫荆雕像矗立于香港会议展览中心新翼海旁的博览海滨花园内。

香港区旗的紫荆图案花蕊以五颗星表示，与中国国旗上的五星相对应，寓意香港是中国不可分离的一部分，并将在祖国怀抱中兴旺发达，象征香港同胞热爱祖国。

我们在金紫荆广场"永远盛开的紫荆花"雕塑——金紫荆雕像前合影留念，心里期盼着祖国的日益繁盛。香港的回归，见证着祖国日新月异的变化，见证着祖国越来越强大，人民生活越来越富有。祖国将变得更加繁荣富强。

后　记

　　兰溪市在伟大祖国日新月异的社会变革中，是一片蕴藏着无限生机的热土，有着广阔美丽的前景。把兰溪市以及祖国各地的美丽风景、悠久历史撰写成文，不仅是符合时代发展的潮流，而且也是社会发展的需要。正由于此，撰写《紫荆花儿开》，可以说是我由来已久的一个强烈愿望。早在1992年我在黄店镇露源联小当小学负责人的时候，就萌发了撰写白露山美景的想法，所以从那时起，我就有意识地同村中健在的长老先辈们广泛接触，开始查阅宗谱、收集和记录一些有关的资料，从那时起，二十多年来，我从来也没有停止过。

　　经过二十多年的收集、整理和思想上的不断酝酿、梳理、积累，使我对黄店镇以及兰溪市，乃至浙江省，以及全国的人文历史和旅游名胜，有了一个比较清晰的轮廓，对兰溪市乃至浙江省，以及全国历年来的变化和人物典故，也有了一个基本的概念。这就为我日后的动笔写书，积累了不少资料，打下了一定的基础，创造了较好的条件。

　　在写作的过程中，展现在稿纸上的一些人文历史、名胜古迹，常常使我兴奋不已，越写劲头越大。差不多每天都是早上五六点起来，连把脸也顾不及抹一把，就坐在书案前在稿纸上行云走笔，忙个不停。晚上一般要把稿子写到十一二点钟，尽管这样，半年多来，我从来也没有觉得劳累过。这大概就是"心欲愿而身不嫌劳"的缘由吧！

　　说实在的，在撰写《紫荆花儿开》一年多的日子里，我很少有消闲的一天，可以说，每一天都是繁忙而紧张的。有时候，白天工作十多个小时，晚上睡在床上还是不由自主地在沉思完善当天采写的文稿，最后再把明天干什么事想一遍。直到把文稿交付印刷厂排印之后，我紧张了几个月的心情，才慢慢地放松了下来。不管如何，我总算了却了一桩心事，完成了我一生的一大心愿！

　　《紫荆花儿开》这书的文稿，尽管历经多次精细琢磨，反复修订，但由于作者水平有限，文字功底不足，仍然有疏漏失误之处，尚请读者鉴谅，并加以批评指正。

2023 年 5 月 12 日晚
兰溪市流星雨文化传媒工作室